U0074479

中篇
系列小說

Songbird

——

著

For My Dearest Martin

序言

《聚散》系列包含八篇中篇小說和尾聲：

1. 分道揚鑣
2. 夢斷京城
3. 似夢是真
4. 不期而遇
5. 荒誕噩夢
6. 錯失良緣
7. 劫後餘生
8. 返璞歸真
尾聲

　　今天我終於完成了中篇系列小說《聚散》的上冊，人說十年磨一劍，我則是十年寫一書。

　　2012年以前從未寫過小說的我，腦子裡忽然呈現出四個少女的故事，忍不住想寫一本長篇小說《命運四重奏》。強烈的慾望令我不管三七二十一，立即著手寫了起來。然而，辛辛苦苦寫了十三章，卻遇上了瓶頸。我想，可能題材太大，不易掌控，放棄嗎？不。左思右想，有了一個主意：不如將素材結集成一本中篇系列小說，每篇約三、四萬字，那就比較容易掌控；而讀者則無需花很多時間每篇都看，可以選擇自己想看的篇章。此外我還可以選幾篇做成有聲讀物，以方便忙碌的讀

者聽書，豈不更好？於是我將書名改為《聚散》，圍繞這個主題，創作了八篇中篇小說和一個尾聲，把幾十年來發生在我周圍的故事寫了出來。

這些中篇小說既是相對獨立，同時又有著內在聯繫。因此，我會在某處的括弧裡標明此段與另外一篇小說某一段的內容有關，如果讀者願意瞭解多一點，可以查看。這是參考了詞典的編纂方式。嘗試用這樣的辦法來寫小說，不知是否可行？會不會有一點別開生面的感覺？

稱之為系列，是因為這八篇小說，雖然看起來是一個個獨立的故事，然而連續讀來，則會展現出一幅跨世紀的畫卷。涉及的地域有上海、北京、重慶、西安、長春、北大荒、朝鮮、韓國、貴陽、香港、美國、加拿大、溫哥華等國家和地區。

歷史的長河平時看似風平浪靜，但當時代的巨浪奔騰而來，芸芸眾生霎時間像砂礫般被席捲而起，不知拋向何方。無數家庭被沖散，多少親人天各一方；卻又有人意外地陌路相逢，結伴同行，譜寫出一曲曲奇異的命運重奏。在不可預測的人生旅途中，有人迷茫、沉淪或者隨波逐流，有人則清醒、執著地守護信念，逆風而行。面對衝擊，如何抵禦壓力，如何撥開迷霧，如何衝出峽谷，如何堅持真實的自我，則因人而異。古往今來聚聚散散，喜憂交加，確有說不完的悲歡離合，道不盡的酸甜苦辣。一齣齣撼動心靈的戲劇，在人生的舞台上連續不斷地上演，真是人生如戲，戲如人生。書中眾多人物中有一位貫穿八篇的主要人物，其他則分別出現在不同的小說裡，敘述著各自的故事。

Songbird　　2023.11.4于溫哥華

目　次

序言　　　　005

分道揚鑣　　009

夢斷京城　　093

似夢是真　　163

不期而遇　　229

注解　　　　339

分道揚鑣

一

　　1935年一個炎熱的夏夜，一輛黑色轎車駛入上海靜安區的一條弄堂天樂坊，在一座石庫門¹的樓房前停下，陸慶生大夫帶著一個小護士從車中下來。他堂弟陸慶和的太太朱玉英的預產期快到了，正打算明天去醫院待產，沒想到深更半夜就作動了，肚子痛得要命，陸慶和只好打電話請堂兄快點過來看看。幸虧陸慶生大夫和小護士不到十分鐘就趕到了，果然羊水都流了出來，眼看就要生產了，去醫院已來不及，陸慶生大夫決定在家為她接生，讓小護士做好準備。徐媽、阿金跑進跑出準備接生需要用的臉盆、熱水、毛巾、藥用棉花等等，忙乎了好一陣子，還好，總算是順產，沒出什麼大事。

　　不知為什麼這孩子急不及待要提前來到這個世界上，是不是前世她就聽說上海這個十里洋場，是個非常好玩的地方？離家不遠的霞飛路，有許多商店，食品店裡賣的糖果和蛋糕美味得很；還有個國泰電影院經常播放好萊塢的電影；租界裡的兆豐花園、法國公園好大好大，好玩極了！大世界裡的哈哈鏡照出來的人，一個個都奇形怪狀，笑死了人。或許她在媽媽的肚子裡，還聽到外婆房間裡的收音機，不時傳出金嗓子周璇唱的「拷紅」、「月圓花好」，太好聽了！愛玩的她急於要出來看看、聽聽、吃吃、玩玩。不過她怎麼會想得到出生不久，就趕上了一個戰亂不斷的大時代。

　　陸慶和剛送走堂兄和護士，全家人都給折騰醒了，深夜一家人在牀前圍觀剛出生的嬰兒。忽聽擠在前面的玉婷驚呼：「阿姊，又是個女孩！」

　　外婆急忙扯了一下她的衣袖，「叫什麼？別吵，你阿姊累了。」

　　玉英擡起疲倦的眼睛，看了一眼身邊的孩子，嘆了一口氣，微弱地：「抱走吧……」徐媽正要抱走，陸慶和笑瞇瞇地走了過來：「讓爸爸抱抱，噢喲，多白啊，像媽媽，這大眼睛、雙眼皮，唔，像我。」

　　玉英沒好氣地瞪了他一眼，「像你，那麼招人嗎？」說完之後，疲乏地笑了一下，大家也都鬆了口氣。

　　愛說笑的廷爵這時才嬉皮笑臉地說：「嘻嘻，姐夫，四千金了啊，這回您得多準備一份嫁妝了。」

　　慶和應聲答道：「沒問題，少不了她的。」

　　這小毛頭哪裡知道，在她之前，媽媽已經生了三個姐姐，盼著添個兒子，所以給老三含翠取了個小名叫招弟，沒想到還是招來了個妹妹。他鄉下那個老婆只生了一個，倒是個兒子，自己千辛萬苦生了四個，都是女兒，心中不免有點憋氣，不過慶和好像蠻喜歡這個女兒的。也奇怪，這孩子不哭，總好像想笑似的。

　　外婆說：「她一定是個急性子，在肚子裡憋壞了，等不及跑了出來，現在可高興了，你們看，她想笑呢。」

　　慶和點點頭：「媽說得對，她真的笑了，那麼愛笑，小名就叫笑笑吧，給我們家添點喜氣。」

　　玉英問：「那大名呢？」

　　慶和略微想了想，「乾脆就叫含笑吧，總是笑著多好啊？」

　　玉英說「那跟幾個姐姐的名字不同啊。」

　　「含玉、含珠、含翠……現在我們甚麼都不缺了，最要緊的是一家人開開心心，就叫含笑。」

　　外婆也贊成：「這名字吉利，讓這小毛頭一輩子都笑嘻嘻的，好！」

　　又是一個星期天的早上，徐媽來抱笑笑去餵奶，玉英問：「先生呢？」

　　「還在睡覺呢。」

　　「他昨晚很晚才回來？」

　　「是啊，我都睡了。」

　　「招弟，拿去給媽媽。」阿金把一小碗阿膠核桃糕給含翠拿著。

　　「什麼招弟，別這麼叫她了。」

　　阿金楞住了：「那，太太，叫她什麼呢？」

　　「叫翠翠吧。」含翠正端著個小碗碎步走來，見三歲的孩子茫然望著媽媽，她有點不忍，接過碗撥了一茶匙阿膠給女兒：「嚐嚐，好吃。」含翠沒吃過這黑糊糊的東西，可是媽媽已經擺到嘴邊，只好張開口吞了下去，甜甜的，倒是蠻好吃的，含翠傻呼呼地笑了，玉英拍拍她的屁股，「去玩吧。」

　　穿著睡衣的慶和走了進來。

　　「你昨晚幹什麼去了？」

　　「老趙他們不是從杭州來簽合同嗎？吃了晚飯又陪他們打了幾圈。」

　　玉英不悅，「又到那種地方去？」

　　「應酬麼。」

　　「非得上那種地方去應酬嗎？」

　　外婆站在門口：「慶和，快洗臉，早飯都涼了。」

　　「誒，好的，媽。」

　　見女婿下了樓，外婆湊近女兒：「玉英，別老盯著他，自己身體要緊。」

　　「哼，我再也不生了，我也出去玩，誰不會玩啊？」

　　外婆回到房裡嘆了口氣，這個女兒總是讓人操心，個性太強。從小就喜歡在外面玩，跟別的姑娘不同，對什麼新鮮事都感興趣。在杭州的時候才十幾歲，就跑到教堂裡去，跟洋人打交道，學講外國話，還信了洋教，十足像她爸爸。十四歲那年她大舅給她找了一門挺好的人家，家裡養蠶的，規規矩矩的孩子。到了十六歲，本來該成親了，她突然說什麼現在不興包辦婚姻，我以為她也就說說罷了，誰想到她硬是一個人跑到上海去了，找都找不著，急死我了，就這麼悔了婚約，弄得我真是沒臉見人啊。現在怎麼樣？慶和是你自己挑的，人是俊朗，又聰明能幹，可你又受不了他上那種地方應酬，男人有了地位有了錢，你還能管得住嗎？唉！

　　「伯母，您怎麼一個人在這兒發呆？」

　　「哦，素芳你來了？」

　　「玉英好嗎？」

　　「還好。」外婆朝玉英的房間呶呶嘴：「又在生氣，你勸勸她。」

　　「曉得了。」

　　素芳是玉英的結拜姐妹，前兩年兩個人都在市黨部做宣傳工作。就是在那裡，陸慶和和胡啟先結識了朱玉英和沈素芳這兩位女宣傳幹事，朱活潑、幹練，沈含蓄、沉穩，是五四運動以來典型的新女性。後來慶和和玉英，啟先和素芳由戀愛而結婚，這兩對男女青年由同事、同志關係發展成為情侶，令人非常羨慕，甚至被大家稱為自由戀愛的楷模。不料1928年婚後，

卻各有不盡如人意的情形，素芳跟啟先雖然感情非常好，但因一直沒有兒女而遺憾，玉英跟慶和則因慶和轉入商界，環境變了，感情出現了問題。

「玉英，我剛剛去看了笑笑，多可愛的小寶寶。」

「唉！還是個女孩。」

「女孩怎麼了？你們嫌多？那給我們好了。當年你生了兩個之後，我們就想要含玉，慶和捨不得，現在你們有四千金了，那還不能給我們一個？」

「你不是已經要了曉文了嗎？」

「多一個更好。」

「你倒是沒夠，我呀，再也不生了，到此為止，否則盡讓人家在外面逍遙呢。」

「你看、你看，說著、說著，又生氣了。」

「可不是嗎？昨晚他又去那種地方。」

「玉英，現在那些做生意的人，就喜歡到長三堂子[2]談買賣，那裡有吃有喝，還有人伺候，不過玉英你也別太當回事。」

「怎麼能不當回事？那個叫小桃紅的，老是纏著他。」

「可能只是逢場作戲吧，慶和不至於會⋯⋯」

「他可不像你們啟先，他呀，兩杯酒一落肚，就沒有定力了。」

素芳笑著說：「那是因為你們慶和長得漂亮，又能說會道，討人喜歡，我們啟先木頭木腦，沒人纏他。」

「誰說的，啟先是大智若愚，這幾年他升得多快呀？」

「他就是死心眼麼，做什麼都認真。」

「那還不好？對愛情也專一呀，哪裡像慶和，哼，他要是

老這樣，你瞧著吧，我就跟他分手。」

「別講氣話了，現在你有四位千金，還能離家出走？再說慶和對你還是挺好的，你看，你們結婚不久，他就把伯母和廷爵、玉婷都從杭州接到上海來了，還供他們兄妹倆繼續讀書，那還不是愛屋及烏嗎？」

聽素芳這麼講，倒也是事實，慶和對自己娘家的人算是不錯的了，想到這些心裡稍微舒服了點。可是，誰想得到自從他轉入商界，一切變化得這麼快，他經常說忙於公務和應酬，不像從前那樣常常陪她逛逛公園，看場電影什麼的，反而三日兩頭會發生爭執⋯⋯

「我頂著大逆不道的指責，逃脫了封建包辦婚姻，以為兩情相悅的自由戀愛會天長地久呢，結果結婚不久就發現原來他老家早就有了個老婆，因為是包辦的，我就不跟他計較了，那時媽媽還很生氣呢，都不愛理他。」

「那現在伯母對他不是挺滿意的嗎？」

「他會哄人麼。」

「誒，他對老人家是挺孝順的。那個什麼小桃紅算什麼呀，未必會成事，你老發脾氣，反而會把人推到那邊去。」

聽她這麼一說，玉英想想也有道理。回想起當年談戀愛時相親相愛多麼浪漫，最難忘的是他們四個人一起去杭州玩的那回。

頭一天他們去錢塘江觀潮，站在高處遙望寬闊的江面看似平靜，忽然，近天際處出現了一條橫貫江面很細的白鏈，不知不覺中卻變成了寬闊的波浪，伴隨著隆隆的聲響向前推進。轟鳴如驚雷、如戰鼓，催促著江濤滾滾向前。潮峰衝破了一切阻擋，飛奔而來，掀起了三四米高的巨浪，霎時間，猶如一堵水

築的堤壩矗立在面前，大夥兒都驚呆了，觀潮的人群不禁高聲歡呼起來。慶和、啟先和玉英、素芳也激動不已，這壯觀的奇景，就像他們所處的這個新時代，一切都在急劇地變化。由南至北的北伐戰爭[3]幾經周折，終於勢如破竹取得了重大勝利，結束了軍閥割據的局面，統一了大半個中國，上海成了革命的中心。他們那顆年輕的心，隨著時代的脈搏跳動，澎湃的豪情，恰似奔騰的潮水，他們熱切期待著，準備隨時迎接各種新的挑戰，創出一番大事業來。

　　與此同時，在愛情上他們也享有前輩們不可能享有的自由。無須壓抑、無須隱藏，可以毫無顧忌地把內心的真情盡情表露和釋放出來，在熱戀中享受著愛情的甜蜜和滋潤，這是多麼美好，多麼令人陶醉啊！兩對情侶拍的那些照片親熱得很，有時翻看相冊，至今不能忘情。

　　觀潮之後他們又興致勃勃地去爬錢塘江旁的六和塔，比賽誰爬得最快。那個古塔有九層高，慢慢爬都挺累的，爬到第七層玉英已經爬不動了，慶和一邊鼓勵她「快到了、快到了，只有一層了。」一邊使勁推著她，幾乎把她整個人托了起來，爬到塔頂時，他也滿臉通紅，上氣不接下氣地喘個不停，卻裝作輕鬆的樣子，還幫她擦汗呢，玉英不禁深情地望著他，那一刻她強烈地感覺到這個男人就是她終生的依靠。

　　「本來人家都羨慕我們的婚姻，誰知道自由戀愛也不可靠。」

　　「別這麼說，他的心還是在你身上。以後他辦事，你就跟著去幫忙，你那麼能幹，準能成為他的左膀右臂，就算去那種地方談生意，你也跟著去，在你眼皮下，看那些不三不四的女人還敢不敢糊上來？」

「素芳，還是你行，怪不得你們家啟先搞不出花樣來。」兩人說得哈哈大笑。

外婆推門進來，「什麼事那麼好笑？」

「媽，素芳教我絕招，不過您得幫我才行。」素芳在外婆耳邊輕輕地說了幾句，老太太也笑了。

此後，玉英把孩子交給了外婆、玉婷和傭人，自己振作起來，打扮得漂漂亮亮的，陪著慶和出去應酬，把當年做宣傳幹事的本事都使上了。慶和出差時，她也跟著去，南京、杭州、無錫、南通，連香港她都去，這下子她在教會裡學到的那點英文，也能派上用場了。她還因此熟悉了慶和的業務，提個意見什麼的，都能說到點子上，朋友們都說：「慶和兄，好福氣呀，少夫人是入得廚房，出得廳堂，還會講英文，能幫你鏖戰十里洋場，真不愧是女中豪傑。」愛面子的慶和聽了覺得臉上有光，心裡也有點得意，這麼著兩口子總是出雙入對的，吵架都少了。

中秋節前，慶和請了幾位好友來聚聚，因為今年他家可以說是人丁興旺，小女兒含笑已經滿週歲了，她在鄉下的哥哥陸耀宗，也將由他大伯送到上海來。前陣子慶和趁玉英高興的時候，跟她商量把耀宗接到上海來受教育。想到他只有這麼一個兒子，這個要求也不算過分，玉英不好拒絕，不過說好了，不要叫她媽，得叫她媽咪，她的四個女兒，管他鄉下的原配也叫媽咪。

正好慶和的同鄉兼好友蕭劍光夫婦從美國學成歸來，因此約了他倆，還有胡啟先夫婦，堂兄陸慶生來一起熱鬧熱鬧。晚飯前大家聊得正歡，聽見徐媽在後門招呼人，「大爺你們到了？正等著你們呢。」陸慶仁領著陸耀宗走進客堂。

慶和高興地：「大哥你們到了，太好了，正好吃飯。」

「叫爸爸呀。」大伯催耀宗，

六歲的男孩躲在大伯身後，膽怯地：「爸爸。」

慶仁又指著玉英，「叫媽咪。」耀宗害羞地叫不出口，或許他不習慣這個洋詞兒。

「嗨，在家教了他半天，又忘了。」

玉英走近他時順手摸摸他的頭，「行了，慢慢學吧。」

外婆跟玉婷說：「快帶他們去洗把臉，替耀宗梳梳頭。」外婆不說大家還沒注意，耀宗的頭髮亂得像個鳥窩，鼻孔裡還流出一溜鼻涕，見外婆瞧著他，嚇得他「蘇」的一下把鼻涕縮了進去，外婆笑著說：「其實這孩子長得蠻像慶和，洗洗乾淨也挺俊的。」說得耀宗不好意思低下了頭。

「慶和，今年你們是闔府團圓啊，恭喜、恭喜。」啟先笑著說。

「啊呀，你們看笑笑也笑了，她高興，又多了個哥哥陪她玩。」素芳說。含笑正坐在蕭劍光太太夏萍的懷裡，瞇著眼笑呢。

「夏萍，怎麼不把你們蕭逸帶來？」玉英問。

「他剛學會走路，喜歡亂摸東西，怕他來搗亂。」

「他都快三歲了吧？」夏萍點點頭。

啟先問：「劍光，你從美國回來，有什麼打算？」

「既然學了紡織，我當然希望在這行發展。」

慶和附和：「好啊，辦個紗廠如何？你不是一直主張實業救國的嗎？」

「是的，中國應該發展自己的製造業。不過籌備資金，置辦機器，找合適的廠址和人員都不容易，有大量的事情要了

解、要準備。」

「凡事開頭難，有什麼要我這老鄉幫忙的，你只管說。」

啟先也拍拍劍光的肩膀，「你一定行，三民主義[4]中的民生也是重要的一環，你若在這方面做出貢獻，那很有意義。」

陸慶和、胡啟先跟蕭劍光小時候曾在同一間小學上過學，後來慶和因父親去世，家境每況愈下，不得不停學，經親戚介紹，到上海的一家錢莊當了學徒，學做生意。蕭劍光和胡啟先初中畢業之後也先後來到上海，蕭考進了紡織機械學校，不久就去美國留學了。胡上了高中，後來又在法政大學學習，1925年加入國民黨，在市黨部任職。

慶和憑著他的聰明、好學，自學成材，常給報紙投稿，發表對時局的看法，頗有獨到見解；加上他又善處人際關係，不久即在同業公會裡嶄露頭角。北伐軍來滬之前他經胡啟先介紹也加入了國民黨，並到市黨部做同業公會的組織工作。在老家他們被稱為紹興三傑，是當地父老鄉親引以為榮的三個有出息的小夥子。

開飯了，先吃大閘蟹，大人一桌，孩子們在一旁另有一桌。

「這是我們家鄉紹興的黃酒，已經燙熱了，還有白蘭地和啤酒，願意喝什麼請自便。」慶和給自己和大伯慶仁倒上一杯黃酒。

「很久沒喝家鄉的老酒了，我也來一杯。」

「劍光，你量力而為吧，他血壓有點高。」夏萍說。

「啟先，你喝什麼？」

「半杯白蘭地吧。」陸慶生則倒了杯啤酒。

大人們一邊喝酒一邊吃螃蟹，慶和兩兄弟還猜起拳來，女眷們只有玉英能喝，玉婷學著喝點白蘭地，廷爵可愛喝酒了，

不過在這麼多人面前，他不敢多喝，只喝了些啤酒。

孩子們不大會剝螃蟹，吃得很慢，耀宗在鄉下倒是常下河捉螃蟹，他挺會吃的，還幫著姐妹們剝。徐媽正抱著含笑餵她喝粥，她指指螃蟹也要吃，耀宗剝了一隻蟹腳給妹妹，含笑看著他瞇瞇笑。

「不要給她，不好消化。」外婆阻止。含笑扁著嘴要哭了，慶和拿了一個湯匙走到含笑面前：「來，爸爸給笑笑吃最好吃的東西。」含笑張開嘴吃了下去，開心地拍著小手笑了。

「你給她吃什麼？」玉英問。

「一點點蟹黃，這小囡蠻會吃的，你們看她吃得多有味道。」

吃完螃蟹，大家用茶水洗了手，接著上菜，有燻魚、油爆蝦、糟雞、獅子頭、雪菜黃魚羹、油燜筍、百葉毛豆炒豆苗、栗子燉雞、醃篤鮮，油豆腐粉絲等。

蕭劍光說道：「慶和，今晚你請的這位大師傅做的真是地道的上海菜，在外國很難吃到的。」

「那你多吃點麼。」

「可惜我血壓高，要控制飲食。」

玉英指著慶和說：「他就不會控制自己，喝起酒來就跟喝白開水似的。」

酒足飯飽，廷爵和玉婷跟孩子們到天井裡去乘涼，外婆則回房休息了。慶和他們坐在沙發上喝茶聊天。

「慶和，聽中國銀行的錢總經理說，杜老闆似乎有意請你老兄去幫他辦銀行，你意下如何？」

慶和遲疑地：「這個事麼，我正在考慮。」

「啟先，你覺得怎麼樣？」玉英問。

「發展銀行是大有可為，再說，這是第一家華資銀行，最早是洋務派盛宣懷辦的，後來經過幾手，因為濫發鈔票，弄得資不抵債，去年杜老闆出任董事長，撥款支撐，才有好轉。」

「不過杜是江湖中人，慶和你要慎重啊。」蕭劍光說，慶和點點頭。

「他這個背景，令你猶豫是可以理解的。不過他似乎已經轉向正道，此人不簡單，不是一般江湖中人可比，他有眼光、有膽識，又善於廣結人緣。他覺得你在市商會很有影響力，是個難得的人才，現在他正思賢若渴，所以這倒不失為一個機會。」

玉英心想現在一大家子人，開銷不少，如果慶和在事業上能更上一層樓，當然是好事。「這件事你倒真得拿個主意，說不定杜老闆很快會派人來邀請你。」

啟先又對蕭劍光說：「有中國人自己的銀行，對於發展民族工商業也比較有利，總比動不動去向外資銀行貸款好，不是嗎？」

「那倒是。」

二

爸爸媽媽越來越忙，經常不在家，孩子們雖然不能常常見到父母，不過並不寂寞，而且沒有媽媽管著，孩子們更自由快活了。他們想出許多玩法，一會兒扮醫生看病啦，一會兒玩過家家做飯什麼的。一向被玉英偏愛的含珠總是要扮主角，她要當醫生，讓含玉當護士，含翠跟含笑扮病人。她脖子上掛了個哨子當聽筒，給兩個妹妹聽胸又聽背，煞有介事；還弄枝上香

的香棍子做針筒，讓含笑脫了褲子，往她屁股上扎針，扎得含笑癢得嘰哩哇啦尖叫。有時他們還玩新娘子坐花橋，含玉跟耀宗當轎夫，含珠當新娘，含翠領著含笑吹嘀噠，咪里烏啦、咪里烏啦地開道，在天井裡來回轉悠，真夠熱鬧的，把外婆也逗得不住地笑。

耀宗很喜歡唱歌，家鄉那一帶時有游擊隊出沒，從他們那裡他學會了一些抗日歌曲，什麼「山溝裡、山頂上，游擊健兒幹一場，打東洋、保家鄉，要把鬼子全殺光。」

「拿起紅纓槍，去趕小東洋，小東洋他是那橫行霸道的惡魔王，他的野心比天大，要把中國來滅亡。」

他搖頭晃腦地唱得慷慨激昂，不過他那家鄉口音聽起來非常滑稽，姐妹們和外婆、都忍不住哈哈大笑，耀宗覺得莫名其妙，他不知道這有什麼好笑。

舅舅和阿姨在家的時候就更加熱鬧了，舅舅廷爵是個樂天派，他在銀行當秘書，不算忙。平時愛唱京劇，愛跳舞，還愛就著花生米喝口老酒。孩子們很喜歡這個舅舅。他喝了酒一高興就把四個女孩子掛在兩隻手臂上團團轉，弄得她們暈頭轉向開懷大笑，好像她們也喝醉酒了似的。

阿姨玉婷在職業學校學打字，她最愛打扮，看了外國電影，就學人家歪戴著頂法國帽，穿著裙子，腳蹬半高跟鞋，很時髦。有一天下午，她放學回來興奮地嚷嚷：「今天我看見真的卓別林了！」

外婆好奇地問：「卓別林？在哪兒？」

「在國際飯店門口，聽說梅蘭芳在那兒開茶話會招待他呢。」

「哦，我也聽說了，今天晚上梅蘭芳還要請他看京劇《火

燒紅蓮寺》呢。」廷爵似乎比她知道得更多。

玉婷急著問：「在哪裡演？」

「共舞台。」

「那我們也去看吧。」

廷爵說：「票子早賣光了，誰會想到卓別林會來看京劇？要不然我早就去買票了。」

玉婷失望地：「那，那我們去門口等退票吧。」

廷爵說：「等退票？沒把握，反正下個月《摩登時代》就要上映了，還不如看他的電影呢。」

三十年代的上海十分繁華，開埠二十多年，正是它的巔峰時期。在這個十里洋場，四面八方湧來的淘金客，都施盡千方百計，想來挖第一桶金，各國商人也來這個商業中心爭相發展。像黃金榮、張嘯林、杜月笙三個大亨，都是在上海灘打出他們的天下，連猶太富豪哈同也是在這裡發跡的。大街上商店林立，貨物堆積如山，南京路上的永安、先施、新新、大新四大公司的來路貨商品更是琳瑯滿目，所以「蕩馬路，看櫥窗」成了上海人日常生活中的一種消遣。

上海的住宅有混合中西建築概念的作品，像陸慶和一家住的這種結實的石庫門房子；也有歐洲古典風格的花園洋房，還有高層公寓。鬧市中有供人們玩樂的大世界、共舞台、百樂門舞廳等；大光明、國泰、美琪等電影院不斷上映著好萊塢的新片；大街小巷飄蕩著《毛毛雨》、《月圓花好》等流行歌曲。有人說上海是「白相人」[5]闖蕩的地方，是冒險家的樂園，不過也是文人墨客發揮才能，闡述不同觀點的場所，街頭巷尾隨處可見小攤檔上擺著五花八門的報紙雜誌。一到晚上到處閃爍著五光十色的霓虹燈，照射得這個不夜城徹夜通明，一個國際

大都會，第一次出現在東方的黃浦江畔。

與此形成對比的是租界邊緣華界的貧民區，在草泥建造的棚屋裡住著人力車夫、搬運工、小商販、修鞋匠、皮革工人和各種手藝人。各地失業的貧民及難民不斷湧入上海，希望能在這繁華的都市裡，找到一份工作，這就補充了經濟發展所需要的勞動力。

1928年公務局開始建造平民住宅，想讓這部分老百姓有棲息之所。但1932年因一二八[6]中日衝突，中斷了這類建築；直至1933年市政府重新啟動平民模範村的建造工程，1936年二月落成了其中一部分。1937年又因發生了日本侵華的八一三[7]事變，這項計劃不得不再次劃上了刪節號。外婆有個堂姐姐就住在閘北的模範村裡，說起這位閘北外婆，總是會勾起外婆少女時代的許多回憶，玉婷和孩子們都很喜歡聽外婆講當年的趣事，外婆娘家在海寧也算官宦人家。

「那時我們是大門不出，二門不邁，經常坐在樓上做針線活。」

玉婷問：「媽，你們就像京戲裡那些小姐坐在繡樓上對嗎？」

「是啊，只能在窗旁看看下面人來人往，看見經過的那些小販，有挑擔的，有推車的，想買點什麼就叫住他們，我們從上面吊個籃子下去，把買的東西吊上來。」

「有意思。」

「嗨，哪像你們現在這樣，想上哪兒就上哪兒，就算讓我們去，我們這雙小腳也跑不動啊。」

含玉問外婆：「外婆，你們紮腳的時候是不是很痛？」

「當然，火燒火燎的，跟著了火似的，可是哭也沒有用，

當媽的這時候心可狠了，總說女孩子不紮好腳，怎麼嫁得出去？」

玉婷問：「有那麼嚴重嗎？」

「可不是，一代一代都是這樣，你阿姊不聽話，晚上偷偷把纏腳布放了，所以纏不成；你是運氣，趕上辛亥革命成功了，要不你也得纏。」

「我才不纏呢。」

「那可由不得你。你看我這雙腳就是不夠小，只能嫁給你爸爸這種做買賣的人家。」

含珠驚訝地：「啊，這還不夠小？」

外婆比劃著說：「要三寸金蓮，你想想那得多小啊？我跟你們閘北外婆的腳都不夠小，官宦人家是看不上我們的。這不，我嫁了你們外公，家境還算可以，閘北外婆才嫁了個開雜貨舖的。」

玉婷問道：「那您嫁給爸爸還比她強，對嗎？」

「是的，不過誰想到他後來加入了孫中山先生的同盟會，一天到晚不知道在幹些什麼，晚上出門在靴子裡總是插著一把匕首，我瞧著整晚都提心吊膽的，我們娘家的人都說他是個亂黨，不讓他進門呢。」

「哼，真夠封建的。」含珠氣憤地說。

「我也挺生氣的，都不想理他們。可是你爸爸為了革命奔波勞累，後來肺病發作，不到五十就走了……」說到這裡，外婆傷心起來，掏出手絹抹眼淚。

玉婷安慰媽媽：「媽，您別難過，爸爸革命有功，現在誰敢瞧不起我們？」

「唉！那時你哥哥跟你都還小，我們孤兒寡母，還不是得

靠你大舅接濟，接著你阿姊悔了婚約，又得罪了他們，別提了，那幾年的日子真不好過啊。」

「那現在多虧姐夫有本事，把我們都接到上海來了，再也用不著靠大舅他們了。」

「閘北外婆更慘，她剛懷孕，一場傷寒病，要了她丈夫的命，可憐她年紀輕輕守了寡。一個女人在上海灘打理個雜貨舖很不容易，幸虧她弟弟來幫忙，可是人生地不熟，做什麼都難哪。」

外婆很同情這個堂姐姐，常叫她來吃頓飯，聊聊天，走的時候總要送她些日用品和吃的東西。前兩年還是陸慶和把她的遺腹子介紹到一個茶葉公司去當學徒，慢慢升上去做了採購員，日子才好過些。

八月的一個黃昏吃過晚飯，玉婷要哥哥教她跳舞，留聲機裡放著流行歌曲《滿場飛》，他倆跟著音樂跳起來。

「香檳酒呀，滿場飛，釵光鬢影晃來回，爵士樂聲響，亂擺也夠味。你這樣亂擺我這樣隨，你這樣美貌我這樣醉，爵士樂聲響，跳rumba才夠味，嘿！」

看得幾個孩子眼花繚亂，含珠吵著要舅舅教她，跳了兩步，她又嚷嚷，「哎唷，你踩了我的腳！」含笑看傻了眼，外婆跟含翠、含玉在一旁呵呵地笑。

舅舅和阿姨真是多才多藝，他倆唱京劇也唱得很好，舅舅拿著把蒲扇，當諸葛亮[8]的羽毛扇，唱起《空城計》來，有板有眼，還蠻有表情的呢。「我正在城樓觀山景，耳聽得城外亂紛紛，旌旗招展空翻影，原來是司馬派來的兵……」正唱得來勁時，沒想到真有人派兵來了，不過不是司馬懿[9]。

「你們在幹什麼？」玉英跟慶和忽然走了進來。

「今晚你們不是有應酬嗎？」外婆問。

玉英煩躁地對廷爵說：「別唱了，又打仗了。」

玉婷驚訝地：「打仗？在哪裡打？」

「在虹橋機場那邊，日本鬼子已經朝淞滬公路橫濱路段開槍了。」

「啊？！日本兵又殺過來了？」廷爵問。

慶和：「別嚇著孩子。一二八那次沒有得逞，他們不會死心的，這不又來挑釁了？」

「唉，好日子沒過上幾天。」外婆頹然坐下。

「媽，先別緊張，我這就去市商會看看。玉英，你跟他們慢慢講。」

八一三的槍炮聲像晴天霹靂，上海人一下子進入了一個危難、困苦的時期，北伐勝利以後滿懷希望的日子從此結束。

日本人即將佔領上海，雖然他們還進不了租界，但形勢會如何發展令人擔憂。杜老闆很快就去了香港，隨即邀請慶和去那裡幫他開展業務，玉英匆匆收拾了行李，準備帶著含珠跟慶和一起去香港。

「媽媽，別怕，現在日本鬼子還不敢進英租界和法租界，你們照常過日子，等我們安排好了，自然會想辦法來接你們，好在有廷爵和玉婷陪著您，還有幾個孩子，我們很快會團聚的。」

「你們先去也好，慶和也需要你照顧。」

玉英又囑咐廷爵和玉婷：「凡事當心，別亂講話，人家問起你姐夫，就說他出門做生意去了。」

聽說日本鬼子打進了閘北，那一帶破壞嚴重，外婆很擔心她

的堂姐閘北外婆，但也沒有辦法去接她出來。不久慶和跟玉英帶著含珠和阿金走了，家裡只剩下廷爵一個男人，可是沒到年底，他也被銀行派到西安去開分行了。玉婷忽然覺得很緊張，家裡除了老的小的，就她一個成年人，自己怎麼挑得起這副重擔？只盼望姐夫快點安排她們逃出上海，可是遲遲沒有動靜。

在軍民頑強的抵抗下，淞滬戰爭堅持了三個月，然而，英勇的國軍終於不敵日寇的強大軍事壓力，奉命逐步撤退。當時由於弱不敵強，蔣委員長決定以空間換時間，從戰略上考量，為了防止日軍從北往南經平原地帶長驅直入，便盡可能拖住他們在淞滬一帶作戰，迫使他們從東往西推進，令其由北向南俯攻轉為由東向西仰攻，沿途的高山峻嶺是天然屏障，進攻起來困難得多。國民政府則得以撤往西南，進入四川。

上海於11月12日淪陷了，不過日軍還不能攻入租界。於是租界地區進入了長達四年的孤島時期，直到1941年12月7日那天日軍偷襲了珍珠港，8日上海才全部落入日軍手中。

「蘿蔔頭（當時上海人私底下這樣稱日本人）來了！」租界裡的上海市民驚惶地奔走相告。過不久在街心公園裡果真看到一些日本婦女帶著她們的孩子在那裡盪鞦韆，玩蹺蹺板。含玉生氣地叫妹妹們回家，含笑嘟著嘴不明白大姐為什麼突然不讓她們玩了。進屋之後只見大姐拿出個日本洋娃娃，一腳踩下去，把好生生的一個洋娃娃給踩扁了，含翠也上去狠狠地踩了一腳，含笑有點心疼，猶豫了一會兒，才跟著上去踩了一腳。大姐好像開心了一點，摟著含笑親了一下。

弄堂裡住著一家美國人，那爸爸是牧師，媽媽是教師，都很和藹。他們的兒子才八歲，女兒五歲，平時遇見含玉姐妹們在弄堂裡拍皮球或者玩造房子，他們也會來參加，這兩個小孩

上海話講得很流利，所以他們很容易就成了朋友。可是有一天忽然來了幾個日本兵，把他們一家人押上了大卡車，許多東西也都裝了上去，就這麼開走了。含玉三姐妹呆呆地望著他們離去，心裡很不捨得，從此再沒見他們回來，不知他們搬到哪兒去了。

一天早上，上海的老百姓剛起來就發現了一個奇怪的現象，許多外國人手臂上都戴著一個紅袖章，有的上面有個A字，有的是個B字，據說A代表美國，B代表英國。玉婷下班回來告訴外婆：「糟了，英國人和美國人都成了敵國僑民了。」

「啊？！這什麼意思？」

「就是說他們都成了日本的敵人。」

「啊呀，怪不得那家美國人前天給抓走了。」

不久就聽人們議論紛紛，說不少歐美人士被懷疑是間諜，日本人把他們送進虹口的集中營，他們會遭什麼罪呢？那就不得而知了。

很快這類事情也發生在市區了，早上含玉領著兩個妹妹到附近的小學去上學，總要經過一個大院子，那裡已被日本憲兵佔領，門口站崗的那些日本兵帶著刺刀，還牽著好大的狼狗，含笑害怕極了。最嚇人的是，一天她們走過時聽見有人慘叫，含翠回頭望了一下就被大姐輕聲喝住，「別看！」嚇得她趕緊轉過頭來。含玉拉著她倆快步離去。後來聽人家說那天日本兵把一個外國人吊在旗杆上毒打。此後含玉想了個辦法，一出家門就過馬路，在對面走，等過了那個可怕的大院子，再過馬路朝學校走去。總之氣氛越來越緊張。

自從美日開戰之後，有時美國飛機會來偵察。為了提防美軍的飛機來轟炸，日本人做出了燈火管制的規定，晚上要用布

把燈罩住，聽到空襲警報時得立刻關燈。有一天隔壁鄰居沒有及時關燈，日本憲兵衝了進去當頭打了男主人一棍，斥責這家人不服從命令，連刺刀都拔了出來嚇唬他們。在這種恐怖氣氛中度日，玉婷一方面要安撫外婆和孩子們，一方面還得鎮定自己，她想，我什麼時候這樣當過家呀？！

過了舊曆年，慶和終於托朋友分兩批來帶領她們逃離上海：他安排玉婷帶著外婆、含玉和含笑去西安與舅舅朱廷爵會合，耀宗和含翠則跟著一對夫婦坐船去成都；然後再派人把他們接去重慶──他和玉英、含珠已經在重慶等待著他們了。

陸慶和委托一位王先生帶玉婷她們去西安，他很熟悉沿途的狀況，經常帶一批一批人逃難去內地。他要求所有人只帶簡便的行李。才六歲的含笑拿不動什麼，玉婷便把一個裝在布袋子裡的痰桶交給她，鄭重囑咐道：「笑笑，拿好這個袋子，別丟了，路上外婆要小便的話得用它。知道嗎？」

「哦，曉得了。」可是到了一個關卡，見日本鬼子兵正在檢查人們所帶的東西，她害怕極了，心想：他們要是問我這是什麼東西，我怎麼說呀？眼看人們忙著排隊過關，她趕緊低下頭，憑著個子小，趁人們不注意，從人群底下悄悄鑽了過去，一顆心撲騰撲騰地亂跳。過了關卡，玉婷見含笑竟在她們前面，說：「你這小鬼頭，還挺機靈的。」

一上路開始他們坐的是人拉的木板車，咯吱咯吱走不快。望著路旁那些帶刺刀的日本哨兵，誰也不敢說話，只盼快點過去。後來總算登上了一輛大卡車，連人帶行李擠滿一車，誰也動彈不了。不知過了多久，聽見王先生叫大家下車，含笑想站起來，卻不知自己的腿在哪兒。大姐忙幫她又拍又揉那麻痹了的腿：「快，快！起來，要下車了。」

原來到了一個火車站。人們紛紛擠上列車，玉婷趕緊先讓外婆坐好。含玉站在座位上把行李舉起放上行李架，一轉眼已經沒有位置了，她趕快跳下來，把阿姨按著坐下。玉婷說：「你和含笑擠著坐吧，我站著。」

「不，阿姨你坐。剛才我們坐得腿都麻了，我跟笑笑站一會兒。」

整個車廂擠滿了人，不少人都站在過道上。不一會兒車開了，拐彎的時候，靠窗的那個男人說：「瞧，車頂上擠滿了人呢。咱們算是走運的了。」

含玉跟含笑探頭望去，車頂上果真坐滿了逃難的人。那男人說：「他們大概買不起車票。」

「真可憐！」含玉忍不住掉眼淚了。

外婆嘆道：「作孽啊！」此時聽見車頂上的人大呼小叫：「牛牛！蹲下！」「小虎快趴下！要過山洞了，快！快！」……

火車正朝著山洞駛去，含笑急問：「上面的人會不會掉下來？」

玉婷說：「是啊，太危險了！」

火車進了山洞。人們摒住呼吸，豎起耳朵聽著，除了轟隆隆、轟隆隆，什麼也聽不見，周圍黑壓壓的，什麼也看不見……這山洞好像永遠走不完似的……

忽見前方有個亮點，越來越大，越來越亮……火車終於出了山洞。車內有人趕緊撲到窗邊往外看，靠窗的那個男人說：「哎喲，還好，幸虧沒出人命。」含玉跟含笑跳了起來，對阿姨和外婆叫道：「沒事，他們沒事。」這驚險的一幕，這輩子她們都忘不了。

下午，火車停下了。只聽人說：「到洛陽車站了。」王先

生催大家快下車，還得轉卡車呢。人們又統統上了停在路旁的一輛大卡車。王先生叫大家背靠背擠著坐好。坐下後，一個個都睏極了。車開了，盡在盤山公路上轉，逐漸人們都睡著了。不知晃悠了多長時間，車忽然停了。「醒醒，醒醒！到了，到了。」眾人睜開眼睛，望到前面好像有個城門樓。有人問道：「出潼關了嗎？」

　　王先生答道：「早就過了，這是西安的鼓樓。」原來到目的地了！大夥兒興奮極了，趕緊拿好自己的行李，準備下車。

　　見朱廷爵已在下面等候，玉婷高興地叫道：「媽，你看哥哥來接我們了。」外婆見到兒子，恍若隔世，不禁哭了起來：「我以為再也見不到他了呢……」

　　含玉扶起外婆：「怎麼會？外婆，我們不就是來找舅舅的嗎？」

　　「王先生真謝謝你了。」玉婷說道。

　　從此含玉和含笑就在舅舅家住下，跟在重慶的爸爸媽媽、含珠、含翠以及耀宗分處兩地長達四年，直到抗戰結束。

三

　　熬過了八年抗戰的艱苦歲月，好不容易等到1945年日本戰敗投降，全國一片歡騰。各地的難民都紛紛趕回家，急於和失散多年的家人團聚，火車票、船票都很難買到，陸慶和一家也得分批先後從重慶、西安兩地回到上海。

　　國軍在抗日戰爭中有二百多名將領戰死沙場，無數士兵為國捐軀。當時在前線的將士都覺得自己是倖存者，他們懷著對戰友的哀悼，對親人的思念，急切地等待著上級命令，盼望能

脫下軍裝復員回家。有的想解甲歸田，回家看望久別的年邁父母，有的準備繼續上學，提高自己的學歷，有的盼望跟意中人重續前緣，找份工作結婚成家。經過殘酷戰爭的人們沒有更多的奢望，只要能過上平民百姓的普通生活，就心滿意足了。但，沒想到的是，忽然一道命令叫他們就地待命，誰也不能離開部隊，將士們大失所望。原來國共兩黨之間的矛盾正逐步升級，雙方時時發生衝突，剛剛恢復和平的中國，又瀰漫著一片濃郁的火藥味……

由於蘇聯在抗日末期進軍東北打擊日軍，日本投降時，東北幾乎已被蘇軍佔領。他們本應向國民政府移交，卻刻意趁國軍未及從南方趕到，便將所佔領的地方，外加日本關東軍留下的軍備武器統統交給了中共的八路軍[10]和新四軍[11]。七月國共內戰終於全面爆發。

抗戰剛剛結束，軍隊正忙著去接收各地日軍繳械投降，忽然奉命開往內戰前線，官兵們摸不著頭腦，全都傻眼了；各行各業本來也須抽調人員，派去接收淪陷區的日偽資產，此時此刻正是百廢待興，忙得不可開交。但，內戰一爆發，一切都無法正常運作了。億萬人民喘息未定，還沒弄明白怎麼回事，又被拋入一場自相殘殺的劫難，接著是由北向南的四年鏖戰。歡欣鼓舞慶祝抗戰勝利的景象成了過眼雲煙，烏雲濃霧再次籠罩神州大地，戰禍波及之處屍骨遍野，慘不忍睹。昨日的戰友，今天的死敵，打的打、逃的逃，好像這塊土地上的人們，注定要不斷在戰亂中疲於奔命，流離失所。

雖然局勢動蕩，上海的市民還在照常生活，小孩子更不知道戰火已經逼近。在附近復旦小學上學的含笑，每天都照舊跟同學一起走路去學校。有一天走到半路遇到許多大學生坐在馬路上，

把路都堵住了，她們不知怎麼回事，只好繞道而行，結果都遲到了。後來才聽說那是交通大學的學生在向政府示威抗議。

　　沒幾天爸爸的老朋友呂伯伯的兒子呂大哥，從南京回來度暑假，他是金陵大學的學生。耀宗問起他南京大學生遊行的情況，他挺生氣地告訴耀宗、含玉和含珠，「那天我們打著反饑餓、反內戰的大旗遊行示威，走到國民大會堂附近，被騎著高頭大馬的騎兵擋住了，不讓我們過去。」

　　「那他們對學生做了些什麼？」

　　「他們命令我們解散，我們當然不理他們，還是往前挺進，結果他們竟用那水龍頭來驅趕我們，大家被澆得渾身濕透，那天風又大，天很冷，凍得我們直哆嗦。」

　　「豈有此理！」耀宗憤慨地說。

　　「那你們為什麼要去那兒呢？」含珠茫然地問道。她讀書讀得很好，每年幾乎都考第一名，但對政治一竅不通。

　　呂大哥耐心地跟她解釋：「我們要求政府停止內戰，打了八年仗，還不夠嗎？政府應該聽取民意麼，怎麼可以自己人打自己人呢？這個蔣介石就是專制獨裁。」含玉不禁望了一眼牆上掛著的蔣委員長的照片，說不出心裡是什麼滋味。

　　含珠則不以為然，「我們學生應該專心讀書，國家大事我們怎麼搞得清楚？我們怎麼管得了？」

　　「國家的事情我們也不能袖手旁觀啊，我們現在成立了全國學聯。南京、北平、天津，大批學生都上街遊行示威了，我們要給政府施加壓力，看他們還能永遠不理會人民的意見嗎？」聽他這麼說，含笑想起那天坐在馬路上那些交大的學生了。

　　耀宗很激動，「我也聽我們的同學講5月20日南京、上海、杭州、蘇州等地有學生代表六千多人，組成請願團在南京

舉行聯合大遊行，他們說遊行群眾還遭到軍警毆打，是真的嗎？」

「可不是嗎，哼，大概有上百人挨了打，還有學生被逮捕呢。我們一定要追究。」含珠不滿地瞧了他一眼，心想：「就你這麼愛折騰，還能讀得好書？」

暑假都快結束了，由於時局不穩定，大人都各忙各的，沒心思帶孩子們出去玩，只在春假的時候去過一次龍華看桃花，爸爸都沒空去。平時一家人連看電影都比往年少了，他們不免有點失望，正好陸慶和要去南京開會，玉英就讓他把孩子們帶去散散心。慶和想也好，除了含玉剛考上金陵女大，在那裡上了兩個來月的課之外，其他幾個兒女一直沒去過首都，忽然心中閃過一個念頭，將來他們還有沒有機會去南京，也很難說了。

到了南京，爸爸摸著含笑的頭笑著說：「別說我今年沒有帶你們玩，趁還沒有開會，明天我帶你們出去逛逛，看看首都的風光。」含笑高興得蹦了起來，「哈哈，太好了！」

第二天上午慶和先帶他們去玄武湖公園，在碧波盪漾平靜的湖水中划船，欣賞著兩岸綺麗的風景很舒適寫意，慶和也得以暫時放下心頭的種種煩惱，這一年來，內心的抑鬱和掙扎令多病的他更覺疲憊。孩子們第一次來南京，他們感到什麼都很新鮮，南京不像上海那麼繁華，街上到處都是人，而這裡顯得比較清淨，風景也很秀麗。

下午慶和帶他們去了中山陵，他說：「你們到上面去向國父孫中山先生致敬吧，我就不上去了，你們代表我鞠個躬。」他在椅子上坐下休息等著他們。

望著藍色琉璃瓦屋頂的中山陵，陸慶和不禁想起當年第一

次來這裡的情景。那時還是跟胡啟先一起來的，他剛經啟先介紹加入了國民黨，又逢北伐戰爭勝利結束，他倆特地來此觀見國父孫中山先生，覺得自己正在為實現他的遺訓而奮鬥，一種自豪感油然而生。他們還在國父的石像下，認真地背誦總理遺囑，那時他們才二十幾歲，正是意氣風發、壯志凌雲的年齡，「唉，現在我卻未老先衰了……而國家的命運更不容樂觀。」

　　孩子們到了陵墓下，站在碑亭前，擡頭仰望聳立在山崗上氣勢雄偉的中山陵，心情異常激動。耀宗跟含笑說：「好高啊！看我們誰先爬上去，好嗎？」

　　含笑興奮地答道：「好！」一說完就拔腿飛也似地跑了。中山陵還真的很高呢，起碼有三百多個台階，一刻不停地爬到上面，他倆都氣端吁吁，含笑振臂高呼：「我第一名。」

　　「得了吧，你耍賴，搶先起步，不算。」

　　「大姐，你看他才耍賴呢。」

　　含玉說：「別鬧了，我們先得去向國父致敬。」

　　走進莊嚴肅穆的祭堂，只見偏北中央是國父的白色大理石的雕像，他端坐在那裡，身穿長袍馬褂，書卷平攤在膝蓋上，雙目炯炯平視遠方。含玉他們五個人一字排開向孫中山先生的石像行三鞠躬禮。含玉指著門楣上方，「你們看。那裡有張靜江[12]書寫的『民族』、『民權』、『民生』六個篆書金字，我們應該永遠記住國父的遺訓。」

　　含珠說：「對，我們要讀好書，才能實現國父的理想。」

　　耀宗提醒他們：「誒，別忘了我們還得替爸爸鞠躬呢。」於是他們又轉身恭恭敬敬地再次鞠躬。

　　離開中山陵，他們又去爬了附近的靈谷塔，在塔頂向爸爸揮手，慶和見孩子們那麼興奮，心情也輕鬆了一點。等他們下

來之後，他說：「一會兒我請你們去吃南京有名的板鴨。」平時爸爸忙，哪有時間跟他們一起玩，這回帶他們來南京，才有機會跟爸爸在一起多待待，一個個都笑呵呵的。

汽車開到市區，遇到學生遊行，交通堵塞，開不過去了，停在那裡等了半天，眼看天都快黑了，含笑覺得肚子咕嚕咕嚕地叫，真想快點去吃板鴨，這時車才慢慢啟動。到了飯店門口，一下車就聽見含笑嚷嚷，「呦，這是什麼呀？！」耀宗走過去一看，後面的車窗下不知誰給貼了一張「反饑餓、反內戰」的大標語。陸慶和也走過去看了看，司機老黃過來想把標語撕掉，他卻說：「算了，別找麻煩了，回去再說吧。」吃晚飯的時候陸慶和一句話也沒說，神色凝重。孩子們見爸爸這個樣子，也不敢說笑了，只顧悶頭吃飯。

1948年國軍在內戰中節節失利，財政問題也因此日趨嚴重，不法商人趁機囤積居奇，企圖大撈一把，通貨膨脹迅速擴大，物價飛漲，老百姓的日子越來越難過，市面上出現了搶購風潮，聽說連四大公司的門有的都給擠破了。

入秋之後，眼看戰火就快燃燒到長江流域了，陸慶和不得不作出安排。他先讓玉英帶著三個孩子去香港避一避，看看那邊的情況，對孩子只說讓他們去香港玩玩。含珠和耀宗還要參加高中的畢業大考，暫時走不了；他自己也有許多事情要交待，而且還想再看看局勢會不會有什麼變化，所以只托招商局幫他們定了四張去香港的船票，輪船的名子叫海菲號，出發日期是11月28日。

一天早上吃過早飯，廷爵正準備去上班，玉英叫住了他，遞給他一包東西，「這個你收好。」

廷爵接過來感覺硬梆梆、沉甸甸的，知道是金條，奇怪地

問：「你給我這個幹什麼？」

「現在金圓券一路貶值，媽媽老了，以後少不了要花錢，你收藏好這個。」

「阿姊，你們真的要走？」

「唔，金泰祥、嚴老闆都走了，前兩天吳太太還託我幫他們買兩張去香港的船票呢。」

「局勢真的這麼嚴重？」

「啟先他們都準備去臺灣了。」

「那你們也會去臺灣嗎？」

玉英指指慶和的臥房，「他不會去那裡的，先去香港。」正說著，金導演來了，廷爵跟他打了個招呼就匆匆走了。

「玉英姐，慶和兄在家嗎？」

「在，不過他最近很累，銀行、市商會的事情已經夠忙的了，現在當上立法委員，有時還要去南京開會。」

「能者多勞麼。」

「我真怕他的身體吃不消，況且現在時局不穩，他心情也很差，更影響健康了。」

「不要太悲觀，國共不是快要和談了嗎？可能有轉機。」

玉英冷冷地問道：「對了，聽說你當上和談代表團的顧問了。」

「那是人家引薦的，嗨，我不就是去幫著打打雜，也見見世面麼。」

「你這張嘴那麼能說，人家才看得起你呀。」

他笑了，「哪裡、哪裡。我去看看慶和兄。」

「四弟，可別談太久。」

「曉得。」

玉英知道她這個乾弟弟多半又來勸慶和不要離開上海，心想：「哼，這可輪不到你們拿主意，我們怎麼也不能在這裡坐以待斃，那共產黨什麼事都幹得出來，怎麼信得過？」

金導演跟慶和談了約莫半個鐘頭，走出他的房間。

「玉英姐，真的要走？」

「每年他都要去香港養和醫院檢查身體的麼，這回可能多住些日子，休息休息。」

「準備得怎麼樣？」

「差不多了，昨天老徐已經讓人把船票送來了。我帶著孩子先去玩玩。」

「那好，等你們回來，也許已經停戰了。」

玉英似笑非笑地：「希望如此。」

金導演是玉英乾媽的兒子，也是杜老闆門下的關門弟子，他在重慶結婚的時候，還是杜老闆做的證婚人呢。自從在上海演了《夜半歌聲》他已經出了名，到重慶演出《屈原》之後，更是聲名大噪。抗戰勝利後他被派往長春去接收敵偽的滿州電影製片廠，也算是個接收大員。接著又回到上海辦了個製片廠，在社會上很活躍。玉英一直以為他是個名藝人，太太也是一位名演員，以前她跟他們常一起去百樂門跳舞喝茶，有時還在一起打撲克，今年農曆新年他夫婦倆還帶著名演員白光來參加家裡的舞會。真沒想到原來他倆是左翼人士，她更不知道他早於1932年就加入了中共地下黨。最近他經常來勸慶和留在上海。估計他想利用慶和在工商界的影響力做有利於他們的事情，豈有此理！這怎麼行？由此玉英有意疏遠他們了。

一個星期之後就要動身了，徐媽、阿金幫著玉英收拾行李，雖說不用帶太多東西，但四個人的行裝也不少。

　　外婆坐在沙發上發呆，六神無主心慌意亂，想起八一三事件之後，慶和跟玉英、含珠離開上海時的情景，一別就是好幾年。這才剛過了四年安定日子，怎麼又要逃難了？一家人又要各分西東。「唉！我這把年紀，還能見到他們嗎？」話雖然沒有說出口，但想著、想著眼淚就掉下來了。

　　「媽，我們去看看情況，說不定時局好轉，很快就會回來的。」玉英安慰媽媽。

　　含笑跳到外婆跟前：「上次爸爸從香港帶回來的老婆餅，您不是挺愛吃的嗎？這回我們也帶些回來給您吃，您一定咬得動，您還想吃什麼？」

　　「乖，笑笑不用了，上海什麼都有。到了那裡，媽媽忙，你要聽大姐、三姐的話，小淘氣。」

　　「外婆您放心，她大了，挺乖的。您保重，千萬別受涼，徐媽會刮痧，不舒服的話，讓她幫您刮刮痧。」在西安的時候，才十一歲的含玉就會給外婆刮痧，外婆很捨不得她走。

　　碼頭上人來人往，熙熙攘攘，上船的、運行李的、送行的、照相留念的，還有賣報紙、賣小吃的，擠滿了碼頭。跟含笑非常要好的三個小同學一早就趕來送行，蔣桃麗跑在最前頭，韓若梅拉著張青雲跟在後頭，穿過人群來到了碼頭。

　　桃麗：「快點！我們晚了，可能含笑已經上船了。」

　　青雲急了，「那我給她織的手套怎麼給她呢？」

　　「你給她織什麼手套啊？香港又不冷。」

　　「那冬天總有點冷的麼。」

　　一艘好大的輪船停泊在碼頭邊，一條長長的懸梯連接著輪船和碼頭，許多人正踏上懸梯忙著上船。桃麗和青雲擡頭一

望，看見含笑已經站在甲板上了，正用一條紅圍巾使勁向她們揮手示意呢。她們呼喚著她的名字，可是她好像聽不見，她們只好舉起手向她打招呼。青雲很失望，眼淚都快流出來了，「她真的要走了，咱們跟她說不上一句話，連手都沒握一下。」

若梅：「別哭啊，她不是說過完寒假，明年開學的時候就回來的嗎？。」

「我總覺得她不會回來了，我爸爸有的朋友也都走了。」桃麗挺肯定地說。

青雲問：「要是不打仗了呢？」

「那誰知道，不過我們可以經常跟她通信的嘛，告訴她這裡的情況，她會回來的。」若梅安慰著青雲。

青雲抹乾了眼淚擡頭望，只見一個男孩子走到含笑身旁，「誒，那是誰？是她哥哥吧？不像啊。」

「那男孩子？不是她哥哥，那是他爸爸朋友的兒子，我見過他，他叫徐海威，有一次我跟含笑在康平路上學騎自行車，他還來教我們呢。」桃麗答道。

嗚……嗚……輪船的汽笛響了，依依惜別的人們不得不告別了，要出發的人急急忙忙趕著上船；送行的人有的抹著眼淚，有的嗚咽地哭了起來。

大輪船的甲板上站滿了即將離去的人，有的人神情茫然，有的人悲從中來，望著碼頭上送行的親人、朋友，望著這塊自幼生長的地方，心中千頭萬緒，不知何年何月才能重歸故里。不少人感覺自己在踏上這艘輪船的那一刻，已經走上了一條不歸路，跟這裡的一切也許就此訣別，再也無緣相見。茫茫大海的彼岸又有些什麼在等待著自己呢？無數問號出現在腦海中。

卻不知答案在何處。

　　船下的人，望著即將遠離的親人和朋友，有不捨、有擔心、有羨慕，可能也有嫉妒和藐視的，真是什麼心情，什麼滋味都有。這不是一般的離別，彷彿在跟一個時代告別，過去的將永遠成為歷史，即將到來的是無窮無盡的未知數……

　　輪船啟航了，慢慢駛離碼頭，也許船上船下的人們從此將處於完全不同的兩個世界，更不知命運之神，會將他們各自引向何方……

四

　　1948、49年間大批大陸的難民湧入香港，這個小海島頓時人口激增。英皇道的炮台山、北角一帶，出現了許多講上海話的人，都是從上海逃出來的，當時人稱北角為小上海。渣華道新蓋的一排四層高的唐樓裡，搬進了不少上海人，陸慶和一家就住在二樓，隔壁的錢先生和四樓的劉先生都是他的老朋友。

　　「陸先生，留步，保重身體。」

　　「好、好，慢走。」慶和站在房門口與兩位客人握手道別。玉英為他們打開門，「章老、黃先生走好，再見。」他倆走了出去，玉英卻見胡啟先正從樓梯走上來，她驚喜地：「你們到了？」胡啟先跟章老點了一下頭，沒有說話，接著跟黃先生擦身而過，彼此望了一眼。

　　玉英：「快進來，你們剛到嗎？」

　　「不，昨晚就到了。」

　　「素芳呢？」

　　「她陪曉文去買東西。一會兒過來。」

「盼盼呢？」

「她要上學，這次沒帶她來。剛才走的那個年紀輕一點的人是共匪方面的吧？」

正好慶和從房間裡出來：「誒，啟先，都是中國人麼，何苦彼此以匪相稱呢？」

「慶和，你還好嗎？」

「還可以。」阿金為客人端來一杯茶。「放到裡面去。來，啟先裡面坐。」他倆進了慶和的睡房。

玉英心想：時間過得真快，一轉眼曉文都要上大學了，不過人家是去美國，唉！含玉、含珠將來的出路還不知道在哪兒呢。

「阿金，準備點水果，點心，一會兒胡太太和胡小姐也要來。」說著她趕緊稍微收拾了一下客廳和兩個房間，還有隔成一個房間的陽台，現在人多房子小，一家七口擠在一起，難免很亂。玉英打開窗戶通通風。

忽然聽到慶和咳嗽了一陣，激動地說：「那為什麼人家不到四年就取得勝利？這難道不反映人心向背？」

過了一會兒，聽見啟先平靜地說：「不要總是以成王敗寇的邏輯來審視一切。你真了解他們嗎？你以為他們發表在新華日報上的社論，講的都是真話？什麼『一黨獨裁，遍地是災，要實現民主，把人民的權利交給人民』，多麼動聽？還說要學習美國的民主制度。」他冷笑一聲：「那麼請問，他們的祖師爺蘇共一向以來究竟實行的是什麼制度呢？」

玉英忍不住推開房門探頭進去，「慢慢聊麼，老朋友急什麼？」

啟先沉重地：「是的，我們在經濟上、軍事上，的確有許多教訓要總結。」停頓片刻，他忽然把身子挪近慶和，意味深

長地問道：「不過你有沒有想過，當我們在重慶遭受日寇狂轟濫炸，國軍在前線浴血奮戰的時候，他們在幹什麼？為什麼他們能夠迅速壯大並以逸待勞？」

「什麼意思？」

「那時外婆和廷爵一家，還有含玉、含笑不是都在西安嗎？你告訴過我，他們在那邊也老是要跑防空洞。奇怪，號稱抗日根據地的延安，跟西安近在咫尺，你有沒有聽說過他們遭到日軍猛烈轟炸？」慶和一時答不上來了。

啟先接著不緊不慢地說：「抗戰剛結束，他們就不費吹灰之力拿到了東北這麼大的一片土地，還不是拜蘇聯所賜？當然不僅如此，我在上海的時候，聽說中共的資深特工潘漢年也在上海，而且時常出入岩井公館[13]。有兩個外國勢力如此鼎力相助，豈有不壯大之理？」

慶和知道日偽時期啟先曾被派往上海負責敵後的地下工作，也知道岩井公館是日本的特務機關，他忽然意識到啟先的言外之意，吃驚地看著這位多年的老朋友，不禁搖搖頭，「不可能，這有點危言聳聽了，你有什麼根據？」

啟先並不作答，慶和皺起眉頭，不悅地說：「中共不可能連民族大義都不顧，不然，怎麼會有那麼多愛國青年往延安跑？看來總有些人想把自己的失敗諉過於他人吧。」

啟先知道1947年慶和在香港養和醫院檢查身體的時候，那個潘漢年曾經去探訪過他，此刻他只淡淡地笑了一下：「慶和，你這個人有時真有點老天真，不過千萬不要以君子之心度小人之腹才好。算了，這個問題你慢慢想想，今天不說這些了。還是談談你未來的計劃吧。」

慶和沒搭腔，似乎還在思考他剛才說的話，玉英走進來打

岔：「現在能有什麼計劃呀，他每天下午還發燒呢。」

「那你不如趁這段時間好好休養，把身體搞好最要緊，別的慢慢再說吧。」

門外有人敲門。「大概素芳她們來了。」玉英一邊說著，一邊趕緊去開門，正好含玉下班回家，在門口遇見素芳母女倆。

素芳親切地撫摸著含玉的手，「怎麼？去打工了？」

「她自己要去的，在沈伯伯公司裡打字。」

「真是好閨女，懂得為父母分憂。」

「沒有，閒著也是閒著，學學打字總有用的。」

「含翠和含笑呢？」

「她倆在九龍我們教會的一間學校寄宿，週末才回來，含珠跟耀宗在澳門的一間大學借讀。」

素芳望著含玉，心想：「當初在上海的時候，要是慶和答應把她給了我們，那多好。這孩子長得好，性格又溫順，我們一定會好好培養她。」可是慶和就是捨不得，只答應讓含玉做他們的乾女兒，結果他們只好跟遠房親戚要了曉文。老人常講，要了人家的孩子，有可能招來一個自己的小孩，果然後來素芳懷了盼盼，可是直到如今，她對含玉總是有一份特殊的憐愛。

曉文問：「姐姐你不讀書了嗎？」

「玉英，還是得讓她繼續上大學啊。」

「爸爸說等局勢穩定了，我可以回南京金陵女大繼續讀完大學。」

「什麼？！回南京？可別，這麼好的孩子不能讓她冒這個險。」

「素芳，你放心，她功課好，我正在考慮看看教會有沒有機會幫她出國，不一定要回南京。」

「姐姐我就要去美國上大學了，我們能一起去多好？」

「去美國讀書太貴了，我還是回南京吧。」

素芳心疼地看著含玉：「慶和，可不能放她回去，錢的問題可以想辦法，乾媽支持你一些。」

含玉：「不，乾媽，謝謝您，那怎麼好意思。」

「你功課那麼好，也許你能考上獎學金呢。」

啟先扯了一下素芳的衣袖：「別皇帝不急，急死太監麼。」

「怎麼能不急啊？萬一進了去出不來就晚了。」

慶和溫和地說：「不會的，沒有你想像得那麼可怕。」

啟先無奈地看著他，明知講也沒用，還是想盡最後的努力：「慶和，孩子年輕不懂，我們大人要為他們的前途慎重考慮啊。」

也許剛才啟先提出的問題，令慶和心裡不舒服，看得出來此時他有點煩躁，「我們有數的，難道我們不愛護自己的孩子嗎？」

「我不知道你到底有數沒數，十字路口，走錯一步就萬劫不復。」

下午慶和正在發燒，火氣也大了點：「你不要老教訓我好嗎？你好好想想你跟著老蔣（即蔣介石）一輩子值不值得？」

「你錯了，我不僅僅為了老蔣，我是絕對不會放棄我們建立起來的中華民國，這個國家不也屬於你的嗎？」

「是的，從北伐到抗戰，我都無條件地支持國家，可是怎麼樣？抗戰結束後你看看，搞成什麼樣子？有些接收大員不幹正事，整天忙著五子登科（條子、票子、房子、車子、女子）。這些年，我在國民大會上提的意見和建議還少嗎？有誰重視過？到頭來竟有人說既然陸某某這些人那麼不滿意，弄個

飛機把他們都扔到蘇北共區去好了。」

「嗨，這是誰說的？你從哪裡聽來的？就算真有，也是個別人胡說八道。危難時期最需要大家同舟共濟，好好總結教訓，重整旗鼓，在這方面你仍然可以發揮很好的作用。」

「你不要來勸我去臺灣，夠了，哀大莫過於心死，懂嗎？」

啟先楞了一下，隨即沒好氣地：「不懂，我只知道，人不能輕易放棄自己一貫的宗旨。」

「那好，你就做你的文天祥[14]吧。」

不知為什麼，一向沉得住氣的啟先忽然激動得臉都漲紅了：「學點文天祥的氣節也應該，像你們這樣，就真能心安理得嗎？總有你後悔的一天！」

玉英見這兩位老哥兒們真的吵起來了，趕緊勸阻：「幾十年的好朋友吵什麼呀，現在我們見一面都難得，算了，別談這些好不好？！阿金，快拿點點心來！」

這時，素芳反而很冷靜，她深知丈夫的性格，平時脾氣似乎很好，一旦觸及要害，發起脾氣來就不可收拾，便溫和地對玉英說：「不餓，不吃了，我們還有點事情要辦，改天吧。」

「改天？那你們不會很快就回臺灣吧？」

「不會，還要探望這裡的朋友，杜先生那邊還沒有去呢。」

啟先走到沙發前，見慶和虛弱地喘著氣，後悔自己一時太衝動，輕輕嘆了口氣，拍拍他的肩膀：「抱歉，讓你生氣了，我只是希望你凡事想清楚再做決定，不去臺灣不要緊，留在香港也好……那我們先告辭了。」他伸出手緊緊地握了一下慶和的手。素芳走近玉英默默地摟住了她，兩人都有點淚汪汪。

曉文奇怪地問：「媽媽你們這是幹什麼呀？又不是生離死別。」

含玉勉強笑了一下，「是啊，乾媽，你們過兩天再來麼。」

素芳看著含玉苦笑地：「好的，乖孩子，自己當心啊。」她撫摸了一下含玉的臉，回過頭說：「慶和你好好保重，再見了。」

週末含翠、含笑從寄宿學校回來，見爸爸在上海的老朋友蕭劍光叔叔來了，正跟爸爸、媽媽在客廳聊天。老朋友分別才半年，好像已經很久了，一見面格外高興，慶和問：「劍光，你是什麼時候來的？」

玉英問：「夏萍和蕭逸呢？」

「他們沒來，我是一個人來的，才來了三天。」

寒暄之後慶和問：「怎麼樣？還好嗎？」

蕭劍光明白他急於想知道共軍佔領上海以後的情況，「你們這裡的報紙也有報道的吧？」

玉英說：「那總不如你親眼所見麼，快講講你的感受。」

「現在呢，一切還沒有穩定，許多事情都顧不上，不過解放軍的紀律還不錯，進城的那個晚上都沒有驚動老百姓，第二天早上大家一開門，才發現好多解放軍睡在馬路上，這一點的確贏得老百姓的好感。」

談了一會兒，慶和問：「那你這次來是……？」

「我想來看看這裡的情況怎麼樣，現在我住在妹妹家，聽他們講呢，這裡也亂糟糟，人多地方小，他們說上海來的人是房子越住越小，車子越坐越大，哈哈哈哈。」

玉英接著說：「可不是，你看我們這裡怎麼能跟上海比？」

慶和說：「你來了就多住幾天，好好看看再說，今天就在這兒吃個便飯，吃完飯我們再慢慢聊聊。」

蕭劍光如今是上海一家紗廠的老闆，一直以來他都覺得慶

和比自己聰明，平常有什麼事情總喜歡找慶和商量。此時他拿不定主意，究竟是留在上海好呢，還是搬到香港來，親戚朋友各有各的看法，他想不如自己來實地考察一下，也好聽聽慶和的意見。

「上海將來的情況到底會怎麼樣，現在也拿不準，新中國標榜的是由工人階級領導，以工農聯盟為基礎，我們這些當老闆的，想必處處得小心謹慎。可是到這裡來辦廠，又談何容易？不說別的，就這設備也帶不來呀，那都要重新投資，這筆費用就不得了，就算把廠辦起來了，生意好不好做，心裡也沒底，畢竟是人生地不熟，所以慶和兄，我現在是十五個水桶七上八下。」

「你的心情我能理解，現在我們面臨的是一個時代的交替，誰心裡都有很多矛盾。你在上海這麼多年辦這個廠辦得很不錯，一切都摸熟了。現在這裡的經濟也不是很好，一下子來了這麼多人，這彈丸之地能不能容納得下還不好下結論。」

「前天我見過徐振東，看起來他好像也在猶豫，他太太娘家的人都去了臺灣，恐怕他是不會留在這裡的，不過去臺灣他似乎也下不了決心。」

慶和心裡明白，在招商局起義的問題上，老徐作為管理高層睜一眼閉一眼，態度曖昧，沒有盡力阻止，臺灣方面當然不滿，為這件事，慶和心中對他不免有些歉疚。

「是啊，許多朋友目前都在觀望，各尋出路，英美、加拿大和歐洲、澳洲不容易進得去，求其次就只有南美洲和東南亞了，聽說隔壁的錢先生正在考慮去巴西。」

蕭劍光皺起眉頭：「巴西？那種地方……」

「巴西地方是不小，不過相對來說比較落後，而且那裡的

語言恐怕是葡萄牙語吧，要打開局面也不容易。」

「那是，到那種地方去心裡更沒有底了。」

「有人想不得已就去臺灣吧，但又怕一旦局勢惡化，很不安全。所以也有的在考慮不如回內地去算了，當然，對裡面疑慮也不少……」

劍光接著問：「那慶和兄依你看，當局對我們這樣的人，會不會……」

「照現在看，對民族資產階級還可以，你看他們對國旗的解釋，不是把民族資產階級也算一顆星嗎？據說工人、農民、小資產階級，加上民族資產階級是圍著代表共產黨的那顆大星的四顆小星，都屬於人民的範圍，是共產黨要團結依靠的對象。」

「唔，這個國旗總不會隨便改吧？」

「那當然，這是政策的體現麼，怎麼能隨便變呢？再說尤其像你這樣從來沒有從過政，抗戰時期你又很快就去了重慶，沒在淪陷區做過事，歷史清白，你一個實業家怕什麼？他們現在也是很歡迎民族資本家留下來參加建設的。」

「打了這麼多年仗，老實說也應該好好建設國家了。」

「對啊，這個民生問題是任何一個政府都要面對的，中共當了家，也得制定一整套政策來穩定民心，不過你要是留下來，當然得盡快適應新的環境。這裡有兩本書，是那方面的朋友剛剛拿來給我看的，你先拿回去翻翻，也許可以消除你一些疑慮。」慶和把一本毛澤東寫的《新民主主義論》和一本《論人民民主專政》遞給他。

「哦，這個我在報紙上倒是看見過介紹，不過什麼叫人民民主專政？又民主，又專政，有點奇怪，我還沒有好好研究

過。」

「這裡面大有學問，你要仔細讀讀。」

「好、好，我一定認真看看，過幾天就還你。」

玉英和素芳坐在咖啡廳喝咖啡，明天啟先一家三口就要回臺灣了。港臺兩地雖然很近，可是目前慶和的狀況，玉英也不便去探望他們，那邊老朋友太多，見了面總有點尷尬，此時兩個好姐妹心中不免惻然。

「前天徐振東請我們吃飯，看他的意思是不會留在這裡，好像也不打算去臺灣。」

玉英點了點頭，在招商局起義的問題上，徐振東得罪了臺灣，這都是受了慶和的影響，玉英不好說出來。「前幾天威威來過一趟，老徐準備讓兒子去美國讀書，我想，將來他們家大概會去美國。還問我們要不要他把含笑也帶出去讀書呢？」

「是嗎？那他還真熱心，到底是多年的老朋友。」

玉英笑笑說：「是啊，而且他也看出他那個寶貝兒子威威喜歡含笑，他好像想跟我們做親家呢。」

「做親家？哦？」素芳笑了，「對了，威威跟含笑從幼稚園到小學都是同學，蠻好啊，青梅竹馬麼。」

「嗨，含笑還很幼稚，不定性，誰知道將來怎麼樣。」

威威跟含笑從小就在同一個幼稚園，上了小學也是同學，從玩積木、拍皮球、坐蹺蹺板、盪鞦韆，到學踩三輪腳踏車，都在一起玩。威威只比含笑大兩歲，他天性單純、溫和，像他媽媽。不幸媽媽生他時難產死了，徐振東傷心至極，因此特別鍾愛這個沒媽的孩子。過了三年才娶了明嫻做填房，明嫻是大家閨秀，知書達理，蠻賢惠的，也很喜歡這個又乖又俊的小男

孩，可是振東為了紀念前妻，還是讓威威叫她「阿姨」，後來明嫻生了兩個女兒，海美和海麗。到了香港他們家就住在英皇道對面的堡壘街，跟含笑家住得很近，含笑跟海美、海麗是同班同學。威威功課好，考上了嶺南中學，這幾個女孩子功課上有什麼問題都愛問他，他總是耐心地教她們。

「那含玉他們三個真的要回去嗎？」素芳問。

「他們急於上大學麼，孩子是簡單的，他們當然相信爸爸。唉！現在一切都由不得我呀。」

素芳點點頭，她明白既然慶和目前的態度這樣不可逆轉，說什麼都沒用了。「那麼你們和含翠、含笑可不要輕易離開這裡，必要時他們三個還有條退路，你先把身邊的兩個孩子管好吧。」

「你說得對，含翠我倒不擔心，她信了教，一心一意的。可是含笑就麻煩點，她不喜歡教會學校，更不高興住校，嫌悶得慌，總是想轉學。」

「含笑性格比較活潑，像你呀，也不能勉強她。老徐要是真有意思帶她去美國也不錯麼。有老徐跟明嫻照料，你們大可以放心，畢竟老徐這個人是挺夠朋友的。」

「是啊，這次我們能順利逃到香港來，多虧老徐幫忙才搞到船票。跟他們結為親家我是不反對的，女孩子遲早要嫁人，能找到知根知底的人家也不容易，可是……」

「又是慶和不捨得，對嗎？」

「算了，不說這些了，現在我說什麼都沒有用，他心裡想的只有他那個所謂的大局。」

「如果慶和身體好些了，他真的會回去嗎？」

「他是這麼跟孩子們講的，我當然希望上帝保佑他，身體

能慢慢康復，不過……」

素芳嘆了一口氣：「太冒險了。」

窗外海面上，一艘渡輪和一隻汽艇正交叉駛過，望著它們漸漸遠去，玉英感慨地說：「你記得嗎？我們在上海百樂門跳舞的時候，聽過周璇唱的《合家歡》。」

「記得，蠻好聽的。」

玉英情不自禁地輕輕哼唱起來：「走過了萬水千山，嘗盡了苦辣甜酸，如今又回到了舊時的庭院，聽見了親熱的呼喚，孩子你靠近母親的懷抱，母親的懷抱溫暖。從此後我們合家團圓，莫再要離別分散……」唱著、唱著，素芳見她的眼中閃著淚花。

「怎麼？感傷起來了。」

「你看，好不容易一家人剛剛團圓，這不又要離別分散了嗎？」停頓了一會兒，她哽咽地：「如果他身體好一點以後，一定要回去為他們效勞，說不定……那將是我們分手之時。」

「有這麼嚴重嗎？」

「日本人打進上海的時侯，我們一家人也曾經分離過，不過那時人散心不散哪，現在同在一個屋簷下，卻各有各的想法。」

「那麼，你真的決心不回上海？」

「素芳，我怎麼能忘記耿達群的慘痛教訓？當年他還想我跟他一起去江西蘇區，我跟他說，見鬼了，我為什麼要去那種地方？你看，結果怎麼樣？」

素芳低頭沉思：「我記得，耿達群是個很好的青年，卻遭他們懷疑，無辜枉死，真可惜。」

「其實，他走了之後我也很傷心，畢竟曾經相愛，孰能無情？」

「事到如今，你可不能放棄慶和了呀。」

「我怎麼會想放棄他？這麼多年別的我都容忍了，可是現在好像又回到1927年那會兒了。唉！也許俗話說『夫妻本是同林鳥，大難臨頭各自飛』是有道理的。反正裡面他還有老婆麼，也該人家照料照料他了。」

素芳同情地注視著玉英：「不過他倒是一直把你放在第一位的。」稍頃，她接著說：「男人恐怕都想有所作為，啟先也一樣，其實他和慶和都是憂國憂民的人，只不過看法不同，走的方向也就不同了。」

玉英轉過身來沉重地：「素芳，我真的不明白他身體這麼差，為什麼還熱衷於那些事情，經過這麼多年的戰亂，我只盼望一家團圓，平平安安。人到中年還折騰什麼呀？身體又差，犯得上冒這樣的險嗎？難道真要做第二個耿達群？」

「希望不至於吧。」兩人無語，又坐了一會兒才埋單走出咖啡廳，來到海邊，走到皇后碼頭，扶著欄杆遙望九龍。天氣真不錯，藍天上朵朵白云，猶如柔軟的棉絮，海水平靜，綠波漣漪之上，飄蕩著幾隻漁船。一陣海風吹來十分舒服，但也吹不散她們心頭的愁雲。

「你們去看望了杜老闆，他怎麼樣？」

「哦，對了，我差一點忘了跟你說，你還是勸勸慶和，不要再做白費勁的事，杜老闆是不會回大陸的。」

「慶和總不死心，那邊老盯著他，希望他能說服杜老闆，要是成功的話，許多已經出來了的老闆們都會跟著他回大陸的，那他們不就可以把資金都吸引回去了嗎？」

「哼，那是他們的如意算盤，杜老闆沒那麼笨，雖然他對慶和一向很器重，可是在關鍵問題上，只有他給別人拿主意，

哪有他受人家擺佈的？」過了一會兒，素芳突然笑了起來：
「你知道嗎？前兩天章老親自去見杜老闆了，還吹說那邊如何
厚待他們這些投誠的人，毛賊保證會照顧好他的生活。你猜怎
麼著？杜老闆笑嘻嘻地說：『那好，那很好啊。』章老以為
他也心動了，正想趁熱打鐵呢，誰知道他冷不防問章老：『那
你還能繼續當大律師嗎？』這一問，他當即啞口無言，過了一
會兒才說：『律師麼，不當也罷，總還可以為國家做些別的工
作的。』杜老闆點點頭笑笑說：『蠻好、蠻好。』再沒說什麼
了。」

「是嗎？」

「這位留過洋赫赫有名的大律師，也不過是個趨炎附勢的
小人。」

「是啊，以前也不見他跟慶和多來往，1947年之後忽然常
來走動。你知道慶和家貧沒受過多少正規教育，對有學問的
人，特別敬重，誰知道在緊要關頭，這位老爺子也不是個有風
骨的人。」

「聽說從前在北京的時候他跟毛賊私交不錯。」

「怪不得呢。」

「所以你告訴慶和，不要再去打擾杜老闆了，我看他是哪
兒也不會去。」

「唔，精明。」

過了三天蕭劍光又來了，這回他神情開朗，甚至有點興奮。

「慶和兄，幸虧你指點迷津，我這兩天連夜把這兩本書都
看了，對號入座麼，對來對去，我也是屬於團結依靠的對象。
只要不犯法，有什麼好怕的？我們辦紗廠，解決的是民生問

題，這麼多工人要就業，大家都把工廠撤了，工人到哪裡去就業呢？國營企業也包不了啊，看來我們還是有用武之地的。」

「你說得沒錯，這本書裡講到民族資產階級在現階段是很重要的，所以他們還把一些有影響的民族資本家請到政治協商會議裡去，歡迎他們參與國事討論呢。」

「那太好了。」蕭說著不禁喜形於色，可是稍頃，看著慶和，他又有點疑惑。

「不過你老兄怎麼樣呢？你當過立法委員，他們會不會……？」

「噢，這你不用替我擔心，我當立委只是代表工商界，沒在政府部門做過什麼事，如果這都成問題，那他們要打擊的人就太多了，怎麼忙得過來？」蕭聽了哈哈地笑了。過了一會兒，慶和指著兩個大女兒說：「她們和耀宗明年春天開學前，就要回去上大學了，我等病養好一點，遲早也是要回去的，我們的根畢竟不在這裡呀。」

「是的，那太好了，我在上海恭候你和慶和嫂。」含笑在一旁聽了他們的談話，特別高興，不久她也可以跟著爸爸媽媽回上海了，她恨不得立刻告訴自己的小朋友蔣桃麗、張青雲、韓若梅。

一個星期後蕭劍光來告辭。

「怎麼這麼快就回去了？不多玩幾天？」玉英問，

「既然決定了去向，就不耽擱了，廠裡還有許多事情要處理，我回去把這個決定告訴夏萍，他們也就用不著左思右想了。」他又對含玉、含珠說：「你們回來考大學就住在我們家好了，蕭逸跟你們都熟，他一定很歡迎哥哥和兩位姐姐的。」

慶和問：「蕭逸怎麼樣？書讀得很好吧？」

「書讀得倒也不錯，不過他現在熱衷於唱歌，想考音樂學院，本來我和夏萍都不贊成，搞藝術有什麼出路啊？可是這孩子拗得很，沒辦法。」

「現在是新社會，搞藝術說不定也有前途。」慶和對此倒挺開通的。

蕭劍光笑了一笑說：「好吧，後會有期，希望不久的將來能去火車站接你們全家。」

慶和興致勃勃地回答：「好、好，到時候我們倆又可以在一起喝兩杯紹興老酒了。」

「好極了，如果是秋天，我一定買好大閘蟹款待你老兄。慶和嫂，夏萍也等著你一起去逛公司呢。」

「好的，你先代我問她好。」

慶和一家把蕭劍光一直送到了樓下。

五

星期六含笑回到家裡，正要到爸爸的房間去找他，媽媽神秘地擺擺手，阻止她進去，並小聲說：「有客人。」

含笑問：「誰呀？」

媽媽做了一個八字的手勢，輕輕說：「八字腳。」這是玉英發明的暗語，指的是八路軍，意思是出現在香港的中共地下黨人士。過了一會兒房門打開了，爸爸送兩位客人出來，章大律師跟另一位年紀較輕的先生走到門口，只聽那位客人說：「陸先生，多保重，現在是大有可為的時代啊，身體最重要。」

「對、對，謝謝、謝謝。」

　　客人走了，含笑見爸爸神情愉快，心想：「這會兒爸爸高興，我跟他要求換學校，可能他會答應的。」正想跟著爸爸進房間，卻被媽媽攔阻：「爸爸累了，讓他休息會兒。」可是她自己倒急不可待地跟進去了，只聽媽媽問：「怎麼樣？」

　　「不錯，章老說上面對我在兩航和招商局起義中所起的作用很滿意，周恩來還讓他問我好……」媽媽把房門關上了。

　　含笑知道章大律師是爸爸很敬重的一位朋友，近兩年常見他到家裡來，一來就跟爸爸關著門在裡面談話，逐漸爸爸的態度有點變了，對政府表現出很不滿的樣子，而且把本來掛在客廳牆上蔣委員長的照片摘了下來，這是他送給每位國大代表的，還在上面親筆簽了名——蔣中正。到了香港以後，又見到這位章大律師，還帶著一位黃先生來，後來含笑才知道他就是喬冠華[15]。

　　含笑這陣子見爸爸常看一本書，無意中發現封面上寫著《資本論》，好厚的一本。從小她就愛讀大人看的書。逃難到西安的時候，她才上二年級，就看舅舅從圖書館借回來的書，什麼張恨水的《金粉世家》、徐訏的《風蕭蕭》、巴金的《家》，曹禺的劇本《雷雨》、《日出》等等，雖然一知半解，她也愛看。現在她指著這本書好奇地問爸爸：「這是一本什麼書？我能看嗎？」

　　爸爸笑著說：「這是好書，不過現在你這小鬼頭還看不懂呢。」含笑終於找到機會跟爸爸說要轉學，爸爸答應了她，媽媽可不高興了。爸爸說：「孩子的信仰是不能勉強的，她不願意讀教會學校就算了吧。」秋天含笑進了銅鑼灣的一間中學，離家很近，不用住校，她像飛出籠子的小鳥，可自由快樂了。

　　幾個月後，含玉、含珠、耀宗快要動身了。前一天吃過晚

飯，陸慶和像在上海時那樣，把全家叫到客廳裡來，讓兩個大女兒坐在身旁，沉默了一會兒，才慢慢地講：「過兩天你們就要回上海了，這一次回去，家不在那兒，凡事要靠自己，耀宗你是男孩子，多照顧點姐姐妹妹。」

「我曉得。」

「裡面的情況跟以前不同，你們得處處謹慎，慢慢適應，尤其含珠，你那小姐脾氣也得改一改。生活上可能會苦一點，雖然家裡會按時給你們寄錢去，不過還是要儉樸些，跟大家一樣才好。」

含玉說：「爸爸您放心，這沒問題，人家能過的日子我們也能過。」

「暫時住在蕭叔叔家也好，等考上大學，確定去向以後再說，你們功課都很好，考上海或南京的大學應該沒問題。最重要的是讀好書，有真本事才能對國家作出貢獻，別的還是少參與。雖然現在是新社會，不過參與政治不但浪費時間和精力，而且總是有風險的，爸爸這輩子是不得已，你們就不必了，專心讀書，對國家對自己都好。」

耀宗以為爸爸擔心的是他呢，便保證：「爸爸您放心，我會努力讀書的。」

「我現在身體不大好，而且還有些事未了，只要身體好些，這裡的事情告一段落，我也要回去的，那麼我們一家又可以團聚了。」說畢勉強地笑了一下，一連串的咳嗽打斷了他的話。

「好了，少說點吧，等一會兒又要發燒了。」玉英說。

慶和擺擺手，一邊喘著氣，一邊仍堅持講下去，「你讓我講完。你們進了學校可能會遇到一些人覺得你們是從香港回去的，有些特別，這你們不必解釋，爸爸這些年多少也為新中國

做了一些事，上面是了解的，等我回去以後，一些誤解自然會
消除。」

第二天早上，玉英，含翠和含笑要送他們去火車站。慶和
一夜都沒睡好，眼睛是紅的，精神很差，但他還是掙扎著起了
牀，坐在沙發上，看著大家吃早餐。

含玉走過來對爸爸說：「爸爸，您好好養病，別太累了，
我們等著您回來。」

含珠的眼圈也紅了，像小鳥立刻要離巢單飛，忽然感到一
陣徬徨，爸爸拍拍她的頭：「你行的，讀書沒問題，就是要學
會做人，鞭長莫及，爸爸幫不了你們多少……」說著、說著他
倒落淚了。含翠站在一旁，不知說什麼好，含笑從來沒有見過
爸爸哭，她也忍不住掉眼淚了。

玉英怕慶和受不了離別的情景，催她們趕快動身，「汽車
都來了，走吧，別誤了火車。」

大家七手八腳搬行李下樓，耀宗幫著司機把箱子放進車尾
箱，慶和站在陽台上不捨地望著他們，揮了揮手，含玉和含珠
擡頭仰望，向爸爸擺擺手，「外面風大，爸爸快進屋去吧，我
們走了，再見，再見！」

外面天色灰暗，細雨濛濛，風聲嗚咽，更添幾分離愁。汽
車開動了，沿著渣華道一直向前開去，轉了個彎就看不見了。
慶和這才走進屋，回到房間裡，只覺得胸口憋悶，趕快躺下，
急促地喘著氣。不知為什麼，只覺得心裡空蕩蕩的。

1937年日本人馬上要打到上海來的時候，他已經是上海的
知名人士，1932年一二八時他曾參加過反日會，積極支援過
十九路軍抗日。那時上海即將淪陷，想到日本人可能會找他算
帳，也許會逼他當漢奸，唯有離開上海躲避一陣，於是他毅然

告別了妻兒老小，隻身去了香港。當時也不知何年何月才能一家團聚，卻沒有這種空虛、失落的感覺，這輩子經歷過的風雨磨難不算少了，為什麼現在會這樣脆弱呢？

「慶和，你真的要讓含玉，含珠他們回去嗎？」這可是破釜沉舟啊。」兩個星期前，幾十年的老朋友胡啟先，又來探望他們，曾提出這麼個問題。

「破釜沉舟⋯⋯是啊，這意味著跟過往的一切一刀兩斷，退路是沒有了，前途呢，又將如何⋯⋯？」為什麼此時此刻似乎失去了那份理直氣壯的自信，是因為想起啟先的那番話嗎？還是因為自己的身體越來越差呢？

抗戰時期，陸慶和轉入了銀行界，而胡啟先則一直留在政界，在重慶時，他們兩家仍然過往甚密，保持著良好的關係。可是抗戰勝利回到上海後，情況發生了變化，慶和站在維護民族工商界利益的立場，對於政府的經濟政策多次提出不同意見，尤其在他當選為立法委員之後，更積極向當局提出種種建議，抵制不利於民族工商界的提案。他所辦的一份報紙揭露時弊筆鋒犀利，成為工商界的喉舌，有的社論還是他親筆所寫，更是引人注目。一方面他深得工商界人士的擁戴，被視為他們的代言人，另一方面卻招來某些當政者的不滿。

蔣經國奉命來上海整頓經濟，反貪打老虎的時侯，起初真有大刀闊斧，雷霆萬鈞之勢。杜老闆之子杜維屏等六十餘人都因囤積貨物、投機倒把被逮捕判刑；華僑商人王春哲因倒賣黃金、參與黑市交易被槍決，一時間引起極大轟動，民間將他與歷史人物包拯[16]相比，稱他為蔣青天。可是當查到揚子公司時，卻因該公司的負責人是孔祥熙的兒子，宋美齡的外甥孔令侃，就寸步難行查不下去了。慶和對此非常不滿，他氣憤地

說：「一涉及豪門就虎頭蛇尾不了了之，豈不大失民心，這還有什麼希望？」胡啟先身為上海市的重要官員卻持不同意見，認為此時內戰未止，形勢錯綜複雜，蔣經國年少氣盛操之過急，短時期內得罪許多有影響的人，對於整頓疲弱的經濟，穩定時局，未必有利。

慶和雖然理解啟先是人在江湖身不由己，但仍然覺得他似乎喪失了當年的赤子之心，因而有些失望。正是在這個時候，章大律師和金導演對慶和展開了統戰攻勢。由於他對政府的失誤不滿，他們的遊說就起了作用。慶和的思想逐漸左傾，以至於國民黨特務系統曾有人出言以死相威脅，他卻說：「民不畏死，奈何以死懼之？」啟先為了他的人身安全，勸他收斂些，但兩人政見不一，越勸裂痕越深，有一次爭得面紅耳赤，玉英和素芳想緩解他們的矛盾都毫無辦法。

隨著國軍兵敗如山倒，啟先感到異常失落和沮喪，他已無心跟老朋友爭論了，只是在臨去臺灣之前，還是來勸慶和小心一點。「當此危難時刻，理應同舟共濟，即便你做不到這點，也應以審慎觀察為上策，不要長他人威風，滅自己人的志氣，更不要做無謂的犧牲。」

慶和明白他的一番好意，也知道這個政權如大廈將傾，這種時刻特務系統是會狗急跳牆的。可是中共方面希望工商界人士，能在保衛大上海的重要關頭起積極作用，慶和本身也不想看到自己多年參與建設起來的大上海，在易手之前被毀於一旦，他忍不住要到處奔走，發揮他的影響力，說服有關方面作出努力，以保證上海平穩過度。這樣一來，他根本做不到像啟先建議的那樣，反而更加曝光。

一日，金導演交給慶和一盒香煙，其中一支藏有中共方面

送來的情報，通知他盡快離開上海，去香港避一避。1949年5月慶和最終只得帶著耀宗和含珠匆匆離滬赴港。

到了香港，有一次胡啟先到訪，他仍然要對老朋友再進一言：「慶和你不去立委報到，我也不想說什麼了，人各有志麼，不過在這十字路口還望你看清路向，立夫先生（即陳立夫）也很關心你。尤其你身體多病，不如趁此機會好好休息休息，犯不上四處奔波，為他人做嫁衣裳。」

「啟先，我知道現在臺灣有不少人在罵我，我也不想解釋了。你想想，現在的國民黨哪裡還是我們當年投身革命時的那個黨？這些年來若不是政府失信於民，今天也不至於搞得一敗塗地眾叛親離，我們當年的宏願都付之東流了。」

「好了、好了，這些我不想再跟你爭論，自古以來中國人的邏輯就是『成者為王，敗者為寇』，姑且不論其中是非，我們也會從失敗中重新認識自己的。不過你老兄對於對方究竟又有多少了解呢？你不覺得你自己是在冒險嗎？」

「我個人別無他求，只求對國家有好處，不要在內戰的最後關頭，令大上海遭到毀滅性的破壞。現在形勢已不可逆轉，我只盼望國家盡快安定下來，一點點好起來、強起來，我所做的一切能對得起人民，對得起國家就行了。」

「算了，這套大道理我們一時半刻也談不清楚，你倒是要好好想想毛澤東說的什麼『論人民民主專政』究竟是什麼名堂？民主和專政這兩個完全對立的概念如何並列？我就不懂了。」

「是的，他專門就此命題寫了一本書，你這位法政專家應該研究研究，不妨放下偏見讀一讀。」

啟先冷笑了一下，「真理是簡單明瞭的，這種『深奧理

論』我搞不懂，多半是詭辯。」接著語重心長地說：「當務之急不是探討這些莫名其妙的理論，而是要觀察活生生的事實，你總不會忘了玉英以前的男朋友耿達群吧？最後他不是給專政了嗎？」

「你，這是什麼意思？」慶和略感不快。

啟先避而不答，「我只想勸你顧好自己的身體，照應好妻兒老小。含翠，含笑尚未成年，兩個大女兒和耀宗不如留在身邊，日後也好挑起家庭的擔子，為你們分分憂，把他們都放了回去，將來就由不得你了。」

「將來就由不得你了……」不知為什麼，想起這句話，此刻竟如一聲重錘敲擊在頭上，頓時虛汗淋漓。耿達群，這個多年沒再提起過的老朋友，當年是一起參加國民黨的，他那張單純熱情的面孔，忽然浮現在眼前。

二十年代末，玉英以前的男朋友耿達群懷著對國民黨清黨的極度不滿，毅然投共去了江西蘇區，後來聽說他在中共的一次整肅運動中，被懷疑是國民黨派遣的特務，招來了殺身之禍，從此一去不返……。想到這裡，他忽然感到自己好像不是躺在床上，而是躺在漂泊於大海的小舢板上，漂浮著、漂浮著，恍恍惚惚，總也靠不了岸，不知會漂向哪裡……不對啊，你不是知道那邊是歡迎你的嗎？周恩來最近不是還託人問候你嗎？你不是下了決心隨後也要回去的嗎？你不是已經勸說一些朋友先回去了嗎？可是為什麼、為什麼？現在眼前只覺得霧茫茫、路茫茫，一片昏暗……

六

　　含玉他們三個回大陸以後，含翠還在九龍的學校寄宿，她是虔誠的基督徒，書讀得很好。而含笑讀的這間學校沒想到原來是個學店，學校只顧賺錢，對學生的學習根本不怎麼管，管理和教學質量都很差，不過含笑卻因此獲得了從未有過的自由，特別開心。不喜歡的科目她根本就不聽，學了半天化學，還不知道H_2O是水，上課時擺本小說在桌子底下偷看。她把圖書館能借到的中外名著幾乎都看遍了，滿腦子都是巴金、曹禺、托爾斯泰、莎士比亞、狄更斯、巴爾扎克、羅曼羅蘭、雨果、奧斯特羅夫斯基等作家書中的故事和人物。她還迷上了美國電影，一有空就跟一個要好的同學高敏跑去看電影，什麼魂斷藍橋、亂世佳人、小婦人、蝴蝶夢、簡愛、呼嘯山莊、居里夫人、三劍客、基督山恩仇記等等，百看不厭。勞倫斯奧利弗、格力哥帕克、費雯麗、瓊芳婷、奧德麗赫本，都是她最迷的電影明星。她和高敏喜歡收集影星的照片，經常去銅鑼灣一帶樓梯下面那些小書攤搜索。

　　一個星期六的下午，她正在陽台上畫畫，有人敲門，聽見阿金說：「徐少爺來了，四小姐在陽台上。」只見徐海威走了進來。

　　「笑笑，你在幹什麼？溫習功課？這麼用功？」

　　「別吵，我在畫畫呢，對了，你圖畫畫得特別好，來幫我看看，像不像？」她正在畫勞倫斯奧利弗的照片。

　　「有點像，不過你畫他幹什麼？」

　　「啊呀，你看他多英俊啊！」

海威不高興地：「英俊什麼？陰森森的。」

「得了，你不會欣賞，那眼神多麼深邃，多麼迷人？」

海威見她還在修改，不耐煩地：「笑笑，別畫了，我有要緊事跟你講。」

含笑頭也不擡還在改她的畫：「講吧，什麼要緊事？」

「我快走了。」

「走？」含笑擡起頭奇怪地望著他：「真的要去美國？這麼快？」

「是啊，爸爸讓我先去洛杉磯的一個COLLEGE上學，把英文再提高提高。」

「那好啊，你將來想學什麼呢？」

「我呀，你知道我最喜歡輪船模型了，說不定我會學航海，或者造船，反正跟船有關係的。」

「太棒了，威威，說不定你將來真的會揚威大海呢，你的名字沒取錯。」

「揚不揚威無所謂，只要能在海上駕著自己造的船，乘風破浪那多來勁！」海威遠眺窗外，那時渣華道一帶還沒有填海，可以一直望到海旁。他那雙俊美的眼睛裡，透射出喜悅之光。

含笑瞧他似乎沉入了夢境，不禁也為他感到興奮。「那你就去追尋你的夢想吧。」

從小到大海威從來不像其他男孩子，有時會欺負女孩子，搞點惡作劇戲弄她們，他反而常常幫助她們。他比含笑高兩班，含笑功課上有什麼問題，他總是很耐心地教她，最多開玩笑似的說她幾句：「每天都喝水，你都不知道H_2O是水，真不像話，應該罰你兩天沒水喝。」現在他要遠走高飛了，還真有點捨不得呢。

「對了，後天是我生日，媽媽要給我開個派對，我的一些要好的同學都會來，你也來吧，就當順便給你餞行好嗎？」

「不，我不要你給我餞行，我想你跟我一起去。」

「你真異想天開，我怎麼跟你一起去？真逗。」

「我爸爸跟你爸爸說過的，可以帶你一起去讀書。」

含笑覺得很意外：「我爸爸沒有跟我說呀。」

「你不信，問問你爸爸。」

「我憑什麼跟你去？我又不是你們家的親戚。」

威威有點害羞地說：「哎，那你還不明白嗎？」

含笑當然明白，她早就看出這個威威喜歡上她了。上星期六他請她去利舞台看電影，燈黑了，他悄悄地摸著她的手，含笑想掙脫，他反而捏得更緊，還把她的手拉過來，放在他的手心裡撫摸著，他的手暖呼呼的，一不小心碰到了她的大腿，那天她穿的是一條裙褲，含笑覺得渾身有點兒麻酥酥。忽然想起大姐說過不能讓男人碰，威威不也是個小男人了嗎？她急忙推開他的手。這以後，他一見到她就有點窘，含笑覺得怪好笑的，一味裝糊塗。要說麼，威威這個人真的不錯，長得挺俊，脾氣好，讀書又棒，不能說含笑一點也不喜歡他，不過還是覺得他有點像個奶油小生，人是蠻老實的，只是似乎簡單了點。

這年生日，媽媽送了一個四十五轉的小唱機給她，於是在她面前又展現了一片新天地，她愛上了管弦樂曲和西洋歌劇。貝多芬的命運交響曲、柴科夫斯基的天鵝湖、歌劇蝴蝶夫人等都吸引著她，聽了小提琴曲流浪者之歌，她簡直想學拉小提琴了。這麼多美妙的東西，令她目不暇接，感到生活是那樣豐富，人生是如此美妙。在她給蔣桃麗的信中寫道：「每當我聽天鵝湖的時候就好像看見你在舞臺上翩翩起舞，像仙女一樣，

你打算考舞蹈學校，我真為你高興，我相信你一定會實現你的夢想，你是多麼幸福啊……我也要像你一樣，找到自己的理想，不過太多東西吸引著我，我還不知道究竟最喜歡的是什麼。」

正當她全身心陶醉在人類無比絢麗的文化瑰寶中的時候，樂極生悲的事情發生了，期中考試代數，化學，珠算三門功課都不及格，只有作文全班第一。

爸爸看著她的成績單，皺著眉搖搖頭：「你這小鬼頭在搞什麼名堂？這書怎麼讀成這樣？你看看含翠的功課不是優就是良，你在上海的時候一點都不比她差，現在怎麼搞的？看來你得換一個嚴格的學校了。」

就這樣，含笑轉到一個據說校風很好，升學率很高的學校去，果然半年後她就名列前茅了，爸爸媽媽很高興，她自己也有點得意。然而正是這一轉學，整個改變了她的命運，雖然她從不信神，幾十年後，當她見到蔣桃麗和張青雲時，卻情不自禁地自我嘲諷起來：「大概真有因果報應，誰讓我那兩年不好好讀書呢，結果就遭到了懲罰。」

原來含笑讀的學校是中共地下黨辦的，她接受了一整套叫做愛國主義的教育。班主任唐老師是一位29歲的青年教師，充滿理想主義情操，對學生非常熱誠，她是教語文的，特別喜歡含笑，含笑在她的影響下，很快就變成了一個典型的前進分子[17]，成為班上的骨幹。她開始喜歡看蘇聯的小說和電影了，還喜歡唱蘇聯歌曲，在學校的話劇演出中扮演過蘇聯小說《青年近衛軍》中的卓婭。在家裡，她的房間裡挂著五星紅旗，牆上貼著毛澤東，朱德和周恩來的照片。她不再像以前那樣愛打扮了，而是剪了短頭髮，經常穿著白襯衫，藍褲子，一派革命青年的樣子。她覺得跟

爸爸很談得來，因為爸爸是進步的、愛國的，而媽媽和含翠都是基督徒，跟她們就沒有那麼多共同語言。

　　一天徐海威來辭行，秋季開學前他要去洛杉磯的學校報到，他緊握著含笑的手，目不轉睛地注視著她：「笑笑你什麼時候想過來，就寫信告訴我，我可以幫你了解學校的情況。」

　　「我在這兒挺開心，幹什麼要去美國呀？」

　　海威還是握著她的手不放，好像一放開就再也抓不著了：「你來麼，我們可以一起溫書，一起玩，我會教你划船、游泳，那多好啊。」這話對含笑不能說毫無吸引力，她呆呆地望著即將離去的威威。

　　「我去了以後就幫你找找合適的學校，別怕，有我在那兒，我會罩著你的。」

　　含笑接觸到他熱切的目光，不禁有點感動，這麼多年來，已經習慣了生活中總有他在，可是很快就見不到他了，真的不可想像。她輕輕地抽出被海威緊握著的雙手，手背上還留著他的餘溫，這使她想起在幼稚園時冬天的早上，老師領著他們做完早操，威威見她縮著脖子很冷的樣子，總會用自己天然暖熱的手，搗住她冰涼的小手，一會兒她的手就不涼了，她嬉皮笑臉地說：「你的手真像個熱水袋。」於是兩人都傻笑起來。想到這兒，心頭一熱，兩人與生俱來的這份情誼，此刻凸顯得那麼親切、純真。「我這是怎麼了……？」她低下頭不敢再看他，輕輕地說：「你好好讀你的書吧，不用為我操心。」心想，你們家要去美國，爸爸遲早會帶我們回上海，我們不是一股道上跑的車啊，想到今後要見威威，恐怕很難了，心裡不禁有點難過。

　　海威失望地瞧著她，他感覺得出來自從她進了那所學校，

整個人都變了。他朦朧地意識到，跟他爭奪的，不是簡單的一個個人，而是個龐然大物，他似乎無法戰勝，雖然不甘心，但不知再說什麼好，興奮的眼神瞬間變得黯淡、落寞……兩個自幼一起長大的小朋友，即將各自走上人生不同的道路，命運之神會令他們再度相逢嗎？人的一生說長不長，說短也不短，以後的事，誰知道呢？

　　每年媽媽總是把孩子們積蓄的壓歲錢，買成金項鏈金戒指保值，1950年爆發了韓戰，含笑把自己的首飾都捐獻給了抗美援朝，感到十分自豪。媽媽見她拿著一張收據很開心的樣子，不悅地說：「你這是怎麼回事？不講一聲就把所有的的首飾都捐了，換回這麼張破紙條。」

　　「什麼破紙條？這是我對國家的貢獻。報紙上說人家豫劇演員常香玉還捐出自己的私房錢，給國家買飛機大炮呢。」說著，趕緊把紙條小心折好，當寶貝似的收藏起來。媽媽看著，直搖頭。

　　一天含笑收到張青雲的信，還轉來韓若梅的一封短信。她激動地告訴爸爸：「爸爸，我的同學韓若梅要去參軍了，她說她準備隨時奔赴朝鮮戰場，支援朝鮮，抗擊美帝，保家衛國，你看她多勇敢！」

　　媽媽不以為然地問。「她多大？書都不讀了？」

　　「她都十六歲了。」

　　「一個女孩子上戰場能幹什麼？」

　　「她說要去當戰地護士，她從小的理想就是當醫生。」慶和沒有出聲，不禁牽掛起含玉、含珠和耀宗了。年輕人容易衝動，不知道他們現在怎麼樣，有沒有參與這件事？已經好久沒

收到他們的信了，他不免有點擔心。可是他不想把這種擔心轉移給妻子，更不想掃女兒的興，含笑正為同學崇高、勇敢的行為激動不已呢。

一個下午含笑放學回家，在家門口碰見了來訪的素芳阿姨和盼盼，她興奮地告訴媽媽：「媽媽，素芳阿姨和盼盼來了！」

自從他們家搬去臺灣以後，已經有兩年多沒有見過她們了，玉英跟素芳自然有說不完的話，含笑和盼盼這兩個自幼玩到大的女孩子，久別重逢也特別高興。

當年素芳領養曉文以後，不到一年真的懷孕了，新年前生了一個胖呼呼的小女孩，取名胡倩文，小名盼盼，只比含笑小一歲多，後來她們常在一起玩，有時素芳把含笑接到家裡住上幾天，含笑很喜歡這個可愛的胖妹妹和好脾氣的素芳阿姨。

「姐姐，你怎麼剪了這麼短的頭髮，像個男孩子，不好看。」

「別研究我的頭髮了，快說說你這兩年怎麼樣？」

「我呀，我跳了一班，追上你了，過兩年我也要考大學了。」盼盼得意地說。

「你喜歡什麼？」

「我要學法律。」

「呦，你要當律師還是當法官？」

「都行，反正爸爸說法治是最重要的，中國比西方落後，就是因為沒有健全的法治。」

「你成，牙尖嘴利，是這塊料。」

「那你呢？」

「我？我還沒想好，我想寫作，又想演戲，還想彈琴唱

歌。」

「藝術家。」

「走，上我房間，我給你看我的劇照。」

素芳問：「聽說老徐的威威去美國了，怎麼你們還是不讓含笑去？這是多麼好的學習機會啊。」

「誒，別提了。」玉英指指慶和的房間，「含笑呀，現在完全受她爸爸的影響，變成前進分子了，她說威威是個小少爺，雖然書讀得不錯，可惜不愛國，沒出息。」

素芳不以為然，「威威功課好，很上進，又單純，怎麼沒出息？非要去大陸才算有出息？外面的世界大著呢。」

盼盼走進含笑的房間看到牆上掛著的五星紅旗和毛、朱、周的照片，嚇了一跳，她大聲地叫道：「媽媽，快來，你看姐姐房間裡都掛了些什麼呀？」

素芳走過來，站在門口望了一眼，「有什麼大驚小怪的？」

「姐姐，你應該在這書桌上擺個香爐，再點上兩支蠟燭。」

「盼盼你胡說些什麼，信仰不是迷信。」

「啊呀，信錯了就是迷信麼，是迷信、是迷信。」

「你們才是迷信呢，栽了筋斗還不知道轉彎，一條道走到黑。」

「轉什麼彎？轉到敵人那邊去？沒骨氣！」

聽見兩個女孩不知在吵什麼，素芳在客廳裡喚道：「盼盼別鬧了，快出來，陸伯伯睡醒了，來看看他。」

晚上素芳和盼盼被留下吃晚飯，可是由於兩個女孩都在生氣，也影響了大人的情緒。慶和心中更是不勝感慨，時勢變遷不隨人意，再好的朋友也可能變成陌路，大人如此，連小孩子也不例外。盼盼低著頭吃飯一言不發，含笑也不吭氣，心裡很

不好受，走了個威威，盼盼又變成這樣，兒時的友誼恐怕只能保留在回憶中了。

盼盼和含笑從此疏遠了，她們回臺灣以後，兩個女孩子很少再有書信來往，各走各路。幾十年後含笑才聽說臺灣有位大律師胡倩文，她腦海裡立刻出現了盼盼的小胖臉，以及小時候兩人嬉耍玩樂的情景。

七

1951年至1952年對於慶和一家，可以說是不祥之年。先是耀宗來信提到他母親在土改運動中被劃為地主，而且是官僚地主，將被掃地出門，監督勞動。他很困惑，問爸爸這是怎麼回事，慶和也奇怪，「怎麼把我當成官僚了？官僚資產階級是三座大山[18]之一呀，那是人民的敵人麼，不是一直都稱我為愛國民主人士的嗎？才過了一年多就變了？那我究竟是人民，還是敵人呢？」不禁想起胡啟先關於「論人民民主專政」的那番話了，心中憋悶之極。

以前常來看他的那些中共人士都回大陸走馬上任去了，他只好給華東統戰部寫了封信，請他們跟浙江有關部門調查清楚；又給章老去了封信，拜託他過問一下這件事情。過了好幾個月才收到耀宗的回信，說經多次奔走，華東統戰部終於通知他，他的母親已經被掃地出門，不過現在可以讓她回娘家住，不必在當地監督勞動，這算是很寬大的處理，應該感激黨等等。這消息雖然令慶和暫時放下了心頭大石，可還是感覺異常納悶和懊喪。

接著從上海又不斷傳來些想不到的壞消息，慶和的幾個朋

友都先後在三反五反[19]中受到衝擊。蕭劍光的太太夏萍來香港探望她母親和弟弟的時候，講起前一陣劍光無緣無故地被工作組查稅，硬說他們紗廠逃稅，幸好他們根本拿不出什麼證據，一味玩心理戰術，只想逼出點什麼東西來。

「慶和嫂你是知道的，劍光是最老實的人，從來都是奉公守法的。不過他可是有點牛脾氣，心裡沒鬼，就是不肯承認，我真怕人家說他態度不好，那就更糟了。幸虧他頂住了，最後他們查不出什麼來，只好作罷。就這樣搞了兩個多月，人都瘦了一圈。」

玉英生氣地：「怎麼這樣亂來？沒有真憑實據就瞎矇？」

「金泰祥更慘，他的侄子為了表現跟他劃清界線，在揭發會上還打了他叔叔一個耳光，氣得他差點沒跳樓，嚇得他媽媽金老太都給工作組的頭兒跪下了，也不知道他到底有什麼問題。」想到老金本來已經來了香港，是聽了他的勸告，才又返回上海的，慶和十分擔憂和歉疚。

玉英氣憤地說：「真要有問題也應該法辦麼，怎麼可以隨便打人？這太不像話了，慶和你真得給上頭反映反映，是不是底下的人胡搞啊？」

慶和緊鎖著眉頭問夏萍：「這些工作組是哪裡派來的？都是些什麼人？」

「是什麼工商局派來的嘮，裡面的人大多數都是工人，還有大學生呢……」說到這兒夏萍突然停住了。

慶和看出她有顧慮：「怎麼？你說好了，沒關係的。」

「慶和兄，你別生氣，你們家二小姐也參加了這種工作組，我聽金太太講，她也是一點情面都不講，見了他們就跟不認識似的。本來她還想求求二小姐呢，讓他們手下留點情，不

過二小姐也不是個領導，恐怕也說不上話吧。」她好像在為含珠開脫。

　　玉英憤怒地說：「她不好好的在學校讀書，瞎摻和這種事情幹什麼？慶和你快寫封信給她，叫她別幹缺德的事，以後我們怎麼見人哪。」慶和忽然感到不適，一下子臉漲得通紅。

　　「你怎麼了？又發燒了吧，先去躺一會兒吧。」

　　「夏萍，你先別急，這個事情我看上面總會有個說法的，民族資產階級不是敵人麼，有問題也不能這樣搞啊，肯定是出了偏差，先沉住氣，我再了解、了解。」

　　夏萍走後，玉英進屋去看慶和，見他並沒有休息，正靠在牀上寫信。「哎呀，你不要那麼急麼，命都不要了？」

　　「我囑咐他們不要參與政治，這麼快她就全忘了。」

　　「這個含珠以前對政治毫無興趣，現在怎麼變了個人？不過她脾氣犟，你還是給含玉先寫封信，叫他勸勸妹妹吧。」慶和的信還沒寫好，卻收到了含珠的一封信。

　　下午含笑放學回來，見爸爸的房門半掩著，裡面傳出媽媽的哭聲。「怎麼了？媽媽跟爸爸吵架了？最近爸爸身體那麼不好，不會吧。」含笑不敢進去，悄悄在客廳坐下。

　　「她太沒良心了，說些什麼話呀，我們剝削人民，我們是歷史的罪人，革命革到我們的頭上來了。」玉英沒想到她最寵愛的女兒會對父母都翻臉不認人。

　　「你別太難過，年輕人容易衝動，隨波逐流……」

　　「再衝動也不能這樣，解放前夕，我們擔驚受怕地掩護過地下黨的人；到香港來了以後，你拖著一身重病，還為他們做了那麼多事情，又動員了許多朋友帶著資金回去；這些她不是一點也不知道吧，現在我們倒成了只有罪過沒有功勞的反動分

子了。這就是我們撫養她二十多年的回報嗎？」越說越氣憤，她又哭了起來。

含笑忍不住走了進去，「爸爸，誰來信了？給我看看。」

慶和擺擺手，「你別管。」

「讓她看看，免得以後她也變成個白眼狼。」媽媽生氣地把信扔給了含笑。

二姐的來信使含笑心亂如麻，怎麼回事？本來一條心的一家人怎麼會這樣？爸爸不是早就跟國民黨脫離關係了嗎？這兩年爸爸那麼愛國，那麼要求進步，還勸了許多朋友回去，他自己也打算等身體好一點就回國參加建設，為什麼二姐還要這樣對待他？她瘋了嗎？大姐一定不會這樣的，我要寫信給大姐，問問她這是怎麼回事。

不久大姐來信了，雖然她沒有罵爸爸，卻表示不要家裡再寄錢給她們了，他們不想用剝削得來的錢。看來大姐和二姐是一致的，以後她們再也沒有來過信，連耀宗哥也音訊全無。

從此家裡籠罩著愁雲慘霧，很難再看到爸爸臉上的笑容了，媽媽氣得吃不下飯，她和含翠只能從聖經中尋找安慰。而含笑不知怎麼辦，最近幾個月，桃麗沒來信，青雲的來信也少了，若梅自從參了軍再沒來過信。她沒有人可談，只好到學校去找唐老師傾訴，唐老師聽了以後沉默片刻，神情嚴肅。

「陸含笑你遇到的問題，是今天許多人都要面對的，這是這個偉大的時代給我們出的考題。以前我們總是只想到自己的家庭，可是現在我們首先要想到的是國家。每一個人對國家的態度，是衡量一切的標準，你應該好好想一想你父親在歷史上處於什麼地位？當然作為父親他對你們是挺好的，可是過去他對人民，對國家究竟做過些什麼？對歷史起過怎樣的作用

呢？陸含笑，那時候你小，有許多事情你不一定知道，現在你兩個姐姐寫這樣的信來，一定有她們的理由，慢慢你也會理解的。」

含笑心想：「我爸爸怎麼了？他又沒當過漢奸，他又沒欺負過人，對家裡的傭人都很好，更不要說對親戚朋友了，他總是幫人的。」

唐老師見含笑低頭不語，知道她一下子難以接受，便以身作則地說：「要認識這一點是痛苦的，我家裡土改的時候也被清算了，開始聽到田都被分了，我媽媽被掃地出門，心裡也很不好受啊，可是這不是我們一家一戶的事情，如果不搞土改，那怎麼能打倒封建勢力呢？個人的感情就得服從國家的利益，自古就有忠孝難兩全的情況。」說著說著，唐老師自己似乎也沉思起來。

唐老師這一席話，像一盆冰涼的水潑在含笑的頭上，她的腦子一片空白，只覺得頭重腳輕，迷迷糊糊，不知不覺已走到了天星碼頭。她失去了每天放學時的輕鬆心情，望著海對面的九龍，並不遙遠，但那邊還是她的家嗎？

在過海的渡輪上，她呆呆地坐著，天是陰沉沉的，海是灰濛濛的，遠處傳來一聲聲悶雷，一場雷暴雨即將到來，船身擺動得厲害，她的心也忽悠忽悠地，不知往哪裡放。

回到家，看見爸爸坐在沙發上，不知怎麼的，對他忽然感到有點陌生。

「回來了？快去吃點心，你媽媽做了你最喜歡吃的草莓蛋糕。」

「哦。」她進了自己的房間，關上門，倒臥在牀上。

「咦，這隻饞貓怎麼沒來吃她最愛吃的蛋糕？」

媽媽說著推門進來，「你怎麼了？淋了雨不舒服啊？」

「沒有，現在不想吃麼。」

「太陽從西邊出來了，我還專門為你做的呢。」

「算了，讓她歇歇吧。」慶和說。

第二天早上含笑去上學時看到鋼琴蓋上放著一封信，是爸爸寫給她的——

「含笑：最近以來你一直悶悶不樂，沉默寡言，什麼事不開心？雖說人生不如意事常八九，可是你還年輕，前途一片光明，凡事都好解決，千萬不要悶出病來，希望你像以前一樣開朗活潑，笑口常開，你的笑容是最美的，爸爸願意你永遠含笑面對人生。」

含笑的眼淚滴在了信紙上，她趕緊把信收好，揹上書包出了家門。在過海的渡輪上她面對大海發誓，不管怎麼樣，我不能像姐姐她們那樣對待爸爸，他是那樣的關心我們，他怎麼會是壞人呢？不會的、絕對不會。

含笑學校的話劇組要排夏衍的話劇《法西斯細菌》，專門請了一位葉導演來排戲，含笑被選中擔任女主角靜子，這樣一來她常常早出晚歸，回到家時，爸爸多半已經就寢，她單獨面對爸爸的時間少了，暫時可以把那些困擾著她的問題放一放。慶和見女兒投入排戲以後心情似乎好些，他繃緊的心弦也鬆了下來，自此以後家裡沒有人再提起含玉、含珠和耀宗了。

可是有一次溫先生來看爸爸，他是章大律師和黃先生介紹的一位朋友。含笑聽見他輕聲地對爸爸講：「你放心，你的兒子和兩個女兒都很好。」

含笑心想：咦，他怎麼會知道姐姐和耀宗哥的情況？

　　溫先生走後，爸爸站在窗前望著對面的山坡發呆，含笑知道爸爸心裡很難過，以前爸爸說過：「山坡上那五棵白楊樹就像你們五個，越長越高，枝葉茂盛。」自從搬到東山臺以後，就再沒有收到過他們的來信，爸爸常常這樣默默地望著這幾棵樹。

　　含笑知道溫先生的兒子和她在同一間學校讀書，便打聽到了他家的地址。一天下午放了學，含笑悄悄來到銅鑼灣溫先生的家門口，鎮定了一會兒，輕輕敲了敲門。來開門的是溫先生，他詫異地問：「你是？」

　　「我是陸慶和的女兒。」

　　「噢，請進，你爸爸有什麼事嗎？」

　　「沒有，溫伯泊，我是自己來的。您是不是可以告訴我關於我爸爸的一些情況，為什麼我的兩個姐姐和哥哥，回國以後都不理他了？突然跟家裡斷絕了關係，這到底是怎麼回事啊？我爸爸……」她的問題像擰開了水龍頭的水，不停地流了出來，卻被溫先生打斷了。

　　「這，這個我不清楚。」

　　「那您怎麼知道她們現在的情況的？您是不是……」

　　「我是在這裡做生意的，她們的情況我是間接聽說的。」

　　「那我爸爸這幾年都很愛國，很要求進步，你們應該了解的，為什麼……」

　　溫急忙說：「我不了解這些，我怎麼會了解呢？我和你爸爸只是生意上的朋友。」剎時間溫先生的面孔一點表情都沒有了，幾乎看不清他的眼睛、鼻子和嘴巴，像一塊乒乓球拍似的。

　　含笑失望之餘，簡直有點生氣了，覺得自己像個傻瓜似的站著。她不想再問什麼了，猛掉頭出了門，快步下了樓梯，她

要逃離那張平板似的面孔，又好像在逃離那個像傻子一般愚笨的自己。

　　學期結束前《法西斯細菌》上演了，學校請了社會上的一些嘉賓來看演出，玉英和含翠也去了。

　　「慶和，他們的演出很成功，含笑演得真不錯，我都掉眼淚了。」看完演出回家，玉英興奮地對慶和講。

　　含翠說：「爸爸，我聽見有位觀眾說含笑像個電影明星呢。」

　　慶和拉著女兒的手：「這幾個月你又要學習，又要排戲很辛苦，放了暑假好好休息休息，下星期爸爸跟你們去海邊住幾天。」

　　暑假一家四口去淺水灣住了幾天，含笑和含翠每天泡在海水裡，在沙灘上曬得黑黑的，慶和躺在躺椅上乘涼，望著孩子們玩得高興，他的情緒也好了一點。

　　一天下午玉英和幾位太太去酒店飲下午茶，回來時高興地說：「好消息、好消息。」

　　「什麼好消息？」慶和問。

　　玉英興奮地對含笑說：「我剛才在酒店碰見李導演，他那天也去看了你們的演出，他非常欣賞你和男主角王憲群，想讓你們去試鏡頭呢，他說最近要開拍的一部戲，女主角很適合你演。」

　　「我才不要去試什麼鏡頭。」

　　「誒，你不是很喜歡演戲的嗎？」

　　「我最喜歡的還是寫作嘛。」

　　「哎呀，這是一個千載難逢的機會啊，人家想都想不著

呢。」

「就算想演戲，我也要回國去讀戲劇學院，誰希罕在香港當什麼電影明星。」

「你這個孩子真不知天高地厚，慶和你看看她，這麼好的機會都不當回事，在香港拍電影有什麼不好？你看蕭伯母家的芳芳，那麼小已經在拍戲了。」

含笑嘟著嘴走開了，她不要聽媽媽囉嗦，一直朝著海邊走去。迎著海風，踩著浪花，撲進海水裡，仰臥在海面上，望著天上的白雲，讓它像被子一樣蒙在自己的頭上吧，她什麼也不願意想、不願意聽。

「慶和，這孩子太犟了，你要說說她，不然一回去又會像他們一樣。」

「唉！明年她就要畢業了，現在還能怎麼樣？」

「不見得我們就該把孩子都送回去吧，你身體不好，身邊難道只留下一個含翠嗎？」見玉英生氣，慶和不再說什麼，他懂得妻子的不滿和傷心。

前一年玉英一生氣就會埋怨他：「都是你，要不然她們現在可能都在美國，就算遠隔重洋，也不至於一去不回啊。」可是現在玉英知道他已經經受不起刺激，只好把一切壓在心底。此時面臨含笑即將畢業，她實在忍不住了，「走了三個還不夠嗎？」

慶和遲疑了一會兒：「那……你勸勸她吧，能留下當然好。」

「我勸她？她會聽我的嗎？她現在是跟你志同道合，要勸你自己去勸。」然而慶和心裡明白一切都晚了，女兒的意願已不可改變，說了只會把決裂的一刻拉到眼前，他只想在這最後

一年，多留住一點親情。他心裡比誰都明白，如果說女兒是一艘被時代的巨浪不知不覺推向大海的小船，那麼他的影響難道不是其中一隻無形的推手嗎？

八

　　含笑即將高中畢業，她積極準備著高考，全班四十幾個同學，有三十六個準備回大陸考大學。她的好朋友吳幼蕾的父母不准幼蕾去，小組的同學商量好了，要幫她離家出走。因為不久前含笑家搬到金巴利道，離火車站很近，就讓幼蕾先悄悄地把一隻空箱子拿到含笑家裡放著，她每天好偷偷運一些衣物出來。一天玉英看見這隻空箱子，奇怪地問：「這是誰的箱子？」

　　「這是含笑的同學吳幼蕾的。」含翠答道。

　　「怎麼放在我們家？」

　　「她爸爸媽媽不讓她回國考大學，所以……」

　　「含笑怎麼可以幫人家離家出走？」媽媽非常生氣：「含翠你把這箱子給她送回去，我們不可以做這種傷天害理的事情。」

　　含翠為難地看看爸爸，爸爸想了一想，也說：「送回去吧，女兒不告而別，父母會很傷心的。」

　　「那我怎麼說呢？」

　　玉英說：「你就說含笑本來想借她的箱子用一用，現在不用了，謝謝他們。」

　　下午含笑回家發現吳幼蕾的箱子不見了，當她知道事情的經過就急了，「你們怎麼不跟我商量一下，就把箱子送走？」

「你自己要回去，我們沒有阻攔你，可是你有什麼權利幫別人出走？這是違法的，你懂嗎？」媽媽責備她。

「那您當初還離家出走呢。」含笑不服地說，

「什麼？！豈有此理，你現在倒學會頂嘴了，我離家出走是為了反對包辦婚姻，你們現在是為什麼？」

「我們為了愛國，我們又不是為自己。」含笑梗著脖子答道。

「真偉大！愛國？愛國就不要父母？愛國就可以做白眼狼？我們當年比你們更愛國、更革命，也沒有不要父母啊。」玉英把憋了一肚子的氣都爆發出來了。

「夠了、夠了！」慶和忽然大喝一聲，含笑從未見過爸爸發這麼大的脾氣，倒怔住了。慶和喘著氣，歇了一會兒，盡可能平靜地說：「含笑，這是人家的家事，你無權干涉，她想回去，應該徵得父母的同意，你這樣做，人家可以告我們的。」

含笑沒話說了，氣呼呼地回房間關上了門，她沒想到臨走前還會跟媽媽大吵一場，弄得不歡而散，心裡十分懊惱。

再過一個星期含笑就要去廣州參加高考了，週末玉英和含翠去了教堂，慶和把含笑叫到房間裡來，讓她坐在身旁，「下個星期你就要去參加高考了，報考什麼志願你想好了沒有？」

「我還是想報考中文系。」

「那麼你願意當語文老師？」

「不，將來我想寫作，或者當記者。」

「含笑，你已經快十九歲了，想問題現實一點好嗎？興趣固然重要，可是搞文學是有風險的，現在國內正在批判胡風[20]，他還是個左翼作家呢。像我們這樣的家庭背景，你最好還是選讀理工科，靠專業技術報國。」

「我不喜歡理工科嘛。」

「那你不是對其他還有興趣的嗎？爸爸是為你著想，你自己也要慎重考慮，因為這將決定你今後的道路和命運。」含笑見爸爸那麼嚴肅，不敢再說什麼了。

「還有一件事過去我跟你姐姐和耀宗哥提過，可是他們沒有聽我的話，現在我還是要跟你再講一遍，回去以後最好不要參加什麼黨派。搞政治，爸爸有過許多教訓，所以不希望你們重蹈覆轍。現在含珠來信責備我，可是她們忘了，我們當年也是為了國家參加革命的，這才捲進了政治圈子，從此一輩子難以脫身。再說，為了養家，誰都得循著人往高處走，水往低處流的原則，爭取在社會上立足，不然怎麼能保證家人過上比較好的生活，讓你們受到比較好的教育呢？但我自問一貫憑良心做事，從不敢損人利己。」說到這裡，陸慶和停頓了下來，過了一會兒才接著說：「總之，爸爸是一個生活在時代夾縫裡的人……不過我還是盡量為新中國做了一些有益的事情，不管別人怎麼看我，我都無所謂，可是他們幾個……唉！看來我做什麼都是無濟於事的……」一連串的咳嗽打斷了他的話，他抖抖索索地從晨衣的口袋裡拿出一疊紙來，「這是我給他們寫的一封信，你先看一看，把這封信帶回去，等見到他們的時候，親自交給他們吧。」說完之後他深深地吸了一口氣，閉上了眼睛。含笑看到爸爸緊閉的雙眼滲出兩行淚水，她趕緊拿了信走出房門，回到自己的房間倒在牀上痛哭起來。

高考結束後，招生辦公室還為港澳來的考生組織了一些參觀活動，可是含笑突然接到電報，爸爸病危讓她儘快回去，她傷心地哭了起來，跟她要好的同學都圍著她，一面安慰她，一

面讓她趕快請假先趕回香港去。

慶和因病重已住進了養和醫院。他雙頰深陷，骨瘦如柴，身體非常虛弱。知道含笑就要回來了，還讓玉英找個理髮師來醫院給他理理髮，他不想女兒看到他憔悴的病容。可是當女兒回來的時候，他已經昏迷不醒，媽媽在病房搭了一張牀，日夜陪伴著他。

聽媽媽說爸爸每天都睡得不好，吃了安眠藥也沒有用，睡著了常做惡夢。「昨晚睡到半夜，他忽然大叫一聲，把我驚醒了，只見他坐了起來，叫著：『船要沉了，船要沉了，快、快！』他好像要跳船似的，我趕緊按住他，把他叫醒，慢慢地安慰他，才甦醒過來。唉，真可憐！」媽媽不斷飲泣起來。下午含笑讓媽媽回家好好睡一覺，晚上她可以守在病房。

九點多等爸爸熟睡了，她才輕輕地走出病房，到櫃檯去找她以前的同學高敏，此時她是醫院的實習護士。「含笑，你總算趕回來了，我真擔心……」

「我爸爸怎麼樣？醫生怎麼說的？」

「陸伯伯最近不大好，他剛來的時候見了我們這些小護士，還會開開玩笑，大家都很喜歡他。」

「是的，我爸爸喜歡女孩子，有時還挺幽默的，可是我回來以後他一直在昏睡，我跟他都說不上話。」

高敏見含笑眼淚汪汪，同情地拉住她的手：「他醒了的話，你有什麼想說的，抓緊時間說，要有心理準備。」含笑默默地點點頭，可是她希望爸爸會像以前那樣，大病一場之後，慢慢恢復過來，又可以回家了。

第二天早上玉英和含翠，還有侄子耀明都來到病房，慶和突然醒了，但已無力說什麼話，他慢慢睜開眼睛，左顧右盼地

尋覓著……。含笑趕緊湊到牀前，「爸爸！」看見女兒回來了，他似乎鬆了口氣，想笑一笑，但臉上僵硬的肌肉只抽動了一下，喘息片刻，他伸出抖動的手，用盡所有的一點力氣，一把拉住含笑，張著嘴卻發不出聲音來，使勁掙扎著極盡全力，只說出了兩個字「當心！」接著急促地喘了幾口氣，一口比一口無力，越來越衰弱，眼皮耷拉了下來，突然，頭傾向一側，終於撒手而去。五十四歲的陸慶和就這樣在無限的遺憾和痛苦中，結束了他短促的生命。

「當心！」這是爸爸臨終前留給含笑的囑咐，然而這時的她只顧哭泣，並不懂得爸爸此刻悔恨、擔憂、無奈的複雜心情。「當心！」這簡單的兩個字，她將要用幾十年的時間，才能真正悟出其中所包含的全部涵義。

出殯的前一天，胡啟先夫婦專程從臺灣趕來，幫著玉英料理喪事。追悼會在北角的香港殯儀館舉行，從上午到黃昏接待了許多弔唁的來賓，已經很疲憊了，胡啟先說：「玉英，忙了一天，你們早點回去休息，這裡的事交給我們收攤吧。過兩天回了臺灣，我會在報紙上為慶和發一個訃告。」

「真謝謝你們。」

「幾十年的老朋友，不要這麼說。」

「不，我們不要在臺灣發訃告。」含笑忽然插嘴反對。

「你爸爸在那邊有那麼多老朋友，當然應該發一個訃告。」

「不，就在這裡的大公報上發。」

「含笑，這件事胡伯伯知道怎麼辦，你不用管了。」玉英不滿地說。

「這是我們家的事，為什麼要人家插手，爸爸也不見得願意。」

「你怎麼這樣說話？算了，我求你了，你一定要管，等回去以後，你在那邊再發一個好了。」玉英生氣地說。

當玉英和含翠、含笑走出靈堂時，素芳望著她們的背影嘆了一口氣，「唉，你看看這個孩子，還沒回大陸呢，就變得這麼不近人情。」

「這才是開始，往後她也會步兩個姐姐的後塵，也許慶和屍骨未寒，就會遭到她的批判。」

回了家含笑越想越生氣，心想：我一定要在上海的報紙上發一個訃告，我不能讓爸爸去世以後還被人誤解，特別是姐姐和哥哥。晚上含笑連夜給姐姐們寫了一封信，把一肚子的怨氣都出在她們身上。她質問她們為什麼不允許一個人改正錯誤，不允許一個人進步？她譴責她們在父親渴望獲得新生時，在他身體極度衰弱的時候，不顧他的死活，給了他致命的一擊。「而這個人正是生你們，養你們的父親。」她告訴她們她即將帶著父親的信去北京，看了他這份很厚的自白書，她們一定會後悔的，她要求她們在報紙上給父親發個訃告。她把寫好的信寄去蕭劍光叔叔家，請他轉交給他們。

一個月後含笑到爸爸的墓前獻了一束白菊花和他最喜歡的紅玫瑰，默默地向爸爸保證，「我絕對不會忘記您的，我一定會讓姐姐們理解您。」含笑哭泣著告訴爸爸她即將告別香港，告別母親和含翠，踏上新的征途，但是明年暑假她一定會回來給他上墳的。

看著站臺上的媽媽和三姐，想到好好的一家人，一轉眼這裡就只剩下她們兩個了，含笑的鼻字酸了，眼淚忍不住掉了下來。

火車啟動了，站臺一點一點地向後退移，媽媽和含翠揮著

手，跟著火車往前走。車速加快了，含笑隔著玻璃窗向外望去，只見她們的身影越來越小，逐漸消失在灰白的煙霧中……

火車飛駛向前，那個留著含笑許多快樂記憶的城市，像流星似的墜落到越來越遠的後方。而她，像一隻小鳥，背負著剛剛失去父親的傷痛，同時又懷著對未來的憧憬、好奇，飛往另一個陌生的地方，那似乎屬於另一個「星球」，那裡會是什麼樣子的呢？為什麼大姐他們三個去了以後，就跟家裡斷絕了聯繫，好像變成不相識的外星人了。

在羅湖站下了車，望見前面那條簡陋的木橋，想起上次送大姐他們走的時候，她只能站在橋的這頭，目送他們離去。可是不知為什麼耀宗哥走了幾步，突然轉過身走回來，把一份香港的報紙交給她：「我忘了，外面的報紙是不允許帶進去的。」說完他才繼續向那邊走去，當時，她覺得鐵絲網那邊是那麼的神秘。

過了五年，現在她又乘火車來到了羅湖站，上次來高考時，跟許多同學一起，並不感到孤單，此刻孤身一人心中有一種莫名的不安。出了香港海關，含笑提著隨身帶的小箱子，夾在北上的人群中，踏上了這條簡陋的木橋，走向那個神秘的地方。橋上有扛著行李的男人，抱著、牽著小孩的婦女，挑著籮筐的阿伯阿婆，爭先恐後擠來擠去，大呼小叫雜亂無章，還不到一百米的木橋，好像挺長似的。走了一陣，快到了，只聽得那邊的高音喇叭傳出響亮的歌聲：

　　向前、向前，我們的隊伍向太陽，
　　腳踏著祖國的大地，
　　背負著民族的希望，

我們是一支不可戰勝的力量。

我們是工農的子弟兵，

我們是民族的武裝，

從無畏懼，絕不屈服，英勇奮鬥，

直到把反動派消滅乾淨，

毛澤東的旗幟高高飄揚。

聽，風在呼嘯軍號響，

聽，革命歌聲多嘹亮，

同志們，整齊步伐奔向解放的戰場！

激昂的歌聲令忐忑不安的含笑振奮了起來，這不該是另一個星球呀，這是我們的新中國麼！

含笑來到中國海關的櫃台前，額頭上滲出了汗珠，她忙用手絹擦了一下。檢查人員讓她把皮箱放到櫃台上。

「打開！」含笑望了他一眼，咦，怎麼這張面孔跟那位溫先生一樣，一點表情都沒有。

「這是什麼？！」他抽出一本相簿問道。

「照相簿。」

他一張一張地翻過去，忽然指著一張相片問：「這是你什麼人？」

「以前的同學。」

「他在哪裡？」

「現在他在臺灣上學」

「上學怎麼穿軍裝？」

「聽說他們那裡的學生是要接受軍訓的。」這是含笑以前的一個同學，去了臺灣給她寄來的相片，他穿著軍裝，坐在一

輛吉普車上，挺神氣的樣子。真糟糕！我怎麼忘了檢查一下照相簿？急忙解釋：「我跟他好久沒有聯繫了。」說出口以後，自己都覺得有點像「此地無銀三百兩」似的。

檢查員用懷疑的眼光上下打量她，轉過身去和另一個年紀較大的檢查員小聲說了些什麼，回過身來正眼都沒瞧她一眼，生硬地說：「這張相片你不用留著了。」含笑以為他在問自己呢，她剛想作答，咔嚓一聲他已經把相片扯了下來，「走吧！」

含笑趕快把東西亂七八糟地塞進皮箱，關上箱子，三步併作兩步走過了檢查站，一顆心撲通撲通地跳起來。她對自己莫名其妙的緊張很不滿意，「幹什麼呀？我又沒撒謊。」

開往廣州的火車上嘹亮的歌聲，又把含笑帶進了另一片天地。陌生、新奇，有點緊張，也有點興奮，不知道究竟哪種感覺是主要的，反正比過海關時的感覺好，剛才那件倒霉事，還是由於自己收拾東西時太粗心大意了。

火車快開了，含笑趕緊找了個靠窗的位置坐下來，深深地吸了一口氣定定神，她要儘快擺脫那種晦氣的感覺。這是一節軟座車廂，媽媽怕她丟三落四，便讓中旅社給她買了一張軟座票，車廂裡沒有多少人，她小心地拿出車票、証件、錄取通知書仔細檢查看了一遍才放心。

以前出門她根本什麼事也不用管，有父母、有姐姐，他們都會為她安排好的。抗戰時，年紀雖小，跟著外婆、阿姨和大姐逃難去西安的時候，心裡都不怕，這回的感覺可真不一樣。「我這是投入祖國的懷抱，有什麼好怕的？」她說服著自己。

又搭了一程火車到了廣州，等了一個多鐘頭，才登上開往北京的列車。坐在窗口，望著窗外掠過的廣闊原野、重重山

巒、滾滾江河，這滿目美麗的山川、耳邊嘹亮的歌聲，使她的
心情好多了。

　　五星紅旗迎風飄揚，勝利歌聲多麼嘹亮，
　　歌唱我們親愛的祖國，從此走向繁榮富強。
　　越過高山、越過平原，跨過奔騰的黃河長江，
　　寬廣美麗的祖國是我們可愛的家鄉，
　　英雄的人民站起來了，誰要侵犯我們就叫他滅亡。

　　這是在學校時常唱的歌曲。如今一邊聽著它，一邊眺望窗
外寬廣的錦繡河山，啊！夢想終將實現，自己也將成為建設祖
國的一員了，一種幸福、自豪的激情在心內升起。

　　為了不讓父親擔心，她最終沒有報考中文系，而選擇了戲
劇學院的表演系，這也是她很有興趣的專業。此刻她下定決
心，要好好學習，當一名優秀的人民藝術家。懷著對未來的美
好嚮往，含笑的心飛向了首都北京。

　　就這樣，十九歲的陸含笑滿懷愛國豪情，遙望憧憬中的金
光大道，深信和大家一起沿著它向前邁進，祖國必將變成幸福
的樂園，她願為此貢獻自己的一生。

夢斷京城

一

　　秋天是北京一年中的最佳季節，對於秋高氣爽這四個字，北京人體會最深，不管這一年的夏天有多熱、多悶、多潮濕，只要一立秋，感覺立刻不同，皮膚不再粘粘呼呼，渾身都清爽了，連喘口氣都痛快得多。蔣桃麗很喜歡北京的秋天，每天幾乎都是陽光明媚，但並不熱，一陣秋風吹來，心情格外舒暢。可是今年這個金色的秋天，卻給她帶來了想像不到的苦惱，本來爸爸媽媽說好立秋以後要到北京來看她，所以這個暑假她沒有回上海，八月以來日盼夜盼，就盼著爸爸媽媽的到來，想趁沒開學的時候，多陪他們四處走走。

　　在北京呆了快兩年了，她對這個城市已經比較熟悉，早就計劃好要陪他們去長城、頤和園、故宮、北海、景山、天壇等旅遊勝地逛逛，還想帶他們去全聚德吃北京烤鴨，到東來順涮羊肉，去東安市場看看北京的各式特產。一家人已經好久沒一起玩了，想到這些，她真是急不可待，天天掰著手指頭數日子，好不容易才等到了立秋，下星期他們就要來了。但沒想到昨天一位遠房姑姑從上海出差回來，給她帶來了一個口信，說她爸爸媽媽暫時不能來北京了，也沒講什麼原因。她很納悶，問姑姑他們身體怎麼樣？她說看上去不錯啊，那為什麼變卦了呢，姑姑也不清楚。

　　桃麗心想：「自從爸爸工作的那間外國公司撤走之後，他一直沒有工作，只是在家裡幫人家翻譯一些文章和書稿，除此之外就是在教會做義工；媽媽在圖書館工作也不會忙得走不開的呀，什麼使他們改變了計劃呢？她知道爸爸媽媽是很想念她

的，而且總想來看看她就讀的這個舞蹈學校的學習環境如何，以前爸爸曾答應過她，在這裡學習一段時間之後就送她去法國深造。去年寒假她回上海的時候，爸爸還說過要想辦法先讓她去香港探望外婆，然後再從香港去法國，並囑咐她不要跟任何人說起這件事情。現在一年過去了，不知爸爸是如何安排的，她正想趁他們來北京時問問呢。

老實說，她覺得在這裡接觸的劇目不夠多，能學到的東西已經很有限了。雖然聽說將來會有蘇聯專家來，但他們是俄羅斯學派，跟她在上海的法國老師教的未必一樣，她渴望到法國去學習更多的東西，為什麼在這關鍵時刻，爸爸媽媽不來了呢？「昨天發出的信最快也要下星期到上海，等他們回信起碼得一個星期之後，哎！真急死人了。算了，急也沒用，不想了、不想了。」

這是個星期天，下午五點鐘她要去火車站，接從香港回來的陸含笑。老同學多年沒見，現在含笑也來北京上大學了，她非常高興。這些年在學校她沒有什麼要好的朋友，不像小時候她們四個小學同學的友誼特別單純，那時她們說她是尖嘴姑娘，叫她小辣椒，那是一種愛稱。可是到了這裡，同學間似乎客客氣氣，卻少了一種親切的幽默感，開始她很不習慣，後來發現玩笑是不能隨便開的。有一次她跟馮小蘭開玩笑，說她那張圓臉好像個臉盆，馮小蘭不但沒笑，還很生氣，兩天都沒搭理她。過了幾天馮小蘭笑她不會洗衣服，像個千金小姐，分明是諷刺她，此後她認真地學習用搓板洗衣服，不想別人取笑她。

也許因為她的背景和大多數同學不同，也許因為她的性格和生活習慣跟別人格格不入，總之在這裡她覺得沒有在小學的時候那麼愉快。老師對她倒還不錯，由於她在上海時從小就學

芭蕾，比起其他同學，水平顯然高得多，加上她會彈鋼琴，音樂素養好，跳起舞來節奏感和樂感都非常棒，身材和形象又很突出，老師們都覺得她是一個跳芭蕾舞的好苗子，有望造就成為第一女主角，加上她很努力刻苦，老師們比較喜歡她。可是老師越欣賞她，同學們就越疏遠她，她也不在乎，只是到了週末，人家三三兩兩一起上街去玩了，剩下她一個人在宿舍不免有點孤獨。這回好了，含笑來北京上學，她就有伴兒了，所以今天她本來很高興要去接含笑，可是昨天得悉爸爸媽媽不能來北京，弄得她有點心緒不寧。

　　下午四點不到桃麗來到了北京前門火車站。當她走入大堂時，正好有一列火車到站，許多人從閘口出來，她閃到一旁，準備等人走了以後，去指示牌看看含笑的火車會停在哪個站臺。忽然有人在她的背後叫她的名字：「蔣桃麗！」她一回頭，看見爸爸在美國留學時的同學蕭劍光叔叔迎面走來。

　　「蕭叔叔，好久不見了。」

　　「小辣椒，你是前年來北京的，而且去年考上了舞蹈學校，對嗎？」

　　「您怎麼知道的？」

　　「你爸爸告訴我的。」

　　「您怎麼來北京了？」

　　「我是來開會的。你來火車站幹什麼？」

　　「我來接陸含笑。」

　　「哦。你是來接她的，我也是。」

　　列車即將進站，含笑早就站在車門旁的窗口望著外面，只見一片片收割完了的麥田和正待收割的玉米地，一個個村落和一排排矮屋子，都被拋在後面，眼前出現了一座古老的城門

樓，京城已近在咫尺。列車開始減速，北京站三個字映入眼簾，她的心情既興奮又有點不安，興奮的是經過長途跋涉，終於到達了目的地——中國的心臟——首都北京，她人生道路的新起點。不安的是不知有沒有人來接她。她從香港回來升學，先去上海看了外婆，見到爸爸的老朋友蕭劍光叔叔，他正要去北京出差，便托他告訴在北京工作的大姐她到達的時間。不知道他有沒有聯繫上大姐，也不知桃麗有沒有收到她的信？如果她們都不來接她，那怎麼辦？正想著，火車已經停了下來。她隨著人們往車門走去，忽然看見一張有點熟悉的面孔。「蔣桃麗！」桃麗站在車門口，高窕的個子一眼就能看到。含笑鬆了一口氣，急忙下車一把抱住了她，在這陌生的地方就像看見了親人，「桃麗，你長得更高、更美了。」

「含笑！」

「啊，蕭叔叔您也來接我了。」

「我怕萬一你大姐沒有空來，你人生地不熟的。」

「真謝謝您，蕭叔叔。」

「含笑，你也長高了，不過還胖了些，我都快認不得你了。」桃麗親熱地挽著她的手。

「七年了，我是1948年去香港的，整整七年了呀，太好了，咱們又在一起了。」

「是啊，我就等著你來呢。」

「我還怕你暑假回上海去，沒收到我的信呢。」

「蕭叔叔，您什麼時候開完會回上海呀？」桃麗問。

「下星期。」

「那如果您見到我爸爸媽媽，請幫我問問，他們怎麼不來北京了。」

　　蕭劍光見她很失望，看了她一眼，好像想說什麼。但只說了：「好的。」便轉身對含笑說：「含笑，你入學後，我會去戲劇學院看看你。」

　　「好的。」

　　「那我先走了，一會兒還有點事情，你們倆好好聊聊。桃麗，你告訴她怎麼坐車去她大姐家。」

　　「我會的，您放心。」

　　「那再見了，蕭叔叔。」含笑說。

　　蕭劍光走後，含笑高興地問：「你怎麼樣？一定很開心，一切如願。」

　　「我？也不見得…」

　　含笑覺得奇怪，正想問她，聽見背後有人叫她。

　　「含笑，你到了，哎呀，我們遲到了。」

　　「大姐！」

　　「五年沒見你了，長高了，來認識一下，這是你姐夫徐春生。」一個中等個子，戴眼鏡的男人向她伸出手來：「歡迎你回到祖國來。」一句像外交辭令的話，使含笑不知說什麼好，只好跟他握了握手。

　　「累不累？」大姐摸摸她的臉，還是那麼親切，可是看著她一身藍色的人民裝，齊耳朵的短頭髮，卻有點陌生。

　　「這是？」大姐問。

　　「蔣桃麗呀，她在舞蹈學校學習。」

　　「蔣桃麗，你長大了，你們老同學又見面了。含笑你坐了兩天火車夠累的，先到家裡休息休息。」又對蔣桃麗說：「你也到我們家去坐坐吧。」

　　「不了，改天吧，等含笑安頓好以後，我們再聯繫。」

「那好，是呀，你爸爸媽媽怎麼不來了呢？」含笑問。

「誰知道？」

見桃麗不太開心，想問她怎麼回事，大姐和姐夫已經在幫她拿行李了，她只好對桃麗說：「我會去找你的。咱們再慢慢聊。」

「好的，再見。」桃麗擺擺手走了。

大姐家有裡外兩間套房，一大一小，這個單位裡的另一個房間住著另一對夫妻，是徐春生的同事，兩家共用一個廚房和廁所。看見他們回來，那個女的似乎很熱情，「把妹妹接回來了？大老遠的從香港來，很累吧？」

「還好，這是你姐夫的同事，老張。」

「你好。」

「怎麼樣？這裡沒有香港繁華吧？」

「不知道啊，我才來。」不知為什麼，含笑覺得那個女的注視著自己，好像她是一種稀有動物似的，讓人有點不自在。

吃過晚飯大姐為含笑在外屋搭了一張行軍牀，「今天你很累了，洗一洗就早點睡吧，明早還要去學校報到呢。」

「明天你先得去派出所給她報個戶口。」

「不用吧，明天她就要搬去學校了。」

「你還是得去報告一下，現在是什麼時候啊？她是從香港來的麼。」含笑覺得有點奇怪，從香港來怎麼的啦？

晚上躺在床上睡不著，含笑心想：大姐怎麼沒提起她寫給她們的信，也沒有問問媽媽和三姐含翠怎麼樣，心裡有點彆扭。現在媽媽和三姐不知在做什麼，下學期三姐要去香港大學住校了，媽媽一個人會很寂寞的，明天得趕快給她寫封信，可

是我要不要告訴她已經見到大姐了呢？

　　徐春生問道：「你這個妹妹有點個性，她怎麼一直不說話？大概還在生你們的氣。」

　　「人家剛到，累了麼。」

　　「你和含珠要好好跟她談談，對家庭得有個正確的認識啊。」

　　「等含珠從上海回來了再說。」

　　「別忘了現在正在搞肅反運動[21]，香港回來的人特別引人注目，如果出言不遜就麻煩了。」

　　「行了，她一個學生有什麼引人注目的？」

　　「你沒看見那個老張一直盯著她看？」

　　「有什麼好看的，多事。」

　　「不過她的樣子是不同，你看她那個髮型。」

　　大姐把房門關上了，望著這黑洞洞的房間，含笑心裡有一種說不出來的不痛快。

　　第二天早上含玉陪妹妹去學院報到，學院不大，聽說全校師生員工加起來不到五百人，教學樓旁邊是一排平房，都是排練室，對面的一排平房是琴房，教學樓後面是學生宿舍，一共四層樓，飯堂在一樓。含笑被分配到三樓走廊頂頭的那個房間，裡面有三張落架牀，住六個女生，同學們見她倆走進來，都好奇地打量著含笑。「香港來的人特別引人注目。」想起姐夫這句話，含笑心裡有點不舒服，下意識摸了一摸自己的頭髮。

　　「咱們倆是鄰居，你住樓上，我住樓下。」一個梳著兩條大辮子的姑娘笑著對含笑說，她這一笑，兩個眼睛像月牙兒似的，嘴旁的兩個小酒窩很深，像兩顆小紅豆兒，含笑覺得她挺

討人喜歡的。

「我叫陸含笑，你呢？」

「我叫關紅玫，天津衛子。」她調皮地用很土的天津口音說這四個字。

一個胖胖的男同學走進來說：「我也是天津衛子，我叫雷震聲。」

「沒錯兒，他盡半夜打雷，嚇死人。」另一個四方臉的男同學說，大家哈哈大笑。忽然一個短頭髮的女孩神秘地用一個手指擺在嘴前：「噓！別吵，隔壁三年級的同學正在開小組會。」

「他們怎麼沒放暑假？」

「這不是在搞運動嗎？」

一聲巨響，好像有人在拍桌子，「你要老老實實交代，不要耍滑頭！」隔壁房間傳來一聲吼叫，嚇得大家面面相覷。

「得了，咱們走吧。」有人小聲說，他們一個個悄悄地走了出去。含笑愕然，她扯了一下大姐的衣袖，輕輕地問：「這是怎麼回事？」

「你別管這些。」含玉正在幫含笑鋪牀，並簡單地整理了一下就要走了，含笑送她到門口，大姐神情嚴肅地小聲說：「現在全國在搞肅反運動，不了解的人你不要跟他們說什麼，除了本班的同學，其他的人不要接觸，週末就來我們家好了。」

「我還要跟桃麗見面呢。」

大姐好像沒聽見似的，「二姐去上海出差了，下星期就會回來，到時候我們再好好商量一下你的事，現在我要趕著去上班。」說完急急忙忙走了。

「商量我的事？我的什麼事啊？」含笑不明白大姐在說
什麼。

週末一過，明天就要開學了，從同學那裡含笑得知除了一
年級的新生以外，全體師生員工都沒有放暑假，一律留校參加
運動，人人都得交代自己的問題並揭發他人。吃飯的時候飯堂
裡沒人交談，原來各班之間是不准串聯的，大家都悶頭吃飯。

大喇叭裡播放著新聞，都是些有關肅反的消息，什麼某某
機關破獲了一起反革命案件，什麼在通向港澳關口的附近，抓
到了打算逃亡的疑犯，什麼上海一批披著宗教外衣的外國間諜
及其走狗，被一網打盡，什麼從香港潛入的臺灣特務被當場抓
獲等等，聽得含笑怪緊張的。在這種氣氛下一年級的新生也不
敢說話，沒有廣播的時候，飯堂裡一片寂靜。

在第二天的開學典禮上，黨委書記講話，重申了要把運動
徹底進行到底的決心，並聲言鬥爭已即將取得全面勝利，大家
決不能鬆懈。新同學也應急起直追，首先要寫好自己的自傳，
對黨忠誠老實，同時也要毫無保留地把自己知道的情況向黨檢
舉揭發，所以第一個星期，一年級也不上業務課，專時專用寫
好自傳。

含笑想我才十九歲，除了上學還是上學，有什麼好寫的，
至於揭發，回來還不到十天，根本不了解國內的情況，又有什
麼好揭發的呢？她咬著筆桿，不知道寫些什麼好，除了把自己
曾經在哪個學校讀書寫一寫之外，真不知道再寫些什麼，還有
好幾天呢，坐在教室幹什麼好呢？一個梳兩條短辮子的女同學
叫李亮，走了過來對她說：「陸含笑，咱們到院子裡去走走好
嗎？」含笑跟著她來到操場。

「你是不是不知道怎麼寫啊？」

「是啊，我的經歷很簡單，其他情況我也不了解，所以沒什麼好寫的了。」

「沒什麼好寫？不，自傳除了寫自己的經歷，還要講清楚家庭的情況，包括家庭的社會關係。」

「噢，什麼是社會關係？」

「社會關係就是親戚朋友。」

「不過我剛回來，也沒什麼好寫的呀。」

「那不見得，你可以把你接觸過的人中，有什麼可疑現象講出來麼，家庭情況和你家裡跟哪些人有來往也需要寫啊。」

含笑心想：跟家裡來往的人可多了，怎麼寫？我哪裡知道大人的事。

「慢慢想，總之只要對黨忠誠老實，你就不會遺漏什麼。還有好幾天呢，你再好好想想，雖然我們是新生，也應該積極參加這場關係到國家安全的運動，對嗎？」

含笑只好點點頭。後來關紅玫告訴她，李亮和湯勇是班上僅有的兩個黨員，他們都是復員軍人。

星期六上午含笑把所寫的東西交了上去才鬆了口氣，她想，這真比考大學還難。

下午桃麗來找她，她倆漫步走到附近的北海公園。也許是因為搞運動的關係，這裡人不多。天氣非常好，不冷不熱，秋風徐徐吹來，令在學校憋了一週的含笑，感到身心都舒展了。可是桃麗卻悶悶不樂。

「你爸爸媽媽還來不來？」

「不一定呢。你怎麼樣？習慣嗎？」

「生活上倒沒什麼，不過學校裡在搞運動，大家都不怎麼

說話，怪悶的。」

「我們也一樣，不過聽說運動快結束了，也該上課了。」桃麗帶含笑來到了一家叫仿膳的館子，叫了一碟栗子做的小窩窩頭的小吃，喝著茉莉花茶。

「桃麗、含笑！」

「咦，蕭叔叔，你怎麼也來了？」含笑問。

「我去學校找你，他們說你跟一個朋友去北海了，所以我就來這裡找你們。」

桃麗去再拿了個杯子：「蕭叔叔請喝茶。」

蕭劍光望著她，慢慢喝著茶，過了一陣才說：「桃麗，我來是想告訴你為什麼你爸爸媽媽不來北京了。」

桃麗急切地問：「您知道？為什麼呀？」

蕭劍光又喝了一口茶，停頓稍頃，才慢慢地說：「桃麗，答應我，你千萬不能激動……」

「怎麼了？您快說呀！」

他環顧左右，湊近桃麗輕輕地：「我聽說你爸爸可能遇到點麻煩。」

「啊？遇到什麼麻煩？」

「我來之前聽一位朋友說起，你爸爸正在接受審查，暫時不能離開上海。」

「怎麼會的？！他有什麼問題？」

含笑說：「不要急，聽蕭叔叔講麼。」

「我到了這裡才聽一位也是從上海來開會的朋友講的，你爸爸可能牽扯到天主教的一件案子，所以被隔離審查了。」

「隔離？！什麼意思？」

「隔離就是不能回家。」

「啊？！我爸爸被關押了？他到底怎麼了？」桃麗急得都快哭了。

「詳細情況她也不清楚，你先別急，再等等，也許會搞清楚的。」

桃麗呆了似的。含笑忽然想起那天廣播裡提到披著宗教外衣的間諜，心裡也害怕了，「桃麗，桃麗！先別哭。」含笑擔心地望著她。

「不能回家，那不等於坐牢嗎？」

蕭劍光安撫她：「現在全國都在搞肅反運動，不少人都被隔離審查，等搞清楚了問題，也許就可以回家了。」

「我爸爸只是信教，信教又不犯法，為什麼要隔離審查他？不行我要請假回上海問清楚，我媽媽一個人在家怎麼受得了？」說著她站起來要走。

蕭一把拉住了她，「桃麗，你現在不能回去。那位朋友跟你媽媽認識，她說你媽媽叫你千萬不要去信，更不要回去。」

「為什麼？我是他們唯一的女兒，我不能不管。」

「現在還不知道你爸爸究竟是什麼問題，你這樣脫離運動跑回去，既幫不了他們，對自己也不好，你得考慮後果。」

含笑也說：「桃麗，冷靜一點，再等等吧。」

「那您在上海聽到過些什麼？到底是什麼案子？」

「我在上海的時候，只聽說天主教教區出了問題，不過還不清楚具體細節。我想你們組織上會告訴你的。」

「那我明天就去問學校。」

「桃麗，還是耐心點好，等他們找你吧，不管聽到什麼，你都要冷靜，千萬不能衝動。」蕭劍光囑咐她。

好像天都塌下來了，桃麗目光散亂，神情茫然，含笑從未

見過她這副模樣。

含笑和蕭叔叔把桃麗一直送到公共汽車站，蕭劍光雙手按著桃麗的肩膀鄭重地說：「過幾天我就要回上海了，有消息我會告訴你的。你自己當心，有什麼就跟含笑講講，千萬別跟其他人流露你的情緒。」

一輛公共汽車進站了，含笑對桃麗說：「上車吧，我會去看你的。」桃麗含著眼淚點點頭。

看著桃麗上了車，含笑問：「他爸爸的問題是不是很嚴重？」

「恐怕是，聽說上海天主教的一個主教已經被抓起來了。」

「是嗎？為什麼？」

「說什麼跟外國勢力有關，不過你先不要跟桃麗講，還是等組織上找她談好些。」

含笑覺得很可怕。

「含笑，你才回來，凡事都要謹慎。」

「我知道。」兩人默默地走了一會兒，「蕭叔叔，我的同學張青雲跟蕭逸哥哥交朋友，相處得挺好的吧？」

「青雲這孩子不錯，她很溫順，對蕭逸一心一意的。」

「她是挺可愛的，您跟夏萍阿姨都喜歡她，那太好了。」

「他倆打算國慶節來北京玩，找歌劇院演《茶花女》的張清泉老師聽聽他唱歌，給他提提意見，我們跟張老師在美國就認識。」

含笑聽了這消息稍稍高興了一點：「那我們又可以見面了。」

第二天含笑去大姐家，坐在車裡一直在想昨天蕭叔叔說的那番話，「如果桃麗的爸爸真有嚴重問題，她就得跟他劃清界

限，就像姐姐她們對爸爸那樣，這她能做得到嗎？」含笑知道桃麗是獨生女，是她爸爸的寶貝。她講過四、五歲的時候，她爸爸還常趴在地毯上當馬，讓她騎在他背上，她拿條圍巾當鞭子抽著、叫著：「呷，呷！」她媽媽在一旁笑個不停。含笑見過她爸爸，一個虔誠的天主教徒，美國留學生，能講流利的英語，像個外國人。對人很和藹，小朋友去他們家玩，他總是熱情地招呼大家，逗他們玩，挺會講笑話的，這樣的人怎麼會是壞人呢？真不明白……想著、想著，都坐過站了，她趕快下車往回走。

含笑走進含玉家，看見裡面站著一個一身軍裝的女解放軍。

「含笑，你看誰來了？」

「含笑，你終於回來了，我昨天晚上才從上海出差回來。」看著眼前這個女軍人，跟原來挺愛打扮的二姐怎麼也對不上號，她頭髮剪得比大姐還短，一頂軍帽扣在頭上，真有點像個男的，她猶猶豫豫地叫了一聲「二姐。」

大姐問：「你怎麼昨天沒來？我們都等你呢。」

「蔣桃麗來找我了。」

含珠問：「蔣桃麗？就是你小學時的同學？那個小天主教徒？」

「是啊。」

「含笑，她父親出問題了，你跟她來往，講話得注意點。」

「你怎麼知道的？他出什麼問題了？」

含珠看了妹妹一眼，沒有回答，端起杯子喝了一口茶。

「二姐你快說呀。」

徐春生在一旁慢吞吞地接著說：「定性為反革命了。」

「啊！怎麼會的？」

含玉也問：「含珠，怎麼回事？」原來含珠已經入了黨，這次因參與肅反工作去上海出差。

「我們組不是直接管他的案件的，不過涉及這個案件的一份英文文件的翻譯稿，領導讓我幫著覆核過。含笑，總之這是上海目前的一個大案子，已經結案了，蔣桃麗的父親蔣頌恩雖然不是為首的，但也是反黨叛國集團的成員。」

含笑問道：「反黨叛國？！那，現在怎麼樣？」

徐春生說：「當然要判刑。」

「哎呀，桃麗還不知道呢，她會急死的，我得去找她。」

「含笑，你不能去，他們組織上會告訴她的，不能由你告訴她。」

「我不告訴她好了，她說要去問學校，也許現在她已經知道了，我要去安慰安慰她。」

徐春生嚴肅地問：「你怎麼安慰她？你明白應該怎麼對待這個問題嗎？」

「含笑你回來不久，許多事情你還不懂，你先得把自己的思想捋清楚，才能夠幫助朋友。你們學校也在搞肅反，這個星期學校讓你們做什麼？」含珠問。

「寫自傳。」

「那你寫好了沒有？」

「寫好了，都交上去了。」

「你寫了些什麼？」

「寫學歷，寫經歷，本來很簡單，可是……」

「可是什麼？」

「我們班的李亮說還得寫什麼社會關係，那不就寫你們麼，寫我幾個同學咯。她說還得寫家庭的社會關係，那多了，

那怎麼寫？我又不清楚，我沒寫。」

「你怎麼可以不寫？你也不跟我們商量。」

含笑瞪了徐那滿臉粉刺的臉一眼，「商量？我能出來嗎？」

「不要緊，含笑，學校可能會讓你補充的，你再好好寫一寫。」含玉說。

含珠胸有成竹似的，「來，坐下，自從1950年我們離開家之後，含笑，我們有五年沒見了吧？也該好好談談了。你寫來的信我們看過了，對於父親的問題，我知道你想不通，這也難怪，不過凡事你要站在黨和人民的立場來想。」

含笑賭氣地說：「爸爸怎麼了？他又不是反革命。」

「雖然他不是反革命，不過他是官僚資產階級，也是三座大山[18]之一。」

「那他這麼愛國，還為新中國做了許多事情呢。」含笑一副要辯論的架勢。

「那是大勢所趨，不得不如此，但過去他是為反動派服務的，在歷史上是有罪的。」

「那，他又沒去臺灣，一個人就不能改變，不能進步嗎？」

「可以，但必須認罪，他並沒有認罪。」

認罪？含笑火了：「他身體那麼不好，這些年一直在做對國家有利的事，你說，要認什麼罪？！周總理都表揚過他，還問他好呢。」

徐春生說：「那是他自己說的吧。」

含玉不滿地說：「那也不見得是假的。」

「行了，含玉你到現在還藕斷絲連，怎麼給妹妹做榜樣？」

「這種問題認識起來是很痛苦的，但我們既然參加了革命，這個關總是要過的。含笑，就算他做過一些好事，那也是

黨的統戰政策的勝利，不是他個人的功勞，而且他的階級本性
不會因此而改變，除非經過認真的，脫胎換骨的改造，然而，
他已經離開了這個世界，沒有這個可能了。現在的問題是我們
自己要徹底地跟剝削階級劃清界限，不然你就不可能寫好你的
自傳。」

「是啊，你應該把家庭的社會關係交代清楚，這樣一來你
就可以看出你父親究竟是哪個陣營裡的人，不能只看他對你們
如何，要看他們這個陣營對人民的態度是怎樣的。」徐春生振
振有詞地補充著。

含笑一聽他說話就反感，她從書包裡拿出爸爸讓她帶回來
的信，放在桌上，「這是爸爸臨終前給你們寫的最後一封信，
是在病床上寫的，他一輩子做了些什麼都寫了，你們自己看
吧，我走了。」

「誒，你不要走啊。」含玉拉著她。

「我還有事，你們看完再說。」她拿起書包就朝門外走。

含玉急忙追了出去，一邊走一邊說：「我去找她回來。」

「你看你這個妹妹多倔！」

含珠說：「算了，她從小就這樣，我們把這信看一看再找
她談也好。」

含玉趕到樓下，見含笑正好上了一輛公共汽車，她無奈地
回了家。

「沒追上？」含珠問。

「嗯，你們對她不能這麼急，她才回來幾天哪？」

「可是現在形勢不等人啊，過兩天我也得回哈爾濱了。」

「我再找她談談麼。」

「你找她談？你自己搞清楚了沒有？」

含玉：「以後你最好少說點，你說多了只會起反作用。」

「好，好，你們家的事我不管，不過陸含玉，我可警告你，你一定得站穩立場！你們單位還正在查你在香港工作的情況呢。」

「我在香港只不過當了幾天打字員，有什麼問題？你也不信任我嗎？」說完含玉氣得進了裡屋，含珠向他擺擺手也跟著進了裡屋。

徐春生一個人站在那裡生悶氣，心想：「我為你們好，還衝我來，真不知好歹。」徐是含玉大學裡的同學，這個農民的兒子能追上含玉這樣美貌溫柔的女子，一直感到心滿意足，可是自從含笑給兩個姐姐寄來了那封報喪的信，含玉在被窩裡大哭了一場，他批評了她，她就變得鬱鬱寡歡。接著肅反開始了，他們單位的領導要她好好交代在香港做事的情況，她感到很委屈，回家不免發牢騷：「我因為爸爸病重，一大家子開銷大，作為大女兒總想為家庭分擔一點，才跑出去做打字員，沒幹幾個月就回來上大學了，這就說我在外面做過事，比別人複雜，就得在肅反中交代，真是冤枉。」徐春生聽了卻很不高興，說她經不起考驗，還怎麼入黨？含玉更加委屈了，「在單位無緣無故被人家懷疑，回家還得聽你教訓。」她覺得他完全不懂得她，在她最需要支持的時候，一點溫暖都沒有，夫妻倆這陣子搞得很僵。

含珠從裡屋出來：「我走了，你們不要鬧別扭，大姐這陣子心煩，多體諒點吧。」

徐嘆了一口氣：「好吧。」

二

　　蔣桃麗好不容易熬過了一個星期天，今天她一定要去黨支部問個明白。早上她比所有的同學都起得早，鋪牀的時候可能吵醒了睡上鋪的馮小蘭，她挺不高興，桃麗洗完臉回來，其他人正準備起牀。

　　「馮小蘭，請你不要把你的褲子掛在我頭上好嗎？」

　　「那你讓我掛哪兒？」

　　「你不可以放在你自己的腳那邊嗎？」

　　「喲，你真講究啊，大小姐。」

　　桃麗沒好氣地說，「什麼大小姐，你尊重人一點好嗎？」

　　馮小蘭一下子跳下來，一把拉下掛在牀柱子上的練功褲，褲子幾乎打在桃麗的頭上。

　　「你幹什麼？欺負人啊？」

　　「誰敢欺負你啊？老師的寶貝，未來的大演員。」

　　「你幹嘛？總是諷刺人？」

　　「吃飽了撐的，大清早就找茬兒。」

　　「給你提意見就是找茬兒？」

　　「你這是沒事找事，吹毛求疵。」

　　桃麗心情本來就不好，平時聽了馮那些酸溜溜的話，都不愛理她，這會兒可實在忍不住了。「如果我把褲子放在你頭上，你會怎麼樣？」

　　一個同學在一旁勸說：「算了算了，你們別吵了，好不好。」

　　團委書記秦蓮香就住在女生宿舍旁邊，這時候正好走過：

「蔣桃麗，馮小蘭，你們倆為一點小事就吵，還不快收拾收拾，吃過早飯就要開會了。」

在飯堂桃麗一個人坐在角落裡，她誰也不想理，想趕快吃完飯去找黨支部書記，問問她爸爸的事。

「蔣桃麗，你吃完飯到黨委去一趟，不用去開會了。」秦蓮香過來通知她。

「噢，秦書記誰找我？」

「黨委陳書記。」

同學們互相看了看，桃麗一走，馮小蘭對旁邊的同學神秘地說：「黨委找她。」

「不知道什麼事。」

「凶多吉少。」

「等著瞧吧。」

星期六下午青年團過組織生活的時候，秦書記曾提醒大家，隨著運動深入，可能涉及有些同學的家人，作為黨的助手青年團員，要提高警惕，注意周圍的情況，也要幫助有問題的同學站穩立場，經受住考驗。這時候馮小蘭估計蔣桃麗家人可能出了事，心想：「你還神氣什麼？」

桃麗從黨委辦公室出來，心亂極了，幾乎撞到柱子上。「蔣桃麗！你怎麼了？」桃麗擡頭一望，是舞蹈老師兼班主任潘風，這個老師平時最欣賞她，看見他，她忍不住流下了眼淚。

「你的臉怎麼煞白？不舒服嗎？快，我扶你去醫務所。」

「不，不，不用。」說完就跑了。

「你的得意門生有問題了。」潘風回頭看見秦蓮香站在他身後。

「什麼？她有什麼問題？」

「她家裡出了問題，她父親是上海天主教一個反革命集團的成員。」

「啊！怪不得她好像病了似的，那，這又不是她本人的問題。」

「那她也得跟家裡劃清界限哪。」

「唉，她還是個孩子呢，你好好幫幫她。」

「那當然。你們業務老師也不要光是抓業務，不然培養出來的是白專尖子[22]有什麼用？她父親的那個案子很嚴重。牽扯三十來個神職人員，三百多個教徒呢。」

「喲！這麼嚴重，究竟是什麼問題？」

秦見旁邊沒什麼人了，讓他知道點也好，免得他犯糊塗。

「現在帝國主義勢力很猖獗，利用教會滲透到我們國家來進行破壞。所以上海成立了愛國天主教會，可是上海原來的主教公然拒絕參加，堅持要聽梵蒂岡的，還教唆教徒們抵制愛國教會，搞什麼不投降、不退讓、不出賣，實際上就是反對黨的領導，死心塌地要做外國勢力的走狗。」

潘風：「哦，這可麻煩了。」

過了一會兒，秦忽然換了一種輕鬆的語氣：「下了班一起出去走走好嗎？」

潘風心不在焉地，「好、好。」不過他好像已經習慣聽從這個中學的老同學。

秦蓮香出身貧農家庭，在中學時是班長，很快入了黨，潘風入團時，她還是介紹人呢。潘風喜愛舞蹈，不久考進了歌舞團，後來又調到新成立的舞蹈學校進修，接著留校當了老師。秦初中畢業後就工作了，在市團委做機要工作，去年分配到舞蹈學校當團委書記，兩人變了同事。

　　潘風正在申請入黨，秦很樂意幫助他，潘風想，有個知根知底的老同學幫他，那是很有利的，兩人就接近起來了。但是潘風逐漸發現秦對他真的十分關心，經常從家裡給他帶些好吃的，有一次見他的練功褲鬆緊帶鬆了，她還主動幫他換了一條。他心裡明白，老同學對他有點意思，不過，潘風熱愛舞蹈專業，老想找個同行，但他又不敢令秦難堪，因此總是若即若離。最近秦連香見潘對他班上的女學生蔣桃麗格外欣賞，而她的確才貌出眾，秦的心裡隱隱有股酸味兒。

　　桃麗回到宿舍，大家開會還沒回來，她倒在牀上痛哭起來，「爸爸怎麼可能是反革命？他從小信仰天主，在教會裡做了許多善事，解放前他把祖上傳下來的家產，辦了一個教育基金，培養教會裡好學上進的清貧子弟讀書，有的還被送往國外深造，沒有人不說他是一個大好人。自從他工作的外國石油公司撤走後，儘管收入少了，對教會的捐獻卻從來沒有停止過。為什麼現在這些都成了他的罪狀？什麼勾結外國勢力，抗拒黨的領導，資助地下教會，腐蝕青年，培養跟黨離心離德的人，為擴大梵蒂岡暗藏在中國的隊伍出錢出力。這還不是死罪嗎？怎麼會這樣的？天主啊！快救救爸爸吧！」

　　同學們開完會回到房間，只見桃麗用被子蒙著頭躺在牀上。馮小蘭走過去，推推她：「蔣桃麗，怎麼了？別這樣啊，快去吃飯，下午要開小組會，我們還等著聽你的揭發呢。」

　　桃麗騰的一下坐了起來，兩隻哭紅了的眼睛瞪著馮，一聲不吭，走了出去。

　　「你們看，她這是什麼態度？秦書記還讓咱們幫助她呢。」

　　「算了，她一下子還轉不過彎來。」

　　「她爸爸的罪行那麼嚴重，她還這個態度，不像話。」

「對她來說也許太突然了，她得有個認識過程。」

馮馬上接著說：「這不是個認識問題，這是階級感情，階級立場的問題。」

「好了，下午再說吧，走，吃飯去。」

在下午的小組會上桃麗受到了嚴厲的批評，這個說她同情反革命的父親，根本不想劃清界限；那個說她抵觸情緒太大，小小年紀思想卻這樣頑固；馮小蘭更指出她信天主教，不信共產黨，如果她拒不交代，只有死路一條。連平常對她稍好一點的同學也都勸她不要執迷不悟，趕快揭發父親的反革命罪行，跟他一刀兩斷，不要做反動家庭的殉葬品。所有這些發言像隆隆炮聲襲來，她的頭都快裂開了。

這時秦蓮香走了進來，「怎麼樣？蔣桃麗，同學們給你提了這麼多意見，你有什麼要說的？」

桃麗低著頭，強忍住氣說：「我，我沒想好……」

「同學們，不要急，給她一些時間。蔣桃麗，這事情對你可能是突然了一點，你要好好想想，首先要揭發你父親，把你所看到聽到的可疑跡象都講出來，下決心跟反動家庭劃清界限，那麼你才有前途，不然你就會毀了你自己。」

「是啊，坦白從寬，抗拒從嚴，拒不交代，死路一條！」馮小蘭像喊口號似的在一旁助威。

晚上同學們發現桃麗沒去飯堂吃飯，宿舍也沒人，便向秦報告，秦讓她們分頭去找，同學們正好碰見潘風。

「她會不會去了練功室？」

「不會吧，這時候她哪有心思練功。」潘老師皺著眉頭說，並問：「圖書館呢？」

「找過了，沒有。」

「澡堂呢？」

「也沒有。」

潘風著急了：「那會去哪兒呢？天都快黑了。」

一個膽小的女同學說：「她該不會……」

馮小蘭說：「你說她會自殺？才不會呢，準是躲起來嚇唬人。」潘風忽然好像想到了什麼，立刻往外跑。

秋天的黃昏已經有點冷了，加上天色已晚，學校附近的陶然亭公園此刻冷冷清清，沒什麼遊人，潘風叫喊著：「蔣桃麗！蔣桃麗！」沒人回應，昏暗的燈光下，什麼也看不清，他只好一直往裡走，向四面張望。

桃麗不想再看見那些冷冰冰的面孔，不想聽馮小蘭凶巴巴的叫喊，整個學校竟然沒有一個角落可以讓她靜一靜，她兩眼發直地往前走，一直走出了校門，走啊、走啊，不知不覺來到了陶然亭公園。暮色中靜悄悄的，只聽見風掃落葉斷斷續續的聲音，她信步走到了湖邊，望著平靜的湖面卻心亂如麻。如果這時候能跟含笑談談也好呀，可是她不知道自己該不該去找含笑，她剛剛回國，他們學校也在肅反，會不會給她帶來麻煩呢？遠房的姑姑膽小怕事，也是不能找的，她忽然感到天下之大，竟沒有一個人可以幫自己，從小到大從未這樣孤立無助，想到這裡她不禁傷心地哭了起來。

「蔣桃麗，你果然在這兒。」

「潘老師。」

「你怎麼一個人跑到這裡來了？快回去吧，大家都在找你。」桃麗搖搖頭。「蔣桃麗，逃避不是辦法，再大的問題也得面對呀，不要想不開。」

桃麗還是一個勁兒地哭。「我知道這樣突然的打擊，對於

你這樣年輕的同學是很難承受的，可是我們必須學會面對，你有什麼想不通的地方，儘管跟我講，不要一個人悶在心裡，講出來也許我可以幫你分析分析。你是不是想不通你爸爸怎麼會這樣？你覺得他變成一個反革命是不可思議的，對嗎？」桃麗默默地點點頭。

「是的，要認識自己的父親很困難，我也有過這樣的經歷。」桃麗擡起頭來看著他。「我父親在國統區（即國民黨統治的地區）當過偽警官，鎮反[23]的時候他也被審查，那時我還在中學唸書，一下子懵了，後來在團組織的幫助下，我開始覺悟，認識到他雖然是我的父親，卻是人民的敵人，我應該站在人民一邊，跟他劃清界限。

「那，你有沒有揭發他？」

「我那時太小，他的事情我不大了解。」

「我也是啊，我怎麼知道我爸爸的那些事呢？小學畢業以後我就來了這裡。」

「你了解多少講多少，最重要的是你要相信黨，黨是不會冤枉一個好人的。」

「我不明白為什麼捐錢給教會，幫助人家也是錯的。」

「你太年輕，不懂階級鬥爭有多麼複雜，你以為信教的都是好人嗎？不，現在帝國主義勢力，就是利用教會滲透進來進行破壞。你爸爸是裡面的中堅分子，他捐錢為什麼不捐給愛國教會，而偏要捐給那個地下教會？那麼你怎麼知道他們用這些錢去幹什麼？蔣桃麗不要那麼天真，不要因為他是你的父親，你就不敢正視事實。」

桃麗聽了他的話覺得更恐怖了，她曾聽見爸爸發過牢騷，說政府什麼都要管，教會有教會的系統，怎麼可以用行政手段

來管呢，這是干涉人家的信仰自由。但是那時她並不在意，也不大懂，現在想想，他真的有可能抵制那個愛國教會的，她知道爸爸在信仰問題上很執著，可是他絕對不會幫助外國勢力來破壞自己的國家。

「我爸爸最多只是被人利用。」

潘風見桃麗的腦子有點鬆動了，便趕緊趁熱打鐵，「總而言之你要相信黨是掌握了充分證據的。」

桃麗驚恐地問：「那，你說我爸爸會不會被槍斃？」

「這就要看他的情節有多嚴重了，除非罪大惡極，一般不至於吧，所以他一定要坦白。我們黨一貫的方針是坦白從寬，抗拒從嚴，你現在應該說服你爸爸徹底交代，爭取寬大處理。」

見桃麗沉默不語，潘風把口氣變得更緩和了：「蔣桃麗，你還年輕，以後的日子還長著呢，在跳舞方面，你有天分、有條件，老師們對你的印象都很好，就像秦書記跟你講的，千萬不要毀了自己的前途。」潘風見桃麗不反駁，覺得她似乎有點明白了。緊接著說：「要知道沉舟側畔千帆過，難道你要把自己綁在一艘註定會沉沒的船上嗎？只要你能跟家庭劃清界限，你依然可以在芭蕾舞的事業中揚起風帆。」

桃麗擡頭望著夜空，迷濛的月亮從覆蓋著她的雲層中探出頭來，旁邊不遠處還閃爍著一顆特別明亮的星，她想起小時候爸爸常帶她在院子裡數星星，她總愛指著那顆明亮的星說：「這是你，爸爸」。現在，她覺得這顆星在注視自己，彷彿爸爸就在身邊，她心裡雖然充滿憂傷，卻又深藏著不可壓抑的夢想。

她永遠都不會服氣，她不能就此倒下去，掉入無底的深淵。她不能讓馮小蘭這種人幸災樂禍，她必須挺過去。對著明月和星

星她發誓，總有一天，她要所有的人都不敢小看她，她要大家都羨慕她，甚至嫉妒她；要讓陷入無限痛苦的父母，為她的成就感到驕傲和安慰，這對於他們，是她唯一可能作出的報答，只要爸爸不死，她要讓他晚年過上好點的日子。她深信自己的實力，只要不在政治上被打下去，她一定能有出頭之日。

潘風見她平靜下來了，關懷地問：「你晚飯都沒吃，餓了吧？」她搖搖頭，「幹我們這行，身體是本錢，走，我帶你去吃碗餛飩吧。」桃麗覺得潘老師真體貼人，只好站起來跟著他走出了公園。在學校旁邊的一家小飯館潘風買了兩碗餛飩。他們正吃著，秦蓮香和另一個團委女幹部走了進來。

「咦，你們在這裡？蔣桃麗，你上哪兒了？同學們滿處找你呢。」秦問道。

「哦，她在院子裡走走，她還沒吃晚飯。」

「你看，他真是模範班主任。」秦對那女幹部笑著講。潘風有點尷尬。

桃麗已經吃完了，站了起來：「潘老師，秦書記，我先走了。」看她走了，潘風挪到秦她們的桌子旁。

「我跟她談了一談，有點開竅了。」

「謝謝你呀，業務老師也幫我們做思想工作呢。」秦又以開玩笑的口吻說，過了一會兒她收起了笑容：「那明天開會就看她怎麼表現了。」

「對年青人還是要耐心啟發，不能性子急。」

「你放心，我會的。」秦知道潘風經常說她性子太急，她忽然變得很溫和。女幹部知道他們倆的關係有點不一般，吃完後，很知趣地先走了。

潘風和秦走回學校的時候，秦輕輕地說：「走那麼快幹什

麼？你的性子也變急了嗎？」潘風只好放慢了腳步。「你看月亮多好？」

「是啊，中秋節快到了。」

「中秋上我們家吧。」

「噢。」潘風不知可否地應答著，秦只當他答應了。

「我會做你最愛吃的賽螃蟹。」

「是嗎？」

「讓我給你露一手。」

「好、好。到那時肅反運動會不會結束了呢？學生也該練功了，要不腿腳都要生鏽了。」

「這話你跟我說說不要緊，可別到處亂講，倒好像你對運動不耐煩了。」

「我知道。」

「你應該明白政治運動是考驗人的好時機，你想解決入黨問題，還不趁此機會好好表現？」雖然潘風知道她是為他好，可是他就是不喜歡她這種教訓人的口吻。秦見他不出聲，知道他有點不高興。

「我知道你很聰明的。」像哄孩子似的，她拍了拍他的頭，潘風勉強地笑了一笑，到了女生宿舍門口，「再見。」

「你去看看蔣桃麗睡了沒有，她情緒還有點不穩定。」

「我又不是嬤姆。」秦一甩頭走了進去。

第二天開會，桃麗的態度有了些轉變，她承認自己由於在家的時候年紀還小，不清楚父親的活動，加上政治觀念淡薄，對肅反運動的意義認識不清，應該端正態度，好好學習，清理自己的思想，站穩立場。

馮小蘭馬上像開機關槍似的衝著她來了：「你這叫什麼態

度？盡說些空洞的話，具體的呢？你父親到底有什麼罪行？你為什麼不揭發？」

「他的事我的確不知道，他又不會跟我講。」

「你別裝傻了，你一放假就回去，難道你就一點也不知道？鬼才相信呢。」

身為肅反領導小組成員的秦蓮香不緊不慢地說：「蔣桃麗，對黨要忠誠老實，你再好好想想，過去你也許覺得沒有問題的事情，現在要站在階級鬥爭的風口浪尖上重新思考，你就會發現問題，哪怕是蛛絲馬跡。」

接著同學們你一言我一語地補充，無非是要迫使桃麗坦白交代，不過這些十七八歲的孩子涉世不深，除了像馮小蘭那樣的，其他人也說不出更多的，秦看著會議就快要冷場了，便叫桃麗去寫一份材料，盡可能把自己知道的情況統統寫出來交給組織，而且要深刻地檢討自己的思想。

「這是黨給你的機會，不要以為自己業務不錯，就在政治上放鬆。我們要培養的是又紅又專的人才，不是和黨離心離德的人，懂了嗎？」桃麗點點頭趕快走了出去。

第二天桃麗正在為不知怎樣寫這個材料而頭疼的時候，傳達室讓她去取信。一看是媽媽寄來的，她發現信像是被拆過。信裡媽媽簡單地告訴她，爸爸犯了錯誤，正在接受審查，叫她千萬不要回家，一定要聽黨的話，安心學習，照顧好自己，別的什麼也沒有說。媽媽大概猜想到她的信會被人拆看。她很擔心是不是媽媽也被人監視了，或者也在接受審查，她身體本來就不大好，血壓高，心臟也有問題，平時很依賴爸爸，現在一個人要面對這樣大的打擊，怎麼受得了？外婆和舅舅又去了香港，身邊連個可以商量的親人都沒有，怎麼辦呢？自己唯有爭

取盡快過關，那麼也許寒假的時候可以回上海去看看媽媽。要過關就得批判爸爸，天哪！這不是要撒謊嗎？天主啊，原諒我吧，這不是我情願的，沒有辦法呀。年僅十八歲，一向無憂無慮，生性率直口無遮攔的小辣椒，連自己都覺察不到，從此以後可能不得不學會口是心非，戴上面具做人了。

吃過晚飯後，她到教室繼續埋頭寫她的交代材料，想趕在明天交上去。

「蔣桃麗，還在寫材料？怎麼樣？快寫完了吧？」桃麗見是潘老師便點點頭。

「潘老師你能幫我看看嗎？」

「可以啊。」潘風坐下來，認真地看桃麗寫完的部分。

「不錯，你現在的態度端正了，肯認識問題，就進了一大步。不過就算你揭發不出更多的東西，起碼對組織上告訴你的事實要有所認識，對自己的幼稚，缺乏階級鬥爭觀念做進一步的檢查。這樣才能表現出你已經和黨站在同一陣線了。」

潘風熱心地拿起她寫的材料，非常具體地建議她在哪些地方要加些什麼，做些什麼修改。雖然桃麗心裡想的跟他所說的，有許多不同，可是她明白只有照他所建議的去改，才有可能過關。現在有誰會這樣為她著想，無保留地幫助她，這一份關切之情，還是深深打動了她。

「你爭取早日通過，才能把精力集中到練舞上面，運動不可能永遠搞下去，尤其是學校總是要上課的麼。不久蘇聯專家會來我們這裡教學，你這麼好的條件，別人是比不上的，專家一定會欣賞，千萬不能因為這件事把自己的主要目標忽視了。」

潘風的這番話正說到了桃麗的心裡，法國是去不成的了，

俄國的芭蕾舞也是有傳統的，如果能跟蘇聯專家學習，還是有可能實現自己的夢想。這個自幼就形成的夢想，如今更成了她唯一的精神支柱，離開了它，她將一無所有，生命將不再有任何意義，她絕不能放棄。

潘風見她凝視著遠方，長睫毛下一雙黑裡透亮的眼睛放射出一種奇異的光芒，他似乎感覺到她正在匯集全部意志力，向著一個她絕不能放棄的目標披荊斬棘。

「蔣桃麗，抓緊時間寫好它，我相信黨會諒解你的。」

桃麗由衷地：「潘老師真謝謝你。」

她那雙明亮美麗的眼睛裡，閃鑠著晶瑩的淚花，潘風的內心升起了一股憐香惜玉的柔情，禁不住握住了她嫩滑的雙手，輕柔地撫摸著，桃麗的心突突地跳了起來，而潘風則立刻以一種格外平靜的語氣鎮定自己：「我是你的班主任，謝什麼？」

桃麗的交代總算被接受了。秦蓮香代表肅反領導小組找她談了一次話，翻來覆去地說了一大堆，指她還認識得不夠深刻，今後要加強學習馬列主義毛澤東思想，要靠近組織，要經常匯報思想，要爭取黨團組織的幫助，脫胎換骨改造思想等等。桃麗看似很專注地聆聽著，其實腦子裡一片空白，這些話這陣子聽得實在太多了。誰說重複就是力量？實際上，一再的重複只能導致麻木，好像要將一整塊刻好的檄文，硬往腦子裡塞，令頭腦不堪負荷，字裡行間的意思根本沒聽進去。

三

日子過得很快，一轉眼快到中秋了，這些日子含笑一直牽掛著桃麗，可是自己的自傳沒有通過，組織上讓她補充，很傷

腦筋，她不得不把在家裡常見到的爸爸的朋友都寫了上去。這次總算沒有打回來，到了週末她一定要去找桃麗了。

含笑在舞蹈學校的傳達室等桃麗，只見一個圓臉的姑娘來取信，傳達室的老校工喬大爺跟她說：「你進去時，叫蔣桃麗出來，有人找她。」

「你找蔣桃麗？喲！她也有朋友啊？你是哪兒的？」含笑心想你管得著嗎？沒有理她。

喬大爺說：「人家填了會客單了。」馮小蘭邁著八字腳步一扭一扭地走了進去。

過了一會兒桃麗出來了，幾天不見，她清瘦了許多。

含笑心疼地問：「怎麼樣？你還好吧？」桃麗沒回答，拉著含笑就往外走。

她們來到了陶然亭公園一處僻靜的地方，桃麗一路悶聲不響，含笑覺得她好像變了一個人。桃麗看了看四周，見沒有人才低聲地說：「我爸爸完了，他們說他是上海天主教反革命叛國集團的成員。」

「真的嗎？那會怎麼樣呢？」

「多半要坐牢。」

「這麼嚴重？到底犯了什麼罪？」桃麗把情況告訴了含笑。

「他只是個一般教徒，可以盡量講清楚的麼。」

「他們說他和那個主教在徐匯中學時是同學，一定有特殊關係，其實中學畢業以後，我爸爸就去了美國，那些年和他根本沒有什麼聯繫。」

「那怎麼辦呢？」

「潘老師說只能爭取坦白從寬。」

「潘老師？」

「我們的班主任，他對我一直很好。」

「你媽媽怎麼樣？」

「她到昨天才給我來了一封信，信已經被人拆過了，幸虧她說的話跟報紙上講的差不多，什麼要依靠組織，安心學習，不要回去。你說叫我怎麼安心？」她的眼睛紅了，終於忍不住飲泣起來。

含笑看著她蒼白的臉心裡很難受：「哭吧，哭出來會舒服些的。」桃麗一下子撲到含笑的肩上大哭起來，這些日子她憋得快喘不過氣來了，這場號啕慟哭就像悶熱暑天之後的一場暴雨，把積壓了半個多月的擔憂、困惑、鬱悶、傷心、絕望都一下子傾瀉了出來。聽著這個一向愛笑愛鬧，敢怒敢言的小辣椒如此悲痛的哭聲，含笑的心也抽緊了。

這些天類似的感覺也曾折磨著自己，雖然來勢沒有那麼凶猛，卻令含笑能夠體會桃麗此刻的心情。她懂得什麼安慰對於她都沒用，不管她想不想得通，她父親已經鐵板釘釘成了反革命，只等著宣判了。這陣子她從一個受寵的孩子變成了要自己面對一切的「孤兒」，這是多麼巨大的轉變，叫她如何承受？含笑也幫不了她什麼，只能默默地守在她身邊，讓她哭個痛快。

等桃麗停止了哭泣，含笑才委婉地說：「上一代的事情，我們不可能全了解。姐姐她們回國以後來信譴責爸爸，我也想不通。爸爸去世前寫了一封信給她們，說明自己並沒有對不起人民，對不起國家，我更感到他很冤枉。可是當我回來把信給她們看時，她們竟然無動於衷，還批評我認識不清爸爸的階級本質，那他做的那些好事就都不算了嗎？姐姐她們說你怎麼知道他以前做過些什麼？是啊，我是家裡最小的，我怎麼可能知道爸爸過去的一切呢？可是我爸爸難道會撒謊嗎？這些問題在

我腦子裡已經翻了幾十個個兒了，還是想不通。時光不會倒流，更何況他已經不在了，問都沒辦法問。」

「我爸爸還活著，就能問得了嗎？有時我真想回去問問，至少問問我媽呀。不過這樣一來，他們就該說我不相信黨了。」

「我姐姐也叫我相信黨。」

桃麗深深地嘆了一口氣：「不這樣又能怎樣呢？」兩人都沉默了。

過了一會兒含笑摟著桃麗說：「走走吧，這麼好的陽光，別淨想這些，為了我們的夢想，還有許多事要做，不是嗎？」

「今天哭痛快了，含笑你瞧著，以後我不會再哭，我不能讓馮小蘭這種小人把我看扁了。」

「說得對，是哪本書裡說的？誰笑到最後，誰笑得最好。總有一天我會看到你燦爛的笑容。」

桃麗從老同學的鼓勵中感受到友情的溫暖，緊緊地握著含笑的手：「含笑，幸虧你來了北京。」

中秋節的晚上含笑想人逢佳節倍思親，桃麗一個人在宿舍會很難受，就約她一起去大姐家吃飯。姐夫正好出差了，二姐也走了，在大姐面前她覺得比較自如，還把桃麗的事告訴了她。含玉親切地安慰桃麗：「黨的政策是有成份論，但不唯成份論，家庭是家庭，你是你，只要你自己表現好，還是有前途的。」又對含笑說：「對了，二姐跟我商量過了，以後你不要讓媽媽給你寄錢，我們負擔你的生活費。」

「為什麼？」

「這樣對你好一些，不要再用家裡剝削來的錢。」含笑聽了這話有點不高興，可是又覺得姐姐她們是為她著想，而且媽媽也沒有什麼收入，也就不反對了。

桃麗忽然聯想到自己，「那我呢？我是不是也不該再用家裡的錢呢？」

「最好不用，你能不能申請助學金？不過這樣你生活要艱苦些了。」

想到馮小蘭老是笑她大小姐，桃麗咬咬牙說：「我能吃苦。」

含玉笑著拍拍她：「有志氣，如果你真能做到這一點，那更說明你決心和家庭劃清界限了。其實你們兩個都應該爭取入團啊。」

含笑不禁想起爸爸叫她不要加入任何黨派，而且自從回來以後，她並沒有覺得那些黨團員有什麼了不起，再說，要入團，以後就老得匯報思想，在家時對父母也未必講自己的思想，為什麼倒要跟外人講呢？所以她對申請入團並不熱衷。然而桃麗想的卻不一樣，畢竟她是一直生活在國內的，她知道黨團員在政治上受信任，以前她憑業務比別人強，不太在意這點，再說自己從小隨父母信天主教，從來沒想過要入團。經歷了最近這番折騰，桃麗就像掉進過井底似的，她已經體會到被人落井下石的滋味，她必須掙扎上來。

「大姐，像我這樣信天主教的人能入團嗎？」

「這……就要看你怎麼想了，當然，馬列主義者是無神論者，我過去也信過基督教，後來學習了唯物辯証法，覺得有道理，就不信宗教了。所以你想入團的話，恐怕得放棄宗教。」

含笑不以為然地說：「大姐，宗教信仰是自由的，你別勸人家不信教啊。」

「我沒有勸她不信，這得她自己考慮。」

桃麗擡頭望著窗外的月亮，像自言自語地：「我沒有選擇

過，生出來就受了洗，從來不需要想這個問題。」

含玉立刻說：「是啊，你信教是父母幫你做的選擇，不是你自己，所以你現在就應該認真地想一想了，或者先找些書看看，學習學習。」她站起來到書架上找了一本唯物辯証法給桃麗，桃麗接過書說了聲謝謝，含笑心想桃麗大概是不好意思拒絕吧。

吃完飯離開了含玉的家，兩人站在公共汽車站等車的時候含笑說：「桃麗，你不用管我大姐說什麼，信教是你自己的事。」

「我知道，不過你大姐也是好意。」含笑覺得桃麗真的跟以前不一樣了，她好像一下子長大了許多，那個任性的小辣椒不知到哪兒去了。

過了中秋，一年級的學生終於可以上業務課了，含笑覺得天都亮了。他們全班一共二十四個同學，分成三組，每組八個人，男女各半，由一個導師帶領。含笑很高興和關紅玫分在一組，更高興的是他們的導師是一位著名演員，因演電影《白毛女》得了獎，他是從延安魯迅藝術學院來的，又在蘇聯專家班進修過，目前還是表演系的代理系主任。他很和藹、風趣，但也很嚴格，同學們都挺佩服他，也很喜歡他。表演課很有意思，根據俄國戲劇大師斯坦尼斯拉夫斯基體系的教學步驟來上課，先學習表演元素。

上想像課的時候，張老師誇獎含笑想象力豐富，她心裡美滋滋的。進入學習小品表演階段，含笑的信心更增強了，也許跟她自幼喜歡看小說有關，她很會編小品，全班匯報時她和湯勇的無言小品《新生》獲得好評。其他課如形體、舞蹈、臺詞、聲樂、戲劇史、戲曲史，她都覺得十分有趣，連她在中學

時最怕的體育課都喜歡，因為體育課也配合表演的需要，學習西洋鬥劍、中國舞劍和武術等。總之學習令含笑感到非常開心，她把前一陣子的煩惱都丟到腦後去了。

和同學們相處也很愉快，關紅玫是個天生的喜劇演員，只要有她在場，笑聲總是不斷；雷震聲也挺逗的，有時傻呼呼，大家都愛拿他開玩笑；還有一個白族的同學杜楠，來自大理，有少數民族特有的熱情性格；嗓子特別好的女同學林旋，是個多愁善感的姑娘，嗓子很好，身體比較弱，大家管她叫林妹妹；湯勇是復員軍人，留著兩撇小鬍子，看上去挺老成的，他在這些來自中學的同學中，自己覺得該像個老大哥；還有一個同學也是復員軍人，他跟湯勇不同，大大咧咧，湯勇說他總是嘴巴不站崗愛瞎扯，原來他當過志願軍，參加過抗美援朝，上過戰場。他說自己這條命是揀回來的，那時候他當的是汽車兵，炮火連天中他開著汽車奔走於戰場上，他叫楊金標。

「好家伙，有一次真緊張！頭上有美國飛機，身後有不知道哪國的部隊追趕著，我們拼命逃跑，一個勁兒地往前開，路上盡是逃難的人，開也開不快，要是不快跑，就得死，只好往前闖，什麼也顧不得了。」他說得口沫橫飛，聽的同學都目瞪口呆。

含笑立刻想起小學時的同學韓若梅，她也參加了抗美援朝，不知她有沒有上前線，真為她擔心。「那死傷多不多呢？」

「不計其數。」

「別亂扯，走吧。」湯勇說著就拉著楊金標走開了。

在忙碌的學習中時間過得很快，隨著氣溫的降低，意味著大考已近在眼前，學期即將結束。這是含笑在北方過的第一個冬天，一切對她來說都很新鮮。大家在籃球場的地上潑了水，

第二天早上就變成一個溜冰場，含笑跟著同學學溜冰，不斷地在冰上摔跤，逗得大家哈哈大笑，雷震聲笑她比狗熊還笨，她知道自己在運動方面是很蠢的，幸虧還有個從雲南來的杜楠也比她強不了多少。如果是以前她早就知難而退了，可是想到做一個演員應該什麼都會，就忍著腳疼，堅持學下去，結果腳脖子都腫了。星期六下午他們正在冰場上溜冰，桃麗來找她。

「桃麗，快，你來溜吧，我的腳不行了。」

「哎呀，都腫了，你快休息一會兒。」桃麗穿上含笑的溜冰鞋，溜起了花樣滑冰，輕盈得像隻燕子，引來不少觀眾，男同學們的眼睛更是圍著她轉，心想哪裡來了這麼一個艷若桃李的姑娘？她連著轉了好幾個圈兒，圍觀的一些人不禁鼓起掌來。雷震聲故意用洪亮的嗓門兒吆喝了一聲，像喝彩似的。桃麗回頭望了他一眼，開心地笑了。

「喂，陸含笑給介紹一下啊，這是何方神靈啊？」

「我的小學同學蔣桃麗，舞蹈學校芭蕾舞的高材生。」

「噢，怪不得呢。」

「你會跳孔雀舞嗎？」杜楠問。

「我不是學民族舞的。」

「都是跳舞麼，你就像隻孔雀，跳起來一定很美，什麼時候我來教你。」

「得了，杜楠，別套近乎了。」關紅玫不客氣地揭穿他，桃麗走到冰場外去換鞋。

「桃麗，別忙著走，就在我們飯堂吃飯吧。」

杜楠興奮地響應：「對，今天咱們來個週末聚餐，我去買汽水。」

楊金標說：「再買兩瓶啤酒。」

　　週末食堂裡人比較少，他們把兩張桌子拼在一起，七、八個人擠著坐，又吃又說又笑，自開學以來大家就沒有這麼開懷地笑過。桃麗面對這些熱情的新朋友，自己好像剛從冰窖走出來，迎面吹來一陣暖風，心情好多了。吃完飯大家又天南海北的侃了一通，要不是飯堂的職工要關門休息，他們還不散呢。最後大伙兒把桃麗送到校門口，看著她蹬上自行車走了才回去。

　　大考結束了，含笑的成績不錯，不是五分就是四分，心裡很高興。週末去看桃麗。「你寒假回不回上海？」

　　「潘老師說現在最好別提出要回家，學校正在研究哪些學生可以留下，哪些要淘汰。」

　　「什麼？還會被淘汰？」

　　「是的，藝術院校有這個規定，一年後如果覺得誰不適合這個專業，就會被淘汰。潘老師說本來我的業務是沒問題的，可是肅反以後就一定會把政治表現放在首位，他讓我還是老老實實呆在學校，所以這次我就不回去了。」

　　「那你爸爸怎麼樣了？」

　　「我爸爸已經不在上海了。」

　　「啊？！」

　　「判了勞改十年，去江西農村了。」桃麗的眼圈紅了。

　　「是嗎？唉！那你媽媽一個人多慘。」

　　桃麗忍不住嗚咽起來，「他們太慘了，我爸爸在那邊不知要受什麼罪呢，幸虧他本來身體還比較壯實，不過，五十多歲的人，不知道捱不捱得過這十年哪？」

　　「那家屬可不可以去探望？」

　　「不知道，他才去不久，我媽媽身體很差，我又不能請假

去看他……」說著她傷心地哭了。

含笑掏出手絹給她，「過一段日子，你總可以回上海看看你媽媽的。」

「沒辦法，只好等暑假了，幸虧這陣子我舅舅、舅媽從香港去看她，也許他們能陪她去看看我爸爸。」

「我想應該能讓他們去的，在香港坐牢，家屬可以探監，犯人還可以看報，聽收音機，打籃球呢。」

兩個天真的女孩子，怎麼明白那邊可不是香港啊。

含笑只好說：「你現在一定得把學籍保住，別讓你媽媽為你擔憂，這最要緊。只要你表現好，以後還是可以回去看他們的。」

桃麗擡起頭，望著天邊：「希望如此。」沉默了一會兒，她說：「我打算申請入團。」

「啊？！那你不信教了？」

「我看了你大姐借給我的書，覺得講得也有點道理。」

不過含笑還是奇怪她怎麼可能真的放棄宗教呢，「你真的不信了嗎？」

「他們怎麼能知道我心裡怎麼想的？潘老師說如果我入了團，別人就不能老在政治上挑剔我，對我的業務發展會有利得多。不過，要團組織接受我還不容易呢。」

「既然你想好了，就去做。我們家成份也不好，那我大姐也入了團，二姐還入了黨呢。」

「那你申不申請呢？」

「我呀，沒想好，我覺得入不入都差不多。我們張老師對我挺好的，同學們也不錯，他們並沒有因為我是從香港回來的，就對我另眼相看。」

「那你真運氣。不過以後你千萬別跟我媽媽講我想入團。」

　　新學期開始了，學校的肅反運動基本結束，緊張的氣氛逐漸緩和下來，整個學校又有了聲音，人們的臉上恢復了笑容。表演系一年級開始了多人小品的學習，含笑編了一個六人小品《生路》，得到張老師的肯定，參與的五個同學都很喜歡這個小品。可是在期中全班匯報時，其他兩組的老師卻提出了異議，認為這個小品表現的是香港的生活，距離國內的現實較遠，而且含笑在裡面演一個女工，差一點淪落為舞女，這不符合斯坦尼斯拉夫斯基體系對初學者要求從自我出發的原則，超出了一年級的教學範圍，他們不同意把它作為期終大考的小品，這令參加這個小品的同學都很失望。可是張老師不贊成那兩位老師的看法，他把蘇聯專家請來觀看。

　　小品表演完之後，蘇聯專家古里耶夫發表了他的意見。他先問含笑是從哪裡來的，當他知道含笑是從香港來的便點點頭，然後說：「看來你是有生活的，不是憑空捏造，你們的表演很投入，也很真實，我喜歡你這個小品，你們可以用它來參加大考。」大家聽了專家的意見非常高興，含笑更是鬆了一口氣。張老師又請教專家：「有的老師認為這個小品已經涉及到人物創造，不是完全從自我出發，超出了一年級的教學範圍，這個問題應該怎麼理解呢？」

　　專家說：「不能教條主義地理解斯坦尼斯拉夫斯基體系，要求學生在開始學習表演的時候應從自我出發，是為了不脫離生活，使表演真實可信。你們的表演做到了這一點，這有什麼不可以？就算你現在演一個學生，也不完全是真正的你麼。」

　　下課後同學們很興奮，關紅玫雖然沒有參加這個小品，她

也為他們高興：「專家的話沒錯，只要真實可信，能打動人就可以麼。我看到瞎了眼睛的湯勇聽說離家出走的妹妹回來了，開始一把把含笑摟在懷裡，撫摸她的頭、她的臉，可是隨後又生氣地把她推開，我都掉眼淚了。我覺得這時候含笑應該跪下。演小妹的許清可以加一句話，告訴哥哥：「姐姐已經向你跪下了，你就原諒她吧。」

杜楠說：「演嫂子的林旋，在打了含笑一巴掌以後，最好自己驚愕地看著自己的手掌，背轉身哭了，因為本來她們姑嫂之間的感情是很好的。」

「你們這兩位觀眾提的意見太好了，我們再好好排練排練。」含笑說。

「我這個舞廳大班怎麼樣？像不像？」雷震聲問。

關紅玫笑著說：「太像了，趕明兒你準是演不了好人。」

「你這小關，看我撕你的嘴。」

「我打得你疼不疼？」林旋問含笑。

「其實舞台動作課教過我們用虛擬的辦法表演打耳光，用手一擋正好啪的一聲打在手掌上，然後被打的人一轉手掌摀住臉也挺像的。」楊金標說。

含笑說：「可是現在要表現我覺得自己是有罪的，甘願受嫂子這個耳光，所以不能擋，沒關係，又不是天天打。」

林旋笑著說：「天天打的話你的臉都會給我打腫了，不過你這個小品挺激情，我喜歡。」

「大考前我們一定要排練好，演得更好些，那兩位老師就說不出什麼來了。」湯勇說。

關紅玫說：「專家都肯定了，他們還有什麼好說的？」

湯勇不以為然：「那不見得，咱們還是要演得真實可信，

人家才不好說這個小品不適合一年級的學生。」大家都同意，
含笑很高興小組的同學都這麼支持她。

　　星期天桃麗來找含笑，「我媽媽心臟病又犯了，我真不放
心。我離開上海時她還不錯的。」

　　「桃麗別太擔心，多休息慢慢會好的。最近你怎麼樣？留
下來沒問題了吧？」

　　「唔，聽潘老師說，學校領導決定把我留下，他們還是愛
才的。最近我們開始學習《天鵝湖》裡的雙人舞了，老師讓我
和一個男同學期中匯報時，表演這段舞。」

　　「那太好了。」

　　「潘老師常來輔導我們，因為到時候蘇聯專家也許會來
看，那是一個展現才能的好機會。」

　　「對啊，這很重要。」於是含笑也把專家來看他們的小品
這件事告訴了桃麗，「幸虧張老師讓專家來鑒定，不然我們辛
辛苦苦創作的小品就被否定了。」

　　「咱們倆都遇到了好老師，還算走運。我們潘老師挺好
的，他又帥、又好心，一直很欣賞我，這次在我最倒霉的時
候，只有他最關心我，而且他舞又跳得那麼好，當他把我摟在
懷裡輕輕舉起的時候，我好像騰空飛了起來。跟他一起跳舞，
特別有feeling。」

　　看著桃麗陶醉的樣子，含笑不禁笑了起來：「瞧你高興得
把英文都講出來了。」從小桃麗的爸爸媽媽常跟她講英文，所
以她的英文還沒有忘記。

　　「我倒是蠻欣賞他的。不過可惜他好像跟秦書記挺要好
的。」

「人家要好關你什麼事？」含笑覺得她有點想入非非。

「我覺得她不配他。」桃麗不服氣地說。

「人家是老同學，再說秦書記是你們的團委書記。」

「那怎麼了？除了政治條件，我哪兒都比她強。」

「怎麼？你真的喜歡你們這位老師？」

桃麗甜甜的一笑：「我感覺得出來，他也挺喜歡我的。」

「他對你可能只是老師對學生的一種關心。還有，現在你還是個學生，人家會怎麼看？」

「如果讓馮小蘭這種人知道，當然要嚼舌頭了。」

「所以啊，你現在可不能再惹是生非。算了，咱們還是集中精力好好上學，先不要考慮這些問題好嗎？一切等畢了業再說。」

「對，我現在一定要把雙人舞跳好，爭取蘇聯專家的肯定。」

桃麗走後，含笑去了含玉家，吃完晚飯，含笑對含玉說：「再過兩個月我們就要放暑假了，暑假我準備回家去看媽媽和三姐。」

「去香港？」徐春生問。

「是啊，怎麼了？」

「你才回來一年最好先別回去，而且申請起來很麻煩的。」含玉說。

「有什麼麻煩？我們回來升學的時候招生辦公室說了來去自由，暑假可以回去探親的，我們中學一起回來的同學很多人都要回去。」

徐春生不以為然：「你不同麼，你們家是資產階級，你爸爸又是……」

　　他沒說完，含玉就把他推開：「你不是要去居民委員會開會嗎？」徐只得悻悻地走了。

　　「含笑，肅反結束不久，你馬上回香港去不大好。」

　　「連媽媽和三姐都不能看了嗎？而且媽媽這次是要回上海去看外婆。」

　　「她回來你不就能見到她了嗎？」

　　「不，我要去接她，說好了的，我還要看三姐。」她心想我還要去給爸爸上墳呢。

　　「我們是為你好，你回來不僅是上學，也是參加革命啊，對自己的要求得高一點，你申請入團了嗎？」

　　「沒有。」

　　「為什麼？」

　　「不為什麼，現在不想入麼，我要集中精力學習。」

　　「這不矛盾，政治上你對自己有了更高的要求，學習也會更努力的。」

　　「幹嘛一定得入團？不入不行啊？」含笑有點反感。

　　「當然不是不行，難道你不想成為一個先進青年嗎？」

　　「團員就比我先進嗎？我們老師和同學也沒有誰認為我落後，他們還選我當小組長呢。」

　　含笑撇著嘴，我是回來上學的，又不是來搞政治的，不入團又怎麼了，要說先進，我在香港的時候就已經很先進了，年年都拿品學兼優的獎狀，在班上、在學生會裡都當過幹部，要不人家也不會叫我「前進分子」[17]。學校裡的黨團員有什麼了不起？還要我跟他們匯報思想，真莫名其妙。

　　含玉知道這個妹妹脾氣比較倔，對她不能性急，否則只會適得其反，她畢竟很要強，在國內時間長了，會有所改變的。

含笑走後，徐春生不滿意地說：「你這個妹妹就是麻煩，早晚會捅出點事來。」

「那也不見得。」

「哼，別的不說，她把你媽媽帶回來，如果還到北京來，你見不見？」

「那怎麼不能見？我媽媽又沒做事。」

「沒做事就沒問題了？她畢竟是你爸爸的妻子，資產階級太太。」

「照你這麼說，我就得六親不認了，她是我媽呀。」

「如果革命需要，也只好六親不認。」

「那你媽媽是地主成份，你怎麼還給她寄錢呢？」

「我不寄，難道讓國家養她？況且我媽是在國內，你媽是在海外。」

「願意從海外回來有什麼不好？她一個家庭主婦會有什麼問題？」

「好、好，那你去問問含珠，看她是什麼態度。」

「含珠也不會不見的，媽媽最疼她了。」

含笑去辦回港探親的手續，還挺麻煩的，先要徵得學校黨委同意，為此黨委書記專門找她談話，囑咐她到了香港，不要講肅反運動的事等等。然後她拿著校方開的證明，去公安局申請，又等了一段日子，才獲得批准。

離開家快一年了，好像已經很久，想到不僅可以看見媽媽和三姐，還能見到許多老同學，再回母校去看看老師們，心情很興奮。不過眼前還得準備好大考，特別是這次的表演考試，小組的同學都很在意，決心要把她的小品《生路》演好。

表演課大考那天，不少其他班的同學來觀看，其中還有導

演系、舞台美術系的同學，本地學生的家長也有來看的，整個
小禮堂都坐滿了。含笑他們六個人既興奮又緊張，關紅玫和杜
楠在一旁給他們打氣，果然他們比上一次發揮得更好，演完後
臺下一片掌聲。結束後觀眾紛紛離場，導演系的一位進修學
生，哈爾濱劇院的楊導演特意走上臺來，拍拍湯勇的肩膀說：
「你們這個小品編得不錯，很有戲劇性，演得也很好，有激
情，才學了一年不容易啊。」含笑他們聽了非常高興，只見張
老師也笑眯眯的走了。他們幾個收拾完了道具，走出禮堂。

　　離開北京前含笑去東安市場買了些特產，然後收拾東西，
寫信給分散在各地的老同學們，約他們在香港見面等等，不知
為什麼她依然感覺那兒才是自己的家。

　　走的前一天她給含玉打了個電話，告訴了她一聲，並沒
有叫她來送自己，反正一個多月後她就回來了。可是沒想到
第二天她上了火車剛坐下，就看見含玉和徐春生匆匆來到月
臺，他們向她招招手，她看看手錶，還有十幾分鐘才開車，
便走了下車。

　　「這是一盒茯苓餅和一包金絲蜜棗，你帶給媽媽和含翠
吧。」含玉說。

　　「替我們問他們好，去了上海之後，有時間的話帶你媽媽
來北京玩玩吧。」徐春生說。含笑楞住了，前些日子他還反對
她回香港看媽媽呢，這會兒怎麼變得這麼熱情？

　　含玉也說：「你告訴媽媽到北京來也許還能見到二姐呢。」

　　「怎麼？她會來嗎？」

　　「能抽得出時間的話，她會來的。」

　　含笑正不得其解，列車快要開了，列車員催促大家上車，
她也就什麼都沒問上了車。火車開動了，她跟他們擺擺手，心

想他們總算想通了，以後不會搞得那麼僵也好。

其實，不要說含笑對徐春生的態度轉變感到突然，連含玉開始也覺得奇怪。原來昨天徐在單位聽了個報告，中央指示有海外關係和有親屬在臺灣的，都應積極做統戰工作，宣傳祖國的政策和大好形勢，可以通過寫信和動員他們回來看看，擴大影響。徐回到家就跟含玉說起此事：「既然含笑一定要回去，那麼不如讓她把你媽媽帶來北京看看。」

「你不是說她是資產階級太太嗎？」

「哎，我後來想想你說得也對，她本人畢竟只是個家庭主婦，沒在外面做過什麼事，再說你三妹在香港大學讀書，將來也是個人才，這是我們應該團結的對象麼。」

「那你不怕了嗎？」

「嗨！你看你，我們總是得根據黨的政策辦事的麼，而且你們還可以趁此機會動員她回來定居，三個女兒都在這裡，她也許會考慮的，這不就一勞永逸了嗎？省得你們還要揹著海外關係這個包袱。」

含玉聽他這麼說，覺得有道理，再說媽媽已是五十來歲的人了，含翠住校，平常她一個人也夠寂寞的，回來怎麼也可以有點照應。所以她趕緊買了點北京特產讓含笑捎去，希望媽媽對於她們這些年不和家裡聯繫，能夠諒解。可惜爸爸已經去世了，不然也能見到他呢。想到這裡，含玉心裡隱隱作痛，從小爸爸對自己最關心，也許因為她和爸爸的血型都是A型，她的心似乎跟爸爸比較靠近。到了香港以後，作為大女兒，她比較能體會家裡已是外強中乾，所以才主動出去做事，想幫補家庭。而爸爸常年多病，坐吃山空，但他並沒有因此要求她們放棄學業，1950年還是讓他們回國上大學。1952年國內鬥爭形勢

日趨緊張，在含珠和徐春生的一再勸說下，她也不得不跟家裡斷絕了聯繫，實際上內心非常矛盾。這次含笑回來告訴她爸爸一直很想念她，總是要看石慧演的電影，因為覺得石慧長得很像她⋯⋯

　　含笑還說自從三反五反運動[19]之後，爸爸對一切似乎已沒有更多的奢望了，只想有朝一日能回來做一個默默無聞的普通人，只要能和兒女團聚就心滿意足了。有一次看了蘇聯電影《鄉村女教師》，他像開玩笑似的說：「你大姐最喜歡孩子，總是想當老師，將來如果她辦個小學，我就像電影裡那個老校工，幫她搖搖鈴。」聽了這話，含玉很難過，她體會得到父親這片思女之情有多深。然而現在一切都要以階級來劃分，在人前她一直不敢流露對爸爸的感情。現在政策允許與海外親人聯繫了，她心底的死水翻騰了起來，如果真能勸媽媽回來定居，自己也好盡一點做女兒的責任，也算一種彌補吧。可惜爸爸已經走了，永遠無法知道她現在沉重的愧疚之心。

四

　　八月上旬含笑的媽媽朱玉英，跟含笑一起從香港回大陸，去上海看母親和弟弟一家，八月下旬含笑快開學了，先回了北京。玉英因母親身體不適不忍離開，又在上海住了一個月，到國慶節前才到達北京。雖然含玉一再請媽媽住到她家去，但玉英還是堅持住在王大人胡同的華僑飯店，含珠特地請了假從哈爾濱到北京來看媽媽，陪她一起住在飯店。陸慶和在鄉下的原配何氏的兒子陸耀宗，從小學起，就從鄉下到上海讀書，玉英對他不錯，這次他也特地從長春趕來北京看望玉英。

　　自從1950年一別，至今已有六年了，雖然玉英對於他們三個當年與家庭斷絕關係很不高興，但這次見他們似有悔意，而且她回來以後親身感受到國內的政治氣氛，也略能體會他們當初的難處，就不想跟他們計較了。玉英是個聰明人，性格開朗豪爽，比較務實，所以她一字不提當年的不快和陸慶和生前的痛苦。她想，過去的已經過去了，就是責備他們也改變不了什麼，好不容易大家能重聚幾天，何苦弄得不開心呢。不過當含玉和含珠提出希望她回來定居時，她則堅定不移地表示她是不會回來長住的。她心知肚明自己當年參加過國民黨，在市黨部做過事，雖然只是個宣傳幹事，而且那時反對的是軍閥，不過，如果真的回來定居，說不定哪天也一樣要倒大霉，只是她不會跟她們談及這類話題。

　　在上海的時候，她看到蕭劍光多年辛苦經營的紗廠已經公私合營[24]，他成了副廠長，手中沒有實權。而原來的陳副廠長在業務上一直是他的好幫手，僅僅因為抗戰時期集體參加過國民黨，在學校還辦過個什麼學社，蕭反時被隔離審查了一通，最後雖然沒搞出什麼名堂來，還是把他下放到車間當了個技術員。蕭劍光為此甚感不平，但自己根本沒有人事權，唯有看著那些不懂業務的公方代表在那裡瞎指揮，盡用些所謂政治條件好，但業務不強，只知道唯唯諾諾的庸人，他心裡真是既擔憂又難過，情緒很不好。玉英想起1949年他來香港時，為了是否移居香港的問題，曾經徵求慶和的意見，而慶和還鼓勵他留在上海參加祖國建設，沒想到如今他連自己一手創建的紗廠都丟了，玉英內心不禁為慶和感到歉疚。（可見《分道揚鑣》P.47、P.53中蕭劍光與陸慶和談話的部分）

　　再看看自己的弟弟，性格好像也變了，本來不拘小節愛開

玩笑的他，變得謹小慎微；加上經濟拮据，他一貫的幽默感也消失了，如今跟自己的姐姐講話都非常小心，不知是怕隔牆有耳呢，還是小心翼翼已成了他的習慣。他原來住的弄堂裡的房子有三層樓，上海解放後，上下兩層搬進來了另外三戶人家，他家現在只住二樓一層，樓下住著的那家人據說是區裡的一個什麼幹部，看到從香港回來的玉英，兩隻三角眼總是射來一種不陰不陽的目光。最令玉英感到奇怪的是，樓道裡的電燈有好幾個，開關也有好幾個，她到的第一天，弟妹就鄭重地告訴她，上樓的時候要開燈的話，千萬別開錯了別人家的燈，用了人家的電是要被「罵三門」的（上海話，指站在門前盛氣凌人地罵人）。所有這一切，都使她不回來定居的決心更加堅定了，不管含珠如何勸說，她都不置可否。

　　聽完含珠的一番話，她冷靜地說：「你們希望我回來定居，是怕我年紀大了在香港沒人照顧，想盡點責任，這番心意我理解，不過你們的收入都不多，媽媽也不想增加你們的負擔。再說含翠大學還沒畢業，我怎麼能丟下她不管？所以我最多有時來看看外婆，看看你們，別的以後再說吧。」含玉看出媽媽決心已下，就不說什麼了，而含珠卻不死心，仍想說服媽媽。

　　「媽媽，我的工資比大姐多，我可以負擔您的，含翠也不小了，她反正住在學校，您也不用為她操心麼，您回來以後，等她畢了業也可以回來，那我們一家就真的團聚了。」

　　玉英淡淡一笑：「團聚？我們這個家不早就散了嗎？你們都會有自己的家的。」聽了這話，含珠一時很尷尬，不知說什麼好。

　　玉英接著說：「含翠書讀得很好，現在學校給了她獎學金，大學畢業以後她還想繼續攻讀碩士和博士呢。」

「其實國內的大學，像清華、北大，都是一流的，不比香港大學差，她回來也可以繼續攻讀。」

「含珠，你剛才不是說含翠不小了，是啊，她已經是個成年人，她的事情我們怎麼能給她作主呢？她有她的意願，這些我們就不要談了。」顯然媽媽沒有興趣談這些。

「媽咪，那您就每年回來走走，暑假我還可以陪您去北戴河玩玩，那裡很涼快。」耀宗說。

「是嗎？我還真沒去過呢。」

含珠見含玉，含笑都沒有再說什麼，而媽媽剛才的話也令她不好再堅持了。

玉英轉換一種溫和的語氣：「好了，過了國慶節我也要回去了，什麼時候我請你們一起去吃北京烤鴨吧。」

含玉說：「當然應該我們請您。」

玉英提起蕭劍光的兒子蕭逸，最近被上海音樂學院選拔為留蘇的候選人，不久就要來北京請中央歌劇院的張清泉老師聽聽，他的女朋友張青雲也會跟著來北京玩幾天，含笑聽了特別高興。

「太好了，媽媽，好久沒這麼熱鬧過，我可不可以把蔣桃麗也叫來？她也在北京上學。」

玉英笑著說：「當然可以，我知道你們幾個從小就是好朋友，難得能在北京重逢。誒，我記得還有一個，她叫什麼？」

「她叫韓若梅，可惜她不在北京。」

「哦，我想起來了，以前你好像說過，她去參加韓戰了，現在怎麼樣？沒事吧。」

「我暫時還沒有跟她聯繫上，聽青雲說她可能在保密單位工作。」

　　「要不然，你們三個小同學倒可以在北京見面了。」

　　玉英一向好客，以前在上海的時候，聖誕節家裡開派對，孩子們的同學來玩，她都挺歡迎的。

　　就這樣，以後的幾天玉英不再跟她們談過去的事，也不再討論她自己的未來，只是跟耀宗和幾個女兒到處逛逛，照照相，吃吃東西，對女婿徐春生更是客客氣氣。

　　國慶節那天，玉英讓含珠到全聚德定了一桌，晚上除了她和三個女兒，再加耀宗、徐春生，還請了金導演，以及蕭逸和青雲，含笑把蔣桃麗也帶來了。

　　金導演的媽媽是玉英的乾媽，所以金導演就成了玉英的乾弟弟，他二十來歲的時候當了演員，在上海拍電影。抗戰前他秘密加入了共產黨，一直在國統區做地下工作。抗戰時期活躍在重慶的話劇舞臺上，是位著名演員。抗戰勝利後，回到上海，他辦了個電影製片廠，自己既當演員又當導演。那個時期他經常出入上流社會，並利用這個方便，暗地裡為共產黨做工作，對陸慶和展開統戰攻勢也是他所參與的一項工作，因此那時他時常去陸家。陸慶和一家移居香港後，他和章大律師為了某項統戰任務去香港，也曾拜訪過陸慶和，1949年中華人民共和國成立以後，他們都回大陸了。

　　當含笑來北京上學時，發現金叔叔在戲劇學院兼課，教的是四年級畢業班，她很開心，從小她就喜歡戲劇，所以特別崇拜金叔叔，簡直把他當成偶像。一次在校園裡碰見他，她親熱地叫了他一聲金叔叔，可是沒想到他一點也不熱情，好像不怎麼認識她似的，含笑以為自己長大了，他沒有認出她來，可是走近時他卻輕輕說了一句：「在學校不要叫我叔叔。」弄得含笑很尷尬。她隱約感覺這跟自己的家庭成份有關，心裡很不是

滋味，真是此一時彼一時啊，這是她平生第一次體會到什麼叫做世態炎涼。以後當她再遇見他時，要麼繞道而行，要麼就很嚴肅地叫聲金老師，再也不想說什麼了。可是這個晚上他見了媽媽，又像以往那樣談笑風生，含笑真不明白這是怎麼回事。其實，恐怕他也像徐春生一樣，剛聽過黨中央鼓勵人們對海外做統戰工作的報告吧。

「玉英姐，現在好了，你三個女兒都回來了。」

「是啊，這大概應該說是拜你所賜吧。」金導演聽出玉英話裡有話。

「哪裡啊，這說明她們都是好青年，個個愛國進步，可惜慶和兄走得太早了，不然，他一定會感到欣慰的。」

玉英輕輕地笑了一下，既像冷笑，又像苦笑：「唔……青出於藍勝於藍麼，怎麼不欣慰？」含玉和含珠聽了媽媽這句話，都低下了頭。

「玉英姐，那你準備什麼時候回來呀？」

「我？我一個婦道人家什麼也不懂，回來能幹什麼？不成了米蛀蟲了嗎？」

「哈哈哈，你太謙虛了。」

「不要說我了，說說你吧，你現在是春風得意嘍。蕭逸，你知道嗎？金叔叔可是個大明星、大導演啊，我們，包括你爸爸媽媽，以前都不知道他這個大明星二十幾歲就很愛國進步，我們還以為他就愛跳舞打撲克呢。誰知道他是人在曹營心在漢，幾十年一直在為『新中國』做貢獻哪。」

「唉，慚愧、慚愧，比起那些延安來的老革命，我算什麼，還得好好改造呢。」

原來金導演如今除了在戲劇學院兼課以外，還在北京的一

個話劇院當演員和導演，這個劇院的班底是延安魯迅藝術學院
的，在他們之中，他這個來自白區（即國民黨統治的地區）的
地下黨員顯得有點特別。一方面他有著比較複雜的社會關係，
他的哥哥過去是上海市的官員，49年去了臺灣。另一方面由於
他多年來一直生活在國民黨統治的地區，常被人認為多少沾染
了點資產階級的習慣和作風，而他的才華又明顯高於其他人，
這對他的人際關係也不見得有利，加上這些年運動不斷，他已
經意識到，即便自己是個老地下黨員，也應該處處謹慎，不可
大意。

「聽說你現在情場也很得意，現任夫人是位大導演，對
嗎？」

「她是留蘇的，比我有本事，哈哈！」

耀宗插嘴說：「留蘇很了不起，我們單位的蘇聯專家都很
棒。」

玉英在上海就聽夏萍說起她這位乾弟弟離婚後，不久就跟
一位烈士的女兒，在蘇聯學習過的女導演結了婚，這位女導演
據說還是一位高幹的乾女兒，很得中央首長賞識。玉英以為他
將從此一帆風順了。

這邊玉英和金導演說著話，那邊含笑和桃麗，青雲，蕭逸
幾個年輕人也在暢談別後情況，以及未來的計劃。桃麗明年就
要畢業了，她盼望能分配到芭蕾舞團，青雲讀的是幼師，已經
工作了，蕭逸一心盼望能被選中留蘇，當然這也是青雲的願
望。含笑學習成績不錯，對未來充滿信心。他們又說又笑開心
得很。

「你看他們年輕人多高興，我們是老了。」金導演感嘆
地說。

「你哪兒老啊，你現在正是開花結果，前程無量的好年齡。」

「是啊，我們都等著看金叔叔的大作呢。」徐春生說。

「金叔叔，最近會排什麼戲？」含珠問。

「可能會排契科夫的《萬尼亞舅舅》。」

「太好了，我們就是喜歡看這種用世界名著改編的戲劇。」含玉說。

「你們也演外國戲？」玉英問。

「當然，只要是好戲。玉英姐，現在全國解放都七年了，中央的政策是很開放的，最近毛主席提出了『百花齊放，百家爭鳴』的方針，我們的事業將會更加欣欣向榮。你不要聽境外那些謠言，你看現在還號召女同志穿花衣服，燙頭髮，打扮得漂漂亮亮呢，共產黨人又不是苦行僧。」

含珠緊接著說：「媽媽，這裡不是你們在外面所想像的那樣，我們國家的第一個五年計劃已經開始了，以後的生活會越來越好。」

含笑也說：「我們在中學讀書的時候，看了蘇聯電影《幸福的生活》羨慕得不得了，希望有一天我們的國家也能像蘇聯那樣。」

「你會唱裡面的歌嗎？」青雲問。

「當然會。」含笑說著就唱了起來：

　　田野小河邊，紅莓花兒開，
　　有一個少年，正是我所愛，
　　可是我不能向他表白，
　　滿懷的心腹話兒，沒法講出來。

滿懷的心腹話兒，沒法講出來。

啊⋯⋯啊⋯⋯

青雲，耀宗，含珠，含玉也都跟著哼唱起來。

「桃麗，跳一個吧，我們給你伴唱。」含笑提議。

「烤鴨來了，一會兒再唱、再跳吧。」徐春生說。

這頓烤鴨吃得很開心，最後還是玉英請客。

金導演說：「怎麼好意思讓你這位遠道而來的客人請我們，應該讓我盡地主之誼麼。」

「下回吧，還沒見過你的新夫人呢。」

「那好，下回你來，我在家裡給你接風。玉英姐，我還有點事，先走一步，你多保重啊，希望很快又能見到你。姑娘、小伙子們再見了。」說著他站起來和大家揮手告別，含笑心想金叔叔怎麼又變得跟以前那樣熱情了？

金導演走後含笑說：「媽媽，今天金叔叔可不同了，以前他在學校見到我就跟不認識似的，還是您面子大。」

「他在公共場合恐怕不便跟你多說話吧。」

「那為什麼？我知道，他現在不願意人家知道，解放前他常在我們這樣的家庭出入。」

玉英笑笑說：「算了，他可能有他的難處。」

「他是老革命，有什麼難處？」

「含笑，別挑剔別人，咱們怎麼曉得人家的情況。」含玉意味深長地說。

含珠怕媽媽不高興趕緊說：「媽媽，他對您還是蠻熱情的。」

「我倒不在乎，曲終人散，各奔前程，也是意料中的事，

所以這次在上海除了蕭叔叔，什麼人我也沒見，免得大家不方便。含笑，今後凡事靠自己，就算你幫過人家，也不要想沾別人的光。」

「太對了，公事公辦。」含笑很同意媽媽的話。

「一會兒天安門廣場是不是會放煙花？」青雲問。

「會的，我們去看煙花吧，媽媽您去嗎？」

「我有點累，不去了，你們去玩吧。」

「那我們也不去了。」含玉和徐春生送媽媽和含珠回華僑飯店休息。耀宗說要去看一個以前指導過他的蘇聯專家，也先走了。

含笑他們從王府井走到長安街，一路散步一路侃，不知不覺快到天安門廣場了，這一段長安街已經擠滿了人，而且前面有警衛，走不過去。

國慶節的晚上，毛主席和中央首長會邀請駐京使節，以及來訪的外賓，上天安門城樓觀看煙花表演，靠近天安門那一段，都是指定單位的群眾在那裡跳集體舞，含笑他們只好站在外圍，等著看煙花。聽見廣場上播放的音樂，他們也跳了起來，有的群眾自動參加進來，圍成了一圈，跳得十分快活，桃麗優美的舞姿更吸引了不少圍觀的人。

接連跳了三個集體舞，青雲已經氣喘吁吁了。

桃麗：「青雲你怎麼停下來了？」

「哎喲，我不行，跳不動了。」說著她走到旁邊去揉她的腿，蕭逸也停了下來，笑著問：「你怎麼了？真的把腿都跳疼了？」

桃麗笑她：「青雲，你真差勁。」

「我哪能跟你比呀，你是舞蹈家麼。」

這時候聽見廣場那邊音樂聲中人聲沸騰，高呼著「毛主席萬歲！」大概是毛主席和中央首長以及外賓們登上天安門城樓了，大家都踮起腳，翹首遠望，可是只看見黑壓壓的人群。不一會兒聽到轟隆隆的炮聲響，天空上開出一朵朵艷麗的煙花，照亮了整個廣場，人們興奮地不斷高呼：「中國共產黨萬歲！」「毛主席萬歲！」「社會主義祖國萬歲！」有人唱起了《歌唱祖國》，這歌聲令含笑回想起在香港唱這首歌曲的情景，那時是在校園裡唱，現在她站在天安門廣場，環顧周圍萬千人民異口同聲，唱著同一首歌曲，使她情緒激昂，感覺無比幸福。

她和許多人一樣滿懷熱望，希望祖國像歌詞所寫的那樣，一天天變得繁榮昌盛。在二次世界大戰中，祖國受盡日寇蹂躪，含笑那時雖尚年幼，卻也常常跟著大姐唱《黃河大合唱》裡的「保衛黃河」，幼小的心靈早已充滿了愛國激情。也許正是那個特定的時代烙印，使她和她的姐姐哥哥們注定會回大陸來，選擇了這樣一條人生道路。

當時她們深信新中國會帶領全國人民擺脫貧窮落後，走向繁榮富強，為此她們寧願放棄在香港比較優裕的生活，回來努力改造自己，甘心做一塊鋪路的磚。含笑雖然知道自己還比不上姐姐他們，也比不上若梅，但她已經下定決心，要和億萬人民一起奔向未來。所以這次暑假回香港，媽媽勸她留下，到外國去學音樂，她沒有同意，她覺得如果自己半途而廢跑了回去，怎麼有臉見母校的老師和同學呢？再說她現在在戲劇學院學習很滿意，更捨不得走了。

蕭逸現在的心情也特別興奮，在上海的選拔賽中他能勝出，給他增添了信心，這次到北京來，是一個難得的學習機

會，這裡是祖國的心臟，齊集了許多專家，一定可以學到很多東西。更何況歌劇院的張清泉老師聽了他唱歌，也說他很有希望，過了國慶，他和青雲回上海以後，一定要踏下心來，好好練唱。明年春天就要來此參加留蘇預備班了，到時候將最終決定他能否去蘇聯學習。

這是青雲第一次離開家出門旅行，而且是跟心愛的人一起到首都來，她覺得幸福極了。要是蕭逸被選上留蘇，她的快樂簡直不亞與他本人。留學回來當然就不同了，將來年紀大了，不當歌唱家，還可以在上海音樂學院當老師，說不定能當教授呢。他們將會有一個美滿幸福的小家庭。這時候她望著燦爛的天空，默默祈禱上蒼保佑蕭逸順利留蘇，那漫天彩色繽紛的煙花，好像預示著他倆美好的未來。

桃麗本來是個容易興奮的人，此時此刻怎能不被這喜慶的場面感染，可是一想到爸爸媽媽，心靈深處總有一塊死角，這使她無法像別人那樣開懷歡笑。幸虧這一年來她在業務上有很突出的表現，深得蘇聯專家欣賞，又有潘老師扶持和鼓勵，這使她對於明年的畢業分配有了一點信心，可是畢竟她的政治條件不如別人，入團問題也沒有解決，心裡依然有些不安，此時她望著一朵朵美麗的煙花，悄悄許願，希望來年會轉運。

這一天在天安門廣場的夜空下，千千萬萬的普羅大眾都懷著無比激動的心情，對未來寄予無限期望。人們沉浸在一片歡騰中，滿以為他們的偉大領袖、偉大的黨，會帶領他們創造出前人所不能創造的奇蹟，受盡屈辱的中國人民不僅站了起來，還將以豪邁的步伐奔向光輝燦爛的明天。

五

　　1957年是很奇怪的一年，自從肅反運動結束以後，籠罩著整個社會的緊張氣氛逐漸舒緩了，尤其四月份毛澤東在天安門上召見了各民主黨派的負責人，提出《百花齊放，百家爭鳴》的方針，還先後發表了《論十大關係》，並親自修訂了社論《關於無產階級專政的歷史經驗》這一系列文章，給人感覺中央轉向開放，繃緊的弦有可能放鬆一點。接著中央發出了關於整風運動的指示，號召大家大鳴大放，做到「知無不言，言無不盡，言者無罪，聞者足戒」。希望大家真誠地幫助黨整風，於是各單位的群眾都積極起來，紛紛提出不少意見，以期各級領導廣開言路，兼聽包容，從而得以改進工作。

　　就在這時候蕭逸來到了北京，參加留蘇預備班，住在文化部安排的一個招待所，離戲劇學院不遠，週末桃麗和含笑去看他，知道不久他們就會開一個匯報音樂會，從中選出去蘇聯留學的學生。參選的共有十來個人，都是各音樂學院或文藝單位的尖子，評判中除了藝術院校的老師、文藝單位的著名演員，還有從蘇聯來的聲樂專家。

　　「蕭逸，你一定有希望，青雲等著你的好消息呢。」含笑說。

　　「那還不敢說一定行，你想，能來參選的，都有兩下子，天津音樂學院的張耀華就很不錯，我聽過他唱。」

　　「我認識他，他的女朋友是我戲劇學院的同班同學陳曦。」

　　「是嗎？他是個男低音。」

　　桃麗：「那不要緊，你是男高音麼。」

含笑也說：「對呀，不同聲種，不會是競爭對手。」

正說著，張耀華走了進來，他也住在這裡。「陸含笑，你怎麼來了？」

「我認識蕭逸，你們兩位在這次選拔賽中都很有希望啊。」

「要是我們能一起去蘇聯就太棒了。」張耀華的聲音真的很低、很低，像個低音喇叭，桃麗跟含笑不由得對視而笑。

「音樂會在什麼時候開？」桃麗問蕭逸。

蕭逸答道：「再下個星期日的晚上。」

含笑揮舞了一下拳頭：「我們一定來給你們打氣，加油啊！」

星期日的音樂會上，蕭逸唱了《思鄉曲》和《負心人》，張耀華唱了《伏爾加船夫曲》和《黃河頌》都非常棒，觀眾反應很熱烈，評判似乎頗為滿意。另外一個男中音和一個女高音也很好，其他幾個就不那麼理想。

音樂會結束後，含笑、含玉、桃麗還有陳曦都到後臺去祝賀蕭逸和張耀華。「你們倆都唱得非常好，大有希望！」桃麗興奮地說。

含笑小聲地問：「幾時有結果？」

「我想沒那麼快，評判們還要研究呢。」

「你們在這兒等結果，還是回去等呢？」含玉問。

張耀華說：「我得馬上回學校參加整風運動，反正天津離這裡很近。」

「你不陪陳曦在北京玩幾天？」含笑問。

「你們學院不也在搞整風運動嗎？」

「我們一年級的學生提不出什麼意見。」陳曦答道，顯然她也希望耀華多留幾天。

「不過，現在正是最好的時機，可以讓領導好好聽聽大家的意見，我得趕回去，暑假還可以再來麼。」張耀華答道。

「他呀，是班長，積極分子，幹什麼都那麼起勁。」陳曦告訴含笑，看得出來，其實她很欣賞他。

「那你呢？」桃麗問蕭逸。

「我不像他，離得這麼近，我還是留在這裡再等幾天看看。」

當蕭逸送含笑她們出去的時候，含玉說：「你要是不能住招待所，就上我們家湊合幾天吧。」

「含玉姐，不打擾你們了。」

「什麼打擾，我們剛回來的時候，蕭叔叔不也讓我們住在你們家的麼。」

「我想在招待所多住幾天，應該沒問題。」

「那什麼時候跟含笑一起來我們家吃頓便飯吧。」

「好的。」

一天桃麗突然收到媽媽來信，說外婆病危她非常著急，可是自從桃麗父親出事以後，她的心臟病也復發了，身體很衰弱，一時去不了香港，舅舅來信說那唯有讓桃麗去一趟，外婆最喜歡這個外孫女。她也希望女兒能替自己去見外婆一面，桃麗雖然很想去看外婆，不過剛開學不久就請假不知道能否批准。跟潘老師商量，他說最好等匯報演出後再提，可是含笑卻說既然是病危，去晚了不大好。桃麗心裡很矛盾，因為這次匯報要跳天鵝湖中的雙人舞給蘇聯專家看，這對她日後的畢業分配至關重要。要是萬一真的見不到外婆，那又會令媽媽更加傷心，真不知道該怎麼辦好。

沒幾天事情不出含笑所料，桃麗說舅舅又發來了電報，外婆病情惡化，再不去就來不及了。由於舅舅跟國內的國營企業有生意來往，他已經專程到上海去找華東統戰部幫忙，請他們跟學校領導疏通，允許桃麗去香港一趟。過了幾天，舅舅打長途電話來，告訴桃麗學校會同意她去香港探病，叫她趕快去請假，於是桃麗什麼也顧不得了，馬上請了假，然後去公安局辦離境手續，拿到雙程通行證之後，立即去買了來回火車票，準備直接從北京趕去香港。

含笑連夜來幫她收拾行李，第二天又送她上火車，「桃麗，別擔心，反正你去去就回來，就算這次趕不上匯報演出，以後總會有機會跳給專家看的。」

「是啊，我去了外婆會感到比較安慰，媽媽也不至於那麼遺憾。」

含笑寬慰她：「辦完事，你就盡快回來，我想影響不會很大。」

桃麗點點頭：「是的，潘老師也說只好先去一趟吧，我會盡快回來的。」就這樣她即時離開了北京。

桃麗走後不久，北京的形勢發生了意想不到的突然變化。一場整風運動，忽然變成了凌厲的反右運動[25]，人們毫無思想準備，不知道這是怎麼回事。其實這一切並非偶然。

1956年二月份蘇共召開了二十大，赫魯曉夫在會上發表了《關於個人崇拜及其後果》一文，批判了對斯大林的個人崇拜，這一行動被認為是搞非斯大林化[26]，與此同時他還提出三和路線[27]的新理論，對世界形勢產生了重大影响。整個鐵板一塊的共產主義國家，出現了某種鬆動，特別是東歐的一些國家，民主訴求在不同程度上有所擡頭。這些情況中國的普通老

百姓是不得而知的，然而敏感的知識界、民主黨派、工商界，私底下都在關注著，甚至也在期盼著，希望中國的政治局面也能有些變化。

對於中蘇之間出現的裂痕大家一無所知。接踵而來的波蘭和匈牙利事件[28]令形勢更緊張了。人們無法預料地球的另一端發生的這些事件，竟會對遙遠的中國也產生巨大影響，將給數十萬人帶來難以想像的厄運。

最出乎含笑這組同學們意外的是，沒多久他們所敬重的張老師，竟然被打成右派分子了[25]，只是由於他貼了一張大字報，對1955年肅反運動存在的擴大化現象，提出了些批評，而他本人正是肅反五人領導小組的成員。含笑他們認為張老師不存私心，敢於承認自己在工作中的失誤，並提出意見幫助黨整風，避免領導重犯類似的錯誤，沒有什麼不對呀。毛主席不是在一開始就說過要大家「知無不言，言無不盡」嗎？怎麼一張大字報就犯了不可饒恕的罪了呢？對於張老師被打成右派分子他們實在想不通。

接著他們班的楊金標同學也被人檢舉，說他撒佈謠言，醜化抗美援朝中英勇抗敵的志願軍，因而也被打成右派分子。這兩件事，令含笑傻眼了，一下子一位老師，一個本組的同學，都變成人民的敵人了，她的腦子實在轉不過彎來，大家不僅不能理睬他們，還得批判他們，這下子她再也笑不出來了。

一天吃早飯的時候看見陳曦眼睛紅紅的：「你眼睛怎麼了？」

「沒什麼，可能沒睡好。」走出飯堂，她悄悄地對含笑說：「張耀華可能去不成蘇聯了。」

「啊？！為什麼？選拔有結果了嗎？」

「還沒有，不過，他不該在整風時那麼積極地提意見……」不少人吃完早飯走了出來，陳曦話沒講完就趕快走開了。

晚上含笑本來約好蕭逸一起去大姐家吃飯的，她到的時候蕭逸已經在那兒了，正在跟大姐說話。「蕭逸要回上海了。」大姐說。

「哦，選拔結果出來了？」

「還沒有消息呢，不過學校催我回去，所以我得趕緊去排隊買車票，我不吃飯了，你們不要等我。」

「是不是文化部把選拔通知寄到你們學校去了？」含笑問。

「不知道呀。」

「那到底為什麼叫你立刻回上海呢？」

「沒說為什麼，只是讓我儘快回校。」

含玉說：「那也許通知真的發到學校去了。回去替我們問你爸爸媽媽好，下回你再來就一定是選上了。」蕭逸心裡沒底，勉強笑了一笑。

他走後，含笑有一種很不妙的預感，也許因為陳曦早上的話，引起了她這種不祥之感，可是她沒講出來。

過不久，含笑得知張耀華由於他所提的意見，被認為是對黨的攻擊，正在接受批判，那怎麼還有可能去蘇聯留學呢？怪不得陳曦情緒那麼不好。但蕭逸這陣子並沒有在學校參加運動呀，根本不可能提什麼意見，應該不會出問題吧？可是，那為什麼叫他立刻回校呢？真弄不懂。

桃麗離京快兩個多月了，不見人影，也沒信來，這又是怎麼回事？前些日子潘老師還來問含笑有沒有她的消息，因為反右，他們給蘇聯專家的匯報演出將推遲到九月份開學後，他希

望桃麗能趕得上這場演出。含笑只好寫信給青雲，讓她去桃麗家，問問她媽媽她幾時能從香港回北京。

含笑忽然想起那天從大姐家送蕭逸出來時，跟他提起過桃麗要去香港探望病危的外婆，他卻說了一句：「估計桃麗不會回來了。」當時含笑笑他瞎猜，還反駁他：「怎麼會呢？她急著要回來參加匯報演出呢。」

「不，我聽爸爸提起過，她舅舅上次回上海時，好像就透露了這個意思，不過你千萬不要說出去。」

含笑執拗地說：「她絕對不會不回來，桃麗一定不會放棄她的夢想的。」

「她不就是愛跳芭蕾舞嗎？哪兒不能實現她的夢想啊？非得在北京？」一輛公共汽車正好開過來，蕭逸說：「不跟你說了，我得趕緊去買票。」他急急忙忙登上了車。含笑卻被他的話，弄得一頭霧水，既驚訝又不明就裡。

含笑哪裡知道桃麗的舅舅上次回來，的確曾經跟他妹妹說：「頌恩這一判就是十年，這樣的日子你一個人怎麼熬？媽媽很擔心你呀，讓我一定要想盡辦法把你和桃麗弄出去。」

可是桃麗的媽媽流著眼淚說：「我怎麼能不管頌恩？」

「你在這裡也幫不了他。」

「過段日子，至少我可以去看看他，給他帶點東西去，跟他講講話，給他一點安慰和支持。」

「你們都是一個教會的，也許他們不會那麼容易讓你去看他，你自己身體又不好，如果能去香港，起碼可以保住你和女兒，等將來頌恩熬過刑期，我們說什麼也得想辦法申請他出去。」

「哪那麼容易？」

「你和桃麗都在香港，那就有點理由了，我們可以想各種辦法，例如保外就醫等等，當然得走後門。」

然而，他妹妹怎麼也不肯就此拋下丈夫離開上海，最後兄妹倆經過一番商量，決定讓桃麗先走，舅舅深知一個勞改犯的女兒，想離境談何容易，除非想出一個特殊的理由，諸如長輩病危，急需前往訣別奔喪，繼承遺產等等。因此就做了這樣的安排，但並沒有告訴桃麗實情，以免節外生枝，反正此一去就不打算再讓她回來了。

此時含笑望著蕭逸匆匆離去，來不及多問他幾句，心想：桃麗真的會一去不返嗎？奇怪！怎麼這陣子盡發生些不可預料的事情？真是人生無常。

然而，此刻她絕對不會想得到不僅如此，連她自己和湯勇、關紅玫也將大禍臨頭，並不是因為他們自己有什麼過錯，只是由於他們對突然被打成右派分子的張老師，心存同情，於是他們的學子生涯即將被迫中斷，往後的道路有何坎坷更不得而知……

在這場突如其來的風暴中，陸含笑、湯勇、關紅玫，還有張耀華、陳曦、蕭逸，雖然本人都不是右派分子，卻也遭到意想不到的衝擊。為了實現美麗的夢想，這些有抱負、有熱情的青年，本來正朝著自己的目標奮力奔跑，誰想得到那看似筆直、平坦的跑道忽然中途斷裂，有的摔倒了，有的墜入深谷，未及了解不測的緣由，已經遍體鱗傷。不過，比起五十多萬右派分子的命運，他們的遭遇只能說是冰山一角，而反右中遍布全國的廣大受難者，每個人都有一個延續了近三十年，更為淒慘悲苦的故事，又豈能一一道盡啊？！

似夢是真

一

　　一九五七年一場反右運動[25]，改變了許多人和許多家庭的命運。從香港回大陸升學不久的愛國青年陸含笑，絕對不會想到，這個突如其來的政治運動，會使她也遭到當頭一棒。

　　本來能夠考上很難考取的戲劇學院，學習自己喜愛的表演專業，她覺得非常幸福。他們這個班的藝術指導是表演系的系主任，因演電影《白毛女》得獎的張老師，同學們都很佩服敬重他。全班二十四個學生分成了三個小組，每組四個女生，四個男生，分別由三位老師教課，令陸含笑所在的小組感到很幸運的是，他們是由張老師親自授課的。他非常耐心，而且很善於啟發學生，這使得那時還有點害羞，容易緊張的陸含笑逐漸放鬆了下來。老師誇她富有想像力，這更增強了她的信心，表演顯得自然多了。一學期下來，表演、台詞、聲樂、形體、戲劇史等主要科目都成績良好。

　　可是萬萬沒想到反右運動之後，1958年五月的一天下午，新的導師吳老師找她談話：「你是從香港回來的吧？院方覺得你太不了解工農兵的生活，應該投入生活，深入體驗，才能成為一個好演員，所以呢，決定讓你提前參加工作。」

　　「什麼？！提前工作？可是我還沒有學完啊，畢業後我可以一邊工作，一邊好好體驗生活的麼。」

　　「不，學校已經決定讓你退學。」這意想不到的話令含笑如被雷擊，一時間呆若木雞。以前倒是聽小學時的同學蔣桃麗講過，藝術院校的學生經過一段時間的學習，如果被校方認為不適合這個專業，是會被淘汰的。當時含笑聽了這個規定並不

在意，心想：「我又不是那種學生。」

「我的成績都是四分、五分，我的小品《生路》上學期還被蘇聯專家肯定過，大考時公開演出，也得到大家的好評，為什麼現在卻要我退學？」此時，她激動地為自己申辯。

「分數不能完全說明問題，這是校黨委的決定。工作方面麼，學校會看看有什麼機會給你，你自己也可以找找。」望著吳老師那冷冰冰的面孔，她似乎明白了……

晚上熄燈後，她躲在被子裡不停地痛哭，又怕被同學聽見，只得低聲抽泣。不知怎麼的，耳邊忽然聽到爸爸的聲音「含笑，你怎麼這麼沒有記性，我叫你要當心，你卻那麼大意。」咦，爸爸怎麼來到了我的牀前？她感覺爸爸還輕輕撫摸著她的亂髮。

「我怎麼了？爸爸，我做錯了什麼？」

「去年是什麼時候啊？反右運動還沒有結束，你們小組就去找張老師，還邀請他跟你們一起去遊園，難道你們忘了他被打成右派分子了嗎？」

「但是開學時學校宣布他還要繼續教我們的麼，我們班的黨小組長湯勇說經過幾次對張老師的批判，大家都不理他了，師生關係搞得這麼僵，怎麼上表演課呢？他建議在開學前緩和一下氣氛，約他一起出去走走，小組的同學都贊成的呀。」

「唉！那也不該由你去請他。」

「我是小組長，雷震聲是團小組長，所以就由我們倆去邀請老師咯。誰知道後來政策改變了，右派老師一律不准教學了，要去勞動改造。」

「你們太天真了，右派是敵我矛盾麼。」

「那黨委說會把右派老師作為人民內部矛盾處理的麼，還

說什麼要我們在政治上監督他們，業務上尊重他們呢，我們怎麼知道政策會變？而且這也不是我一個人的主意。」

「你跟其他人不同，你是港澳學生要格外小心，我早就叫你不要學文科。」

含笑委屈地說：「港澳學生怎麼了？我要不是愛國還不會回來呢，為什麼對我這樣不公平？！」在爸爸面前，她忍不住哭起來。

爸爸心疼地拍拍她：「別哭、別哭，都是爸爸不好，我根本不應該放你回去……」看到多年有病的爸爸痛心地捶胸咳嗽不止，含笑驚醒了。

難道就是因為我是從香港回來的，就得受這樣的懲罰嗎？現在怎麼辦呢？真的就此停學去工作？去哪兒工作呢？讓我自己找，我上哪兒去找呀？想著、想著，越想越感到走投無路，她又傷心地嗚咽起來……

第二天才知道還有兩個同學關紅玫和湯勇也被勒令退學，看來也是因為張老師的事。湯勇一定是由於他建議我們跟張老師去遊園，作為班上的黨小組長，他這個錯誤肯定不能被寬恕；關紅玫本來請假回天津去看她病重的媽媽，想不到一回來就聽說張老師被打成右派分子了，她怎麼也無法接受。心直口快的她，說了一句賭氣的話：「要是從延安來的張老師都成了右派，那咱們這些人都得是右派了。」不知誰把這句話匯報上去了，這下子她可就倒了霉。湯勇跟她分別在黨團組織裡挨了批評，雷震聲也在青年團裡做了檢討，不過他倒沒有被開除，其實他的成績不算好，這說明根本不是什麼業務淘汰，而是政治篩選。

由此他們三個人都不能再上課了，突然成了閒人，感覺擡

不起頭來，非常難堪。有的同學雖然投來同情的目光，但也不便跟他們說什麼，無形中誰也不敢接近他們了，這種日子真是度日如年。平常最愛講笑話逗大家開心的關紅玫，忽然變了一個人似的，變得終日焦躁不安。她悄悄跟含笑說：「不管上哪兒，只要有單位要，天涯海角我都去，在這裡多呆一分鐘我都受不了。」從小學到中學她都是成績優秀的好學生，本來母校要保送她去南開大學的，可是她就是喜歡演戲，才考進了戲劇學院。她是班上最年輕的同學，性格開朗幽默，她妙語如珠的表現力，被公認為極有天賦的喜劇演員，張老師也很喜歡她。怎麼喜劇演員一下子就變成悲劇人物了？這種意想不到的打擊，不僅令年輕的她感到前途渺茫，不知所措，更嚴重地傷害了她的自尊心，對此含笑感同身受。

過不多久寧夏自治區要成立話劇團來北京招人，湯勇和小關決定加入這個團去支援邊疆。含笑因為大姐不想她離開北京去那麼遙遠偏僻的地方，讓她再等等，她就猶豫了。

過了一星期，湯勇和關紅玫要出發去寧夏了，含笑送他們去火車站，患難之交就此告別，含笑心裡很難過。「你們走了，就剩下我一個『無業遊民』，這日子怎麼過呀？」

湯勇鼓勵她：「早晚你會找到工作的，人生難免有挫折，沒關係，爬起來還是一條好漢，這就叫死而後生。」

關紅玫也笑嘻嘻地安慰她：「你要是真找不到工作，就來我們那兒，咱們還在一起共同奮鬥。」含笑望著她點點頭，見她這會兒倒如釋重負了，遠離北京，對於她似乎是一種解脫。

他們走後不久，長春電影製片廠來要演員，人事部問含笑是否願意去試試，她好像看到了一線曙光，馬上一口答應。大姐含玉也很贊成，長春畢竟離北京近多了，再說，弟弟陸耀宗

也在那邊工作。她寬慰含笑說：「你們兄妹倆在一個城市，可以有個照應，我也就放心多了。」於是含笑急忙去買了火車票，準備出發。

從長春電影製片廠出來，含笑的心情大不一樣，感到輕鬆了許多。面試後考官對她很滿意，聽說她還會彈鋼琴、會唱歌，更表示歡迎；並答應她來了以後，可以繼續學習音樂，因為廠裡有蘇聯專家教聲樂。含笑聽了高興極了，恨不得立刻離開學校來這裡工作。

她步伐輕盈地走向公共汽車站，「哼，戲劇學院不要我，沒關係，拍電影也不錯麼，以前媽媽就希望我留在香港拍電影，也許命中注定我要成為一個電影演員。」近兩個來月她心情沒有這麼好過，真想高歌一曲。

陸耀宗在長春市的一個設計院工作，這次有機會見到哥哥，含笑很高興，本來寒假就想到長春看望他，不知為什麼，他卻來信說，他們那裡肅反運動[21]還沒結束，沒有空陪她。後來聽大姐說因為他在重慶讀中學的時候，跟幾個同學成立了一個牆報小組，署名海社，誰料正好汪精衛偽中央有個特務組織也叫海社，這下糟糕，跳進黃河都洗不清了，他們幾個人被隔離審查了好幾個月，所以哥哥不能見她。不過，現在肅反運動已經結束了，她想應該可以見到他了吧。

來到耀宗哥上班的地方，門衛還挺森嚴的，含笑填好了登記表，門房那個大嬸上下打量著她，「有證件嗎？」含笑出示學生證，「等著吧。」

可是過了半個鐘頭也不見人出來，現在不是午飯時間嗎？「他不在嗎？」

「沒開完會呢，急什麼？」含笑看了她一眼，心想這大嬸還挺凶的。

等了四十五分鐘，耀宗哥總算出來了，「含笑你來了，沒吃飯吧？」說著就拉她往外走。

「嘿，去哪兒？」門房大嬸探頭出來問道。

「小飯館。」

「喝，你們這門房管得還真寬，去哪兒她都管。」含笑不滿地瞪了她一眼。

在小飯館吃完麵條，耀宗說：「我帶你去斯大林大街散散步，那是一條林蔭道，很美的。」

「呂琳姐怎麼沒來？你不是說她也會來的嗎？我們去了香港以後，就沒有再見過她，在上海的時候她還常帶我去逛霞飛路呢。」

「她忙。」呂琳是耀宗哥和大姐在上海中學讀書時的同學，她是學紡織的，也在長春工作。她爸爸跟含笑的爸爸陸慶和以前都是上海市商會的理事，兩家很熟，前兩年聽說哥哥跟她談戀愛了，含笑挺高興。可是不知為什麼這時耀宗哥好像心事重重，而呂琳姐說好要來見她，又沒來，這是怎麼回事？

「呂琳姐怎麼沒來？你們吵架了？她不是脾氣挺好的嗎？」

「哦，不是，含笑，我最近有點麻煩，我們單位正在批評我。」

「批評你？！為什麼？」含笑驚訝地問。

「前一陣子我在交心運動[29]中說了些看法，黨小組在幫助我。」

「哦，不要緊吧？交心運動開始時，我們學校黨委動員大家向黨交心，也讓大家不要有顧慮，因為這次交心運動是不打

棍子、不戴帽子、不入檔案的，只是交流思想，探討問題，所以我也說了些意見。」

「你？可別亂說呀。」

「那你說了什麼呢？」

「我只是說應該接受斯大林搞個人崇拜的教訓。」

「啊呀！你怎麼能說這個呢？你比我還不當心。」

「哦，沒事的，我虛心聽聽大家的意見好了。」本來含笑很興奮，想著哥哥知道她考試順利，一定會為她高興的，可是這時她卻忘記提這件事了。兄妹倆默默地走著。斯大林大街的確很美，兩旁綠樹成蔭，籠罩著整條街，金色的陽光從樹叢中透射進來，像舞台上的射燈。

含笑這時候才想起告訴哥哥來考長春電影製片廠的事。

「那你什麼時候能來這裡上班？」

「他們說讓我回北京等通知，因為他們還要看我的檔案呢。」

「看檔案？唔……」耀宗欲言又止，「那好，希望你一切順利，我們能在同一個城市工作，就可以常常見面，真好！」這陣子，不但呂琳沒有來找他，連本來跟他不錯的同事，也很少跟他講話，他從未感到過這樣孤單。

回到北京，含笑急不及待地去含玉家，想趕快告訴大姐她的工作問題有希望解決了，好讓她放心。進門見二姐含珠也在，她剛從哈爾濱來北大進修一年。

她們聽了含笑的好消息很高興，含珠拍拍她的腦袋：「小傢伙，這回你可要好好幹，聽黨的話。」

含笑一聽含珠這話，覺得不是味兒，「我怎麼沒好好幹？

我的成績差嗎？有的同學還有不及格的呢，為什麼他們倒沒事？」

「成績好，政治立場更重要，你應該跟右派老師劃清界限。」

「含珠，她回國時間短，不要這樣說她。」

「你老護著她，她什麼時候能長大？」

「哼，我受欺負，你還胳膊肘往外拐，你像個姐姐嗎？」

含玉的丈夫徐春生端了杯水給含笑，看似和顏悅色：「火氣別那麼大，誰欺負你啊？吃一塹長一智麼，這樣你就會進步了。」

含笑本來對他就沒有好印象，噘著嘴沒理他，氣呼呼地走到窗前，望著窗外，含玉趕緊轉移話題：「耀宗怎麼樣？」

含笑轉過身來，「對了，他說他從來沒有看見過爸爸寫給你們的那封長信，這是怎麼回事？我不是讓你們看完之後轉給他的嗎？」含玉望著含珠。

「轉給他幹什麼？我交給黨組織了。」含珠冷冷地說道。

「什麼？！你交給黨組織？爸爸發著燒日以繼夜地寫，你不轉給他看就交上去了，你真行啊！」含笑氣得滿臉通紅。

「這個問題我早就跟你談過了，你怎麼到現在還想不通，難怪學校對你的政治表現不滿意了。」

含笑想到自己一回來二姐就要她跟父親劃清界限，現在又這樣對待父親辛辛苦苦給他們三個人寫的信，心裡憋著的火忍不住了。（可見《分道揚鑣》P.73含珠來信跟家庭斷絕關係的部分）

「我落後，你進步，行了吧？」說完氣沖沖地站起來拿起書包，開門衝了出去。

「含笑、含笑別走麼。」含玉追了出去。

「唉！你們這個小妹是得管管，不然會闖大禍。」

「可是大姐總是慣著她。」

含珠見含玉一個人回來，「她呢？」

「早就一溜煙跑掉了。」含玉手上拿著一封信。

「誰來的信？」徐春生問。

「耀宗。」含玉打開看了幾行，「糟了，他給劃為右派了。」

「啊？！怎麼回事？」含珠不解地。

「因為交心運動中的發言。」

含珠覺得奇怪，「交心運動有三不政策，不是說不打棍子、不戴帽子、不入檔案的嗎？而且反右運動已經結束了麼。怎麼會……？」

徐春生面無表情地說：「那也要看他講了些什麼，如果是反黨言論也不行啊。」聽他這麼一說，含玉、含珠都皺起了眉頭。

「他還說呂琳要跟他分手。」

「那也難怪，右派是敵我矛盾，人家當然要考慮了。」含珠表示理解。

「他們從小就認識，耀宗是個那麼老實的人，她是了解的，都快結婚了，怎麼說分手就分手？」

「你這個人啊，就是立場不鮮明，這不是做老好人的時候。」徐春生批評她，含玉不吭氣。

「這對我們又是一個考驗，大姐你可別犯糊塗啊，要不，含笑更會有抵觸情緒了。」

　　長春電影製片廠怎麼還沒有來通知？含笑有點坐立不安了。又過了幾天，沒等到來自長影的好消息，卻收到了一個壞消息，大姐告訴她耀宗哥被打成右派分子了。怎麼會呢？反右運動不是結束了嗎？想起耀宗哥在交心運動中說的話，她冒冷汗了。自己在交心運動中的發言，涉及新聞自由，會不會也有問題？糟糕！就算不打成右派，也可能會影響去長影的事。

　　果然，第二天人事部找她，告訴她長影來看過她的檔案了，政審沒有通過。她聽了很失望，但並不意外，什麼也沒說，木然地走出辦公室。她哪裏知道檔案會像一塊大石頭壓在身上，一壓就是一輩子。

　　大姐含玉心痛地安慰著妹妹，含珠則說：「你看，政治上要站得住才行麼，今天走白專道路[30]是走不通的，懂嗎？」接著又不厭其煩地跟她講應該要求進步，跟家庭劃清界限，好好爭取入團等等。含笑擰過頭去，一言不發，使勁咬著嘴皮子。

　　含玉說：「別說這些了，現在當務之急是能夠儘快找到工作。」

　　含笑騰的站了起來斷然地說：「不，我是回來讀大學的，我要去考北京藝術師範學院，那裡有音樂系。」

　　「你就算業務行，他們也是要政審的。」含珠說。

　　含笑火了：「你怎麼知道我準不行？我又不是來搞政治的。劉老師說那是個新學校，比考中央音樂學院容易。」

　　劉蘭君是含笑的聲樂老師，非常欣賞她的嗓音，曾經建議學校留她在校，培養她當聲樂助教，這不識時務的建議當然不被接受。她一直覺得含笑不搞聲樂太可惜，便建議她去考北京藝術師範學院試試。

　　含玉道：「她還年輕，想讀書是好事，我們應該支持，含

笑你去試試也好。」

「支持她讀書沒問題，只要她考得上，經濟上我負擔。你不要再跟媽媽要錢了，你還是趁早別再跟海外聯繫，不然想通過政審也難。」含珠的話雖然不順耳，不過經過這麼些挫折，含笑明白她講的是事實。

劉老師陪她去考了北京藝術師範學院，考完出來時，劉老師告訴她：「來考的學生都是中學剛畢業的，根本沒受過聲樂訓練，更不會彈鋼琴，我看你是最棒的，一定沒問題。」

結果怎麼樣？還是不行。含笑心裡明白還不是因為政審通不過，連當老師都不成，那還能幹什麼？而劉老師則為她深感不平。

含玉告訴妹妹外婆病了，既然她一時還沒找到工作，仍須等待，不如向學校請個假，去上海探望外婆。此時含笑情緒低落，也想暫時離開這塊傷心地，一切等回來再作打算吧。

到了上海，一下火車，發現這裡已經不是她所熟悉的城市了，不知為什麼整個城市顯得灰濛濛的。也許因為過去的上海太繁華了，如今商店的櫥窗裡簡簡單單，沒有精緻獨到的佈置，大廈上五顏六色的廣告牌少了，晚上霓虹燈也不亮了。人們的穿戴款式大致一樣，色彩很單調，女人都不化妝，男女看上去差不多。不過有的理髮店貼著一張廣告紙，上面寫著「港式燙髮」，這在以前的上海，倒沒見過。

在上海逗留了十天，心情並沒有好轉。外婆中風後，左邊半身不遂，舅舅說幸虧你媽媽去香港前，給她留下了一筆錢，現在才能請個人來照顧。看著從小最疼她的外婆拉住她的手眼淚汪汪，卻說不出話來，含笑怎麼能再笑得出來？她明白外婆的心

情，以前這個三代同堂的家多麼熱鬧、多麼開心，現在大女兒玉英遠在海外，此生未必再能見面，小女兒玉婷婚後隨丈夫下放，去了西北蘭州，那麼遙遠。身邊這個兒子也跟以前判若兩人，做媽的怎麼會看不出來他心中有煩心的事，連含笑都覺得舅舅變了。如今他們家經濟拮據，舅舅一個人工作，養活一家五口很不輕鬆。本性樂天，以前很愛開玩笑的他，再也說不出笑話來，也沒有閒心唱什麼京戲了，晚飯時喝兩口悶酒，話都不多。看來他的處境不佳，不過關於他自己，他倒沒有說什麼，只告訴含笑，她爸爸的好朋友蕭劍光去年被打成右派分子了。

「啊？！怎麼會的？那麼多右派？張老師、耀宗哥、蕭叔叔，都是挺好的人，這是怎麼了？」含笑無法理解，帶著無數個問號，跑去找小學時的同學張青雲，而她正在苦苦等待蕭逸的來信。蕭逸是蕭叔叔的兒子，他們倆正在談戀愛。含笑不明白為什麼蕭逸在上海音樂學院是班上成績最好的學生，本來學校要派他去蘇聯留學的，現在卻被分配去了內蒙古歌舞團，更奇怪的是他一去之後就音訊全無。含笑問青雲蕭叔叔到底出了什麼事？她也不清楚他們家的變故。

去巨鹿路蕭叔叔家探望，已是人去樓空。問問他們的鄰居，那個女人用奇怪的眼光看著她，支支吾吾不肯告訴她什麼，含笑覺得在她眼裡，好像連她都是個可疑人物似的。

想起蔣桃麗的爸爸，肅反運動時也因為牽扯進天主教的一個案子而出了問題，被關進監獄，一判就是十年。（可見《夢斷京城》P.102蕭劍光告訴蔣桃麗她爸爸被審查的部分）唉！怎麼我離開上海以後，竟然發生了這麼多稀奇古怪的事情？人事全非，真是世事難料。

告別了外婆和舅舅一家，來到北火車站，夾在來來往往的

人群中，無精打采的她被他們推著往前走，既困惑又孤單，周圍的一切似乎跟她沒有任何關聯。她機械地走著、走著，終於來到了三號月臺，登上了開往北京的列車，也不知前面有什麼在等待著自己⋯⋯

二

上了火車，含笑隨手放下旅行包，心不在焉地剛想坐下，見座位上還放著自己的旅行包，提起它站到椅子上，想把它放到行李架上，可是夠不著。

「我來。」坐在對面的一個穿軍裝的海軍軍官站了起來，幫她把旅行包舉到了行李架上。

「謝謝你。」坐下後她從書包裡拿出茶杯，順手把車票壓在茶杯下面。

這時候一個胖子從人群中擠了過來，嘴裡不停地大聲嚷嚷著：「勞駕、勞駕！」擠到她身邊停了下來。原來這個靠窗的位置是他的，含笑站起來讓他進去，他坐下後對那個海軍軍官說：「瞧，咱們有好吃的了。」

「什麼？」

「無錫排骨。」

「查票了、查票了！」聽見列車員的聲音，大家都把票拿了出來。含笑也到書包裡去拿，可是沒有，她摸摸外套的口袋，沒有，褲子口袋裡也沒有，全身找遍了都沒有，檢票員已經來到他們面前，含笑急得冒汗了。

「看看你的茶杯下面有沒有？」含笑拿起茶杯，果然車票在下面，她感激地看了對面那位軍官一眼，這時候才看清楚，

他是一位二十多歲的海軍少尉。

「哈哈！你這個『馬大哈[31]』，你得好好謝謝我們小袁啊。」旁邊那個胖子自來熟地笑她。含笑不好意思地對他笑了笑，發現他皮膚黝黑，膀大腰圓，嗓門兒還挺大，像個黑張飛似的。一瞧他的肩章，是個陸軍大尉。

「你去北京？」含笑點點頭，胖子打量了一下含笑，看到她胸前掛的校徽，好奇地讀著：「戲劇學院，這是學什麼玩意兒的？唱京戲？」

「不是，我們是學話劇表演的。」

「好傢伙！不簡單啊。小袁，咱們碰到未來的大明星了。」含笑讓他說得很不好意思，後悔不該佩戴這個已經不屬於自己的校徽。

「別害臊啊，當演員臉皮得厚，幾千人面前也不害怕，對嗎？小同志，來，認識一下，我叫劉剛，他叫袁建輝，你呢？」

「我叫陸含笑。」

「這個名字好，總是笑，哈哈哈哈！」他一邊說著一邊自己倒像放機關槍似的大笑起來。含笑覺得他挺滑稽的，那個袁建輝卻有點腼腆。

這是一節硬臥車箱，本來含笑不想買硬臥，她從北京來的時候坐的就是硬座，一夜沒睡也沒什麼，可是舅舅說什麼也要給她買硬臥，她的鋪位是中鋪，在劉剛的上面。

下午吃飯的時候，劉剛拿出那包無錫排骨，和一小瓶二鍋頭。

「來，小袁，慶祝咱們認識了未來的大明星陸含笑，乾一杯！」

「我不行，你自己來吧。」

「別跟大姑娘似的，喝一口麼。」被劉剛逼著袁只好喝了一口。「小陸你也來一口。」

「不，不，我不會喝酒。」

「瞧，把你嚇的，那好吧，來塊排骨。」他不由分說地夾了一塊排骨放進含笑的飯盒裡，然後自己就享用起他的酒來。酒一落肚，他的話匣子打開了。

「小陸，你家在上海吧？上海姑娘，好啊，你們倆是同鄉，他也是上海人。」他指著袁建輝，特意用不怎麼樣的上海話說「上海人」這三個字。

含笑笑了，問道：「那您呢？」

「我呀，天津衛子。」

含笑想起同學關紅玫也是天津人：「為什麼叫天津衛子？」

「你沒聽人家說過京油子、衛嘴子嗎？都特能侃。」

「你好久沒回天津了吧？」袁問。

「是啊，天津解放那回回去過兩次，這不，這是第三次。」

「你媽不想你嗎？」

「嗨，我媽早習慣了，自打我參軍走了以後，一點消息也沒有，她當我死了呢。不過那回攻打天津，我真的差點兒報銷。小陸你沒見過打仗吧？」含笑點點頭。「那是你的福氣，對你們這樣的書生來說，打仗可不好玩兒。天津解放那一仗打得特別慘，天剛朦朦亮，我們一進城巷戰就打開了，死傷慘重啊。」

含笑問：「怎麼慘重？您給講講好嗎？」

「喲，姑娘家有興趣聽這個？」

「老師說當演員應該抓住機會，了解多方面的生活和各種不同的人物。」

「好學生！老師的話都記在心裡了。」

「他的戰鬥故事三天三夜都講不完。」袁建輝說。

「是嗎？」

「老劉當年是英雄排長，攻堅能手，外號坦克。」

「行了，小袁，我那點兒家底兒都讓你給兜了，我還怎麼賣關子啊？」

「坦克？！您准是《林海雪原》裡的人物，對嗎？」走廊那邊的一個小夥子探頭過來，「我可愛看這本小說了，特別佩服你們小分隊，尤其是您。」

含笑也看過這本家喻戶曉的書，在五十年代這本小說風行一時，書的內容是寫1946年八路軍的一支小分隊，在東北的深山老嶺裡剿滅土匪武裝的故事，情節驚險緊張，充滿傳奇色彩，書中突出渲染的英雄主義，深深吸引了建國初期的熱血青年。

「老劉，今天能見到您太榮幸了，您能不能給我簽個名？」小夥子激動地問，並拿出自己的一個日記本，給劉遞去一支筆。劉剛只好在他的日記本上簽了個名。

「咱是大老粗，字可寫不好。」

小夥子高興地說：「好好，挺好的。老劉您能不能跟我們講講你們的戰鬥故事？」

「嗨！我哪有什麼故事，我是跑龍套的，書你們都看了，那點子事兒，都給寫神了，我還能說出個啥來？」

可是小夥子卻不死心，好奇地問：「老劉您說說，你們從哪兒弄來那麼些滑雪鞋和白斗篷的呀？從山上飛快地滑下來，

跟天兵天將似的，好帥啊！」

　　劉剛聽了他的問話，又像打機關槍似的大笑起來：「哪有那麼美，還穿什麼滑雪鞋，披白斗篷，其實大伙兒都穿著大棉襖，大棉鞋，就那麼從山上軲轆下來唄。」說得含笑和小夥子都笑了，然而笑過以後，他們對小分隊的英雄氣概更是充滿了敬意。那時青年人心目中的解放軍形象，是由電影和報導中描繪的董存瑞，黃繼光，邱少雲等一系列英雄人物構成的，人們都說他們是人民的子弟兵、保衛者，是祖國的鋼鐵長城，作家魏巍把志願軍描寫成了最可愛的人。在含笑的心目中去參加抗美援朝的小學同學韓若梅，就是挺了不起的，想不到這回有幸遇見一位老戰士，真正的英雄，她特激動，這是自己從未接觸過的人物。

　　天色漸暗，火車上的旅客大多數都躺下了，含笑去洗了臉，刷了牙回來，發現她的東西都被搬到劉剛對面的下鋪了，而袁建輝正在把他的東西往她的中鋪上放。

　　「咦，你幹什麼跟我換鋪？」

　　「你睡下面好了，我爬上去容易。」

　　「沒關係，我在學校也是睡上鋪的。」

　　「這是在火車裡，車晃動著不好爬。」

　　「小陸你就讓他睡上面好了，他在潛水艇裡爬慣了，再說你就讓他給女同志獻一次殷勤吧，這是他從蘇聯老大哥那兒學來的。」

　　「蘇聯海軍？你是……」含笑覺得奇怪。

　　「我們小袁在海參威受過訓練，除了學會照顧女同志，還學會蘇聯老大哥搽香水的毛病。」

　　「誰說的，人家早就不搽了。」小袁不好意思地說。

「這本來是娘兒們搽的麼，你乾脆把它送給小陸吧，人家演員可能用得著。」

這時候劉剛已經躺下，不一會兒他就呼嚕呼嚕地睡著了。含笑好奇地問袁：「你是海軍，他是陸軍，你們怎麼認識的？」

「我剛參軍時也是陸軍，老劉是我們的領導，後來要選一些讀過中學的人去參加海軍，就把我調去了。我現在在旅順潛艇部隊。」

含笑很好奇，「潛水艇？」接著問他：「那老得鑽到海底下去，你不害怕嗎？」

袁笑笑：「習慣了。你學藝術倒挺有意思的，我本來也很喜歡藝術。」

「哦？你喜歡什麼？」

「繪畫、詩歌，還有唱歌我都喜歡，本來我想中學畢業以後考美專。」

「那你為什麼沒考？」

「抗美援朝以後覺得國家要強盛，不受人家欺負，軍隊建設最重要，所以我就參了軍。」

「那你就放棄了自己的愛好？」

「興趣是可以培養的麼。」含笑心想這個小袁應該比自己大不了多少，卻比自己成熟多了，而且肯為國家放棄自己多年的愛好，真不容易。袁注視了含笑一會兒，輕輕地說：「我可不可以給你畫一張畫像？」

含笑大方地說：「好啊。」袁建輝就讓含笑靠著窗口，他拿出一支鉛筆和一張紙，一筆一筆認真地畫起來，過了一會兒他遞給她看：「像不像？」含笑見他畫的素描還真有點水平，「有點像，不過把我畫美了。」

「是嗎？如果你喜歡，送給你吧。」

「謝謝。」

第二天早上大家都起得很早，開始收拾東西。

「小袁，你在北京待幾天？」劉剛問。

「那要看海軍醫院體檢的安排需要幾天，例行體檢完了我就回旅順，您呢？」

「我先去看看我那個遠房表叔，上次你見過的，然後回天津看老娘，估計一個星期後我也要回部隊了。小陸，一會兒就到站了，你馬上要開學了吧？」

「唔……」含笑遲疑地不知如何作答。

「對了，明天是週末，咱們還可以一起玩玩，小陸你現在是北京人，給我們當嚮導吧。」

「我？我算什麼北京人，我才來了兩年。」

「那你跟我們比，你還是北京人。」

「你有空嗎？」小袁問，顯然他也很希望含笑能答應。

「就這麼著，小陸，軍民魚水情麼，你不會不願意帶我們一起逛逛吧？」劉剛將了她一軍。含笑對這個黑張飛倒是挺感興趣的，也很想再聽他講講他的傳奇經歷，便欣然同意了：「那你們想上哪兒去玩呢？明天我還行。」

「那你說吧。」

「我們學校離北海近，我就帶你們去北海吧。」

「你們學校在哪兒？我和老劉去找你好嗎？」

「我們就在北海後門見吧。」

「那好。」

「說實在的，咱們仁能碰到一起也不容易，這叫有緣千里來

相會，對不對？小袁，哈哈哈哈！」他倆都聽出了劉剛的弦外之音，袁建輝的臉都紅了，含笑望著窗外裝沒聽見也沒看見。

上午十點火車正點到達北京站，那個小夥子走過來跟劉剛緊緊握了握手：「老劉同志再見了，我會永遠記得您的。」

袁建輝正忙著幫含笑把她的旅行包從行李架上拿下來。

他們三個人一起下了車出了站。「小陸，一準兒明天早上九點北海見，不見不散。」劉剛說。

「好，明天見！」

昨晚一場大雪，整個北京城變成了銀色世界。北海公園被裝扮得異常美麗，白雪覆蓋在紅牆和黃色的琉璃瓦上，色彩鮮明；一棵棵綠色的常青樹，好像聖誕卡上的聖誕樹。湖面已經冰封，上面是一層厚厚的白雪，不少穿紅戴綠的小孩子在湖面上戲耍，互相拋扔著雪球。大風停了，不覺得太冷，不過劉剛和袁建輝都穿上了呢子大衣，戴著有一圈絨毛邊的軍帽。含笑穿著藍色的棉猴[32]，戴了一頂紅毛線帽子，手戴一副紅手套，圍著一條蘇格蘭格子呢的圍巾，袁建輝情不自禁地望著她，想起了蘇聯小說《遠離莫斯科的地方》裡的那個戴小紅帽的姑娘。

「這場雪真大，多美啊！」沒見過這麼大雪的含笑興奮地說。

「這雪比起我們剿匪那兒的雪，可是小菜一碟。冬天的時候在深山老林裡，一不小心掉進一道溝，雪有齊腰那麼深，半天拔不出腿來。」

「喲，那還挺可怕的。」

「是啊，你別看白雪、大海都很美，可有時也很可怕，你問他，大海發起脾氣來可不可怕？」

　　袁笑著點點頭，劉剛接著描繪：「北大荒刮起暴風雪的時候，白茫茫一片分不清天和地，一陣狂風吹來，人都能栽一筋斗，不趕快跑的話，一會兒功夫大雪能把人埋了。」想像著那天昏地暗的情景，含笑眼睛都瞪大了。

　　「瞧把你嚇的，可是人定勝天麼，要不毛主席怎麼說與天鬥、與地鬥、與人鬥其樂無窮啊？」

　　「與天鬥、與地鬥、與人鬥其樂無窮……」含笑重覆著劉剛的話，琢磨著其中的意思。

　　「行了，這會兒別鬥了，咱們還是照相吧。」袁建輝從包裡拿出照相機，對含笑說：「這五龍亭真美，你坐那兒，我給你照個相，能把後面的白塔都照進去。」

　　含笑高興地坐到亭子的欄杆上。

　　「笑一個，你應該很會笑啊，不然得改名字了。」劉剛說。含笑回過頭來微微一笑，背景是湖對面的白塔。「很好。咱們小袁是攝影能手，你這張相片錯不了，來我給你倆拍一張。」袁有點不好意思，站著沒動。「別扭扭捏捏的，快去！」袁不知怎麼辦好。有兩個遊客正好經過，含笑對他們說：「可不可以請你們給我們三個人拍一張照？」

　　「可以、可以。」

　　「你們倆過來呀。」於是其中的一個遊客給他們三人在五龍亭前拍了一張照，「謝謝你。」

　　「欸，同志請問你，九龍壁在什麼地方？」一個帶著廣東口音的遊客問含笑，含笑告訴了他們怎麼走。

　　他們走了以後劉剛奇怪地問：「他怎麼管你叫童子雞？」

　　含笑聽了忍不住笑起來，「他們是廣東人。」

　　「哦，你還懂廣東話，不簡單。我們四野從東北一路打到

海南島，經過廣東就跟到了外國似的，嘰哩咕嚕不知道他們在說個啥。」

「你怎麼會聽得懂廣東話的？」袁建輝問。

「我是從香港回來的。」

劉剛笑了，「喲，鬧了半天，你不是上海人，你是港澳同胞啊。」

「我回來上大學的。」

「人家是愛國學生。」袁接著說。

劉剛拍拍含笑的頭：「好孩子，有出息。」

含笑好久沒有這麼開心地笑了。這時候雪越下越大，「看來今天咱們沒法上白塔了。」

「怎麼沒辦法？走，這點兒雪算個什麼。」

「上面都是石頭，很滑的。」

「沒事兒，你上不去，叫小袁背你上去。」

「別逗了，我還是帶你們去看九龍壁吧。」

「對，聽說那也是個有名的景點。」袁馬上響應。

「好吧，少數服從多數，我就得聽你們倆的了。」

逛完了九龍壁，又在附近走了一圈，肚子有點餓了，走過仿膳時，劉剛說：「看來咱們也得補充點糧草。一會兒我上我表叔家去包餃子，你們有興趣的話，跟我一起去吧。」劉剛說。

「人家請您，我們去算怎麼回事？」

「嗨，你也不是沒見過我三叔，你知道他們是很好客的，對了小陸，你不是願意了解各種人物嗎？我三叔可是個人物。」

「他三叔以前是地下工作者。」

「是嗎？」含笑覺得很有意思。

「怎麼樣？有興趣了吧？要不是我三叔，我還去不了解放

區呢，當年就是因為他在天津做地下工作，才把我引到了這條路上來。」

「那他現在幹什麼工作？」

「不能說，保密。」

含笑更覺得神秘了，「好吧，我跟您去，不過我不在那兒吃餃子，回學校我有飯吃的。」

劉剛回過頭來問袁：「那你怎麼樣？」

「那我也跟您去吧。」

「你看看，人家去你才去，明擺著你是給她面子，哈哈哈！」

三人慢慢走出了北海，上了開往東四的車。

劉剛帶著他們穿進了東四的一條胡同，走進一個北京典型的四合院。門口有個影壁，裡面是一個四四方方的小院子，中間有個葡萄架，正房坐北向南，東西兩旁是廂房。劉剛的表叔住在正房，東西廂房住著別的人家。

「三叔、三嬸你們看，我給你們帶來兩位稀客。」

只見一個高大魁梧，四十來歲的男人迎面走了出來，後面跟著一個挺壯實的女人，站在門口。

「小剛子，這兩位是誰啊？」

「外面冷，老崔快讓人家進屋來呀。」崔濤把藍布棉門簾掀開，讓他們進屋，一進屋覺得特別暖和，裡面生著蜂窩煤的火爐。

「這個小袁上回來過一次，不記得了嗎？」劉剛問。

「哦，對、對，那個小海軍，這回也當上軍官了，好、好。」

「最近人家還入了黨呢。」

「小夥子，好！這位是？」

「這是我們在火車上認識的，未來的大明星陸含笑。」

「大明星？」他三嬸挺好奇。

「她是戲劇學院的學生，將來不就是大明星嗎？小陸，這是我三叔崔濤同志，這是我三嬸王雅琴同志。」

「你們好。」

「你剛才說她叫什麼名字？」崔濤問。

「陸含笑。」

「陸含笑？陸含珠是你什麼人？」

「是我二姐呀。」

「你是從香港回來的吧？」

「是啊。」含笑奇怪他怎麼會知道的。

「前半年我就聽你二姐說起過。」

「真巧了，您怎麼會認識她二姐的？」劉剛問。

「先坐下，別都站著啊。脫了大衣。」王雅琴打斷他們的話。他們三個脫了大衣和帽子，王把衣帽拿進裡屋，原來這間正房被隔成了裡外兩間，顯然裡屋是睡房。大家坐下以後，王泡了一壺茶，招呼他們：「快，喝點熱茶。」她又用鐵鉤子從火爐裡鉤出幾個烤白薯，「來，先墊著點兒，一會兒咱們包餃子吃。」

「好香啊，好久沒吃烤白薯了，小陸，快吃，甜著呢。」劉剛挑了個大的給含笑。含笑捧著烤白薯，手裡熱呼呼的，想起了小時候在上海弄堂裡買的烘山芋。他們圍著爐子，喝著熱茶，吃著烤白薯，整個人都暖和了。

「對了，三叔您怎麼會認識小陸的二姐？」

王雅琴說：「我們都認識她好幾年了，我們管她叫小陸

子。」

「鎮反[23]的時候，我們從北京大學裡臨時抽調一些懂英文的大學生來，幫我們看外國間諜的材料，她二姐就是其中一個。她挺要求進步的，那時正在申請入黨，有時還找我匯報匯報思想，這不就熟了。」

「小陸子挺好的，很有朝氣。」王說。

崔濤對含笑說：「你二姐提起過你，不錯呀，你終於從香港回來了，你要好好向你姐姐學習啊。」含笑心想原來二姐跟這種老革命接觸過，怪不得她那麼前進呢。只聽崔濤說：「你二姐管我們叫大哥，大嫂，你別跟著小崗子叫三叔了。」

「她要是管你們叫大哥，大嫂，我不就掉了一輩兒了？」劉剛很不服氣的樣子，他對袁建輝說：「得，連你也跟著掉了一輩兒了，咱們都得叫她小姑，明白嗎？」弄得含笑不好意思地抿著嘴笑了。

這時候王雅琴端出餃子餡兒、和好的面粉，大家開始動手包餃子。王擀皮兒擀得特快，除了含笑包得慢，他們三個都包得很快，不一會兒就包好了。

「小陸你以前沒包過吧，一看就是外行，吃你包的餃子就虧了，餡兒太少。」劉剛說。

「那沒辦法，我才學會不久。」

王雅琴準備在爐子上下餃子，崔濤和劉剛把靠牆的方桌挪到中間，擺上了碗筷，碟子，杯子，崔濤拿出一瓶茅台，劉剛樂了：「喲，好酒啊！」

「今天人多，高興麼，款待款待你們。」他又拿出一盤油爆花生米，一盤香腸，還有涼拌黃瓜絲，然後往酒杯裡倒酒。

含笑趕緊說：「崔大哥，我不能喝酒。」

「沒事兒，這酒不辣，香著呢，你少喝一點沒關係的。咱們先喝著吧，餃子一會兒就好。」劉剛和崔濤開始喝了起來，含笑和袁建輝只好也喝了點。

餃子端了上來，熱騰騰的很好吃，王雅琴一個勁兒地讓大家多吃，含笑比哪回都吃得多。

「哈！小袁你吃到我包的銅子兒了吧，你要交好運了，說不定要交桃花運呢。」劉剛狡黠地瞅著袁建輝和含笑。

「您別逗了。」袁建輝紅著臉說。

「別說人家了，你自己的婚事怎麼樣？」王雅琴問。

「我這次回天津就是辦這事，我去接她。」

「那太好了，你們組織上批准了吧？」王問，劉剛點點頭。

「就是麼，人家月萍的爸爸不就是個小業主麼，哪裡是什麼資本家呀。」

「唉，不單是這個問題，誰讓他三反五反[19]的時候讓人查出逃稅呢。」

「可是，人家解放前還掩護過我們，這功勞就不算了？」

崔濤笑著說：「這你就不對了，功勞是功勞，錯誤是錯誤，不能抵消。」

「就算不能抵消，也不能不准人家女兒嫁給解放軍啊，有什麼大不了的？再說月萍本人多好？她又沒問題。小剛子，她可等了你這麼多年，對你媽又好，常去照應，你可不能虧待人家啊。」

劉剛憨厚地笑笑：「這我哪敢呀？我要是對不起她，您都得把我掐死。」這話說得大家都笑了。

王雅琴感慨地說：「想起那擔驚受怕的年頭兒，我真的不能不感激他們一家，那回特務來查，要不是她爸爸作證，說你

三叔是個規規矩矩的買賣人，還真危險呢，1948年國民黨都快狗急跳牆了。」

王指著崔濤對含笑說：「那陣兒他是月萍家的房客，我是月萍家的鄰居，我們都住在一個四合院裡。」

「這不，她就瞧上我了唄。」崔濤笑著說。

王笑著罵道：「別胡說八道了，還不是你讓月萍她媽來說媒的。」

「那時候她啥也不懂，連我是八路[10]軍都不知道就嫁給我了，還以為我是做買賣的呢，哪兒知道我的腦袋正掖在褲腰帶上呢。」

「是啊，結婚對他做地下工作有利麼，拿我當掩護唄。我才十八歲，真的啥也不懂，要是那會兒他光榮犧牲了，我還真不知道怎麼當的寡婦呢。」

崔濤打趣地說：「那今天你就成了烈屬了，多光榮啊！」

也許是他們的話勾起了劉剛的不少回憶，他忽然神情嚴肅地說：「那年毛主席黨中央決定爭取和平解放北京，為了給敵人施加壓力，在天津可就打慘了，那是一場你死我活的硬仗，我們四野從關外一路打進來，已經累劈了。可到了天津外圍，每前進一步都得付出沉重的代價，進了天津城，敵人和我們展開了巷戰，機槍不停地掃射，一梭子彈射來，我還以為自己報銷了呢，嗨，還算命大，沒死，我想：『我的媽呀！眼看就到家門口了，可別讓我這會兒去見馬克思啊。』多少戰友都倒在身邊，我要是也趕上了，咱就為新中國的建立光榮犧牲了，那每年清明節就等著少先隊員來獻花圈吧。」說著他反倒笑了起來。

望著眼前這兩位戰士，含笑很激動，一個是埋藏在敵人心臟裡的地下尖兵，一個是出生入死，血戰沙場的英雄，他們隨

時準備毫不猶豫地以自己的生命為新中國奠基，他們都是革命的功臣，真令人欽佩。在她心目中他們的形象特別高大，自己這點兒不痛快，又算得了什麼？正陷入沉思，忽聽崔濤問她：「怎麼？小同志，聽我們數了半天陳谷子爛芝蔴，怪悶的吧？」

「哪兒的話，你們真了不起！我很喜歡聽你們講這些故事。」含笑由衷地說。

崔濤對劉剛說：「瞧人家誇你了不起呢，你還不把你們怎麼抓座山雕的精彩段子給她講講。」這下劉剛倒結巴了。

「我笨嘴拙舌的哪裡會講？」

含笑看著他憨厚的笑容，一副求饒的樣子，不想難為他了：「書我早就看過了，我知道你特有本事。」

「我現在可不算本事，有本事的是他，他們這些小青年文化高。」他指著袁說。

「誰說的，老劉您真是的。」

「怎麼？沒當成海軍，還有點遺憾？」崔濤問。

「嗨！都怪自己沒用。」

含笑問：「怎麼回事？」

「全國解放後，要建立現代化的海軍和空軍，還不都得從我們陸軍裡抽調，可是我呀，一上船就暈得慌，直想吐，一下水又是個旱鴨子，再說咱中學也沒畢業，文化程度不夠高，所以就沒去成。」

「你是野戰軍出身，首長可能認為你留在陸軍能發揮更大的作用。說不定將來還得派你帶兵登陸攻堅呢。」

「三叔您總是擡舉咱。那是海軍陸戰隊和他們潛艇部隊的事。」

　　王雅琴安慰他說：「你那麼英勇善戰，將來有重要任務少不了你立功的機會。」

　　「抗美援朝咱沒去成，要是解放臺灣也沒咱的份兒，那可真是白活了。得了，不說了，酒足飯飽，咱們也該走了。」

　　「對，三叔、三嬸你們該休息了。」袁建輝說。

　　含笑也站了起來：「崔大哥、崔大嫂，謝謝你們。」

　　劉對袁說：「你聽，咱們不是小了一輩兒？」

　　王拍拍劉的頭說：「別貧了，到了天津給月萍他們帶好，經過北京的時候帶著月萍一起來。」

　　崔對含笑說：「以後常來玩。」

　　「欸。」

　　崔濤夫婦把他們一直送到大門口才回去。外面的寒風雖然很冷，但是含笑心裡卻挺熱呼的，這半年以來，好久沒有人對她這麼親切熱情，她好像吃了一劑靈丹妙藥，心情好了許多。

三

　　學校並沒有為她找到工作，含笑依然過著難熬的日子。就在這個時候，意外地收到袁建輝的來信，信中還附有他寫的詩和畫作，充分表達了對她特殊的情懷。可是此時此刻的含笑，哪有談情說愛的心情，再說雖然對他不能說沒有好感，但是她心底的那個人似乎不是他這樣的。

　　含笑看過許多翻譯小說和好萊塢的電影，他最喜愛的明星是勞倫斯奧立弗，他在《傲慢與偏見》、《呼嘯山莊》、《蝴蝶夢》、《漢密頓夫人》、《王子復仇記》中飾演的角色都深深吸引著她。少女時代她心中早已有了這樣一位夢中情人，就

像電影中的他那樣深沉、含蓄、莊重，而又不失瀟灑風趣；在現實生活中她從來沒有遇到過這樣的男子，如果能碰見，也許她也會動情的。可是從初中到大學，雖然不乏男孩子追求她，但，多數令她感覺幼稚、膚淺，戲劇學院的男生更顯得有點造作。已經二十出頭了，沒有一個人令她心動，以至於男同學給她取了些花名，什麼冷若冰、石膏像，她也不在乎，只是笑笑。其實他們不懂，含笑內心有一團火，只是尚未發現能點燃她的火種。

聽含笑講起袁建輝似乎想追求她，含玉非常高興，她和含珠都認為這是一個很好的小夥子，政治可靠，人又單純，而且也是上海人。她們極力主張含笑不要錯過，可是含笑一點也不起勁，當然她們明白，這個時候她的處境不佳，沒有心情考慮這類問題，也是可以理解的。

接著含笑又收到袁的兩封信，她不好意思置之不理了，便回了一封短信，明確告訴了他一切，說她現在是一個「無業遊民」，並不適合他，請他不要浪費時間。

一天，劉老師約她到琴房去，「含笑，有一個工作不知道你願不願意去，我聽說煤炭部屬下的一個文工團正在招收歌劇演員，不過他們這個團常要下煤礦、去工廠慰問演出，所以得經常離開北京。但是你有機會演歌劇也挺好的，這能發揮你的好嗓子，並取得實踐經驗，說不定將來你還可以去考國家歌劇院呢。」聽老師這麼說，對於走頭無路的含笑，這份工作倒也有一定的吸引力。找大姐商量，她很贊成：「這是為工農兵服務，很有意義，你們吳老師不是認為你缺的就是這種經驗嗎？而且你還可以留在北京。」含玉總是不捨得這個小妹妹離開自己。

　　就這樣含笑去應考了，考她的是團裡一位獨唱演員梁晶瑩，人很和藹，她的笑容使含笑不覺得緊張了。她自彈自唱了一首新疆民歌《瑪依拉》發揮得不錯，團裡很滿意，見她還會彈鋼琴，就更加歡迎了。

　　含笑很高興終於可以結束「無業遊民」的生活，開始工作了。過了兩天人事部通知她可以去報到，她迫不及待地收拾好簡單的行李，準備立即出發。雷震聲自告奮勇願意送她，她說：「不用，東西不多，我自己坐公共汽車去，沒問題。」

　　「陸含笑，別這麼無情無義好嗎？戰士要奔赴戰場，咱這老鄉送一程還不行嗎？」這個雷震聲曾經熱烈地追求過她，還託張老師助他一臂，幫他做說客呢，雖然含笑不為所動，但一直把他當成好朋友，她落難時雷很同情，此時又怎麼能拒絕他的好意呢？

　　於是雷震聲幫她拿起行李，兩人走出校門，含笑停住了腳步，回頭望了望，當她第一次踏進這個校門的時候，以為前程似錦，感到異常幸福，絕對不會想到有朝一日會這樣離去。

　　也許很久以來處於憂慮之中，來到一個陌生的新環境，像關紅玫一樣，她反而有一種解脫的感覺。這個團地處北京郊外，周圍像是農村，文工團的大部分人都去外地演出還沒有回來，團裡人很少。梁晶瑩帶她見了總團的黃團長，他約有五十多歲，不像幹部，倒像個普通工人，他握著含笑的手，拍拍她的手背說：「歡迎你，小陸同志，到我們這兒來工作，你會有很多機會接觸工人的，好好幹，沒問題。」他好像知道學校為什麼讓她退學似的，「你是從海外回來的，好麼，就把這裡當自己的家吧。」含笑很感動，覺得他比學院的吳老師和人事部的那些幹部親切和藹多了，聽梁晶瑩說他本來是個鐵路工

人。

　　從此含笑開始了新的生活。住在十來個人一間房的集體宿舍裡，都是單身的青年女演員。每天大家一起練功，一起排演，吃飯有飯堂，一到週末都進城去玩，有時含笑也跟她們去逛東安市場，吃東西，或者看電影，嘻嘻哈哈過日子。到月底，當她第一次拿到四十二塊五毛錢的薪水時很開心，從今以後不用二姐再給她寄錢，可以自立了，這種感覺非常好。

　　一天早上剛練完功，準備去吃早飯，門房的張大爺大聲喊：「陸含笑，有人找！」奇怪，誰會這麼早來這裡找我？大姐？不會，她要上班的。含笑跑出去一看，袁建輝站在門口。

　　他連續發了好幾封信都如石沉大海，感到很失望，然而總是放不下。去上海出差時見到媽媽，媽媽看他飯都吃不香就說他：「怎麼？得了相思病啊？你這個人怎麼這麼沒用？既然看中了人家，就使勁追麼，趕快去一趟吧。」

　　袁建輝到了北京去戲劇學院找含笑，才知道她已經參加工作了。

　　「小陸，對不起，很冒昧，我正好出差，順便來看看你。」

　　「你怎麼知道我在這兒？」

　　「我去過你們學校，他們告訴我的。」

　　含笑抿著嘴笑，「你倒挺有空的，不用出海嗎？」

　　袁有點尷尬，紅著臉說：「那也用不著三百六十五天都出海呀。」這話讓走過的女孩子們都笑了。她們好奇地看著這位穿一身潔白軍裝，蠻英俊的海軍軍官，調皮的小金打趣地：「小陸，對象來了？還不請他進來？」含笑推了她一下：「別胡說八道。」

　　梁晶瑩走了過來，「你貴姓？你是……」

　　含笑忙介紹：「他姓袁，他是我二姐朋友的朋友的朋友。」大家聽了都笑了，梁也笑著說：「拐這麼多彎認識的？不容易啊。這麼早，沒吃早飯吧？小陸，人家大老遠的來看你，還不招呼招呼？」

　　吃完早飯要排戲了，梁晶瑩對含笑說：「今天沒有你的戲，反正又是星期六，我跟黃團長講一聲，放你早點走，這位袁同志從外地來，你就陪他去逛逛吧，小袁能待幾天？」

　　「我明天晚上就要回旅順。」

　　「那抓緊時間吧，你們還有一天半，小陸，今天晚上要是趕不上末班車回團，你就來我家睡好了。」因為地處郊外，開到這裡的公共汽車，八點半之後就沒有車了。

　　「您放心，我會送她回來的，太謝謝您了，梁老師。」袁建輝高興地答道。

　　來到公共汽車站，「你想上哪兒呢？」

　　「還是去北海吧，上次沒有玩夠。」北海對於袁建輝是終生難忘的。

　　進了北海後門，「我們去划船好嗎？讓我這個水手為你這位大演員服務服務吧。」

　　含笑想，這腼腆的小夥子還有點風趣：「我可怕水，不想坐你的潛水艇。」

　　「沒事兒，你要是掉下水，我準能救你上來，信不信？」看著他那副自信的樣子，好像不是以前的那個他了。

　　遊客並不多，不用排隊就租到了船。小袁下了船，伸手扶含笑，讓她坐在船尾。含笑斜靠著船幫，看著小袁熟練地划船。小船慢慢划向湖心，在空曠、平靜的湖水上蕩漾，含笑一隻手撥弄著溫暖的湖水，感覺很舒適寫意。

　　「你們這個團的人挺熱情的，其實離開學校也沒什麼，可能還會有多一點實踐機會呢。」他似乎在安慰她。含笑笑了笑，見她不出聲，他從口袋裡拿出口香糖嚼著，也扔了一塊給她。

　　「真像個水手。」此時含笑想起了香港街上的美國水手也愛嚼口香糖。

　　輕風吹來，湖面微波令小船輕輕搖擺，誰也沒講話，小袁忽然吹起口哨來，是一首含笑熟悉的蘇聯歌曲《海港之夜》，含笑跟著哼起來。

　　「你的聲音真好聽，你會唱《小路》嗎？」

　　「當然會。」含笑唱起《小路》，袁加了進來，而且唱的是低音部，兩人的二重唱很和諧。

　　含笑：「你的音色也很好，是個小男高。」

　　「你看我們配合得多麼好？沒有練過就能這樣，你說為什麼？」

　　含笑不答，袁自己作答：「因為我們相配。」

　　「去你的。」

　　「真的，這是我媽媽說的。」媽媽的鼓勵起了作用，時間有限，袁建輝不想再錯過機會。

　　含笑岔開話題，突然說：「你教我划船好嗎？不過我很笨的。」

　　「沒關係，你坐過來。」袁上前，含笑搖搖晃晃站起來，往前挪動。船一晃，含笑一下子撲了過去，差一點倒在他懷裡。袁趕緊扶住她，他也有點慌亂，先扶她坐好，自己移到後面。

　　「拿好槳，兩隻手輪流交替，右手先起槳往後撥水，對了，然後輪到左手了，很好。」他站在她身後，扶著她的手幫她一下、一下地划，他的頭靠近含笑耳邊，這時兩人顧著划

船，倒很自然。

「讓我自己來。」划了一會兒，含笑有點門道了。

「再試試用雙槳一起划，這樣，推，撥，推，撥，身體也得放鬆，跟著槳朝前，退後，對了，你很有節奏感。」

「我是搞音樂的麼。」

袁得意地：「這叫名師出高徒。你休息、休息，我來吧。」他順手拿出一條乾淨的手絹，遞給含笑，「擦擦汗。」

「你知道嗎？我小時候多病，很怕運動，所以我是體育場上的敗將，跳木馬的時候，會一下子坐在上面。」

袁笑了：「那你真笨。你從香港回來的，游泳該不錯吧？」

「也游不好，出氣多，進氣少，游不遠。」

「以後我教你。」

含笑很高興，今天總算學會划船了。

上岸後，袁說：「我們去那家叫仿膳的館子吃點東西好嗎？」

「你還記得這名字。」

「這名字很特別，大概是仿照御膳的意思，我們也去試試皇上吃的東西。」

「你想當皇上？」含笑笑他。

「想，誰不想當皇上？封你當皇后不好嗎？」他似乎在開玩笑，不過一講完自己臉倒紅了。

含笑知道他在挑逗她：「我才不當呢，當皇上皇后有什麼好？說不定要上斷頭臺的，像法國皇帝路易十六那樣。」

吃完東西，又繞到白塔那邊。從白塔下來真有點累了，兩人在湖邊的椅子上坐下。「小陸，為什麼不給我回信？」

「前一陣子哪有心情？給誰也不想寫。」

「你喜歡我寄給你的畫和上面題的詩嗎？」

「你畫的小鳥很可愛，對於詩歌我不太懂，你描繪當潛艇升上來的時候，突然有一隻美麗的小鳥飛來停在潛艇上，就在你眼前。你感到無比欣喜，好像它正等待著你，你覺得有它的地方就是你的家，你的歸宿。這種感覺可能只有你們常年在海底工作的人才會有吧，寫得不錯，很有想像力。」含笑的口氣像個評論家。

袁開始沒有作聲，只是悄悄地注視著她，接著輕柔地說：「其實，我畫的那隻小鳥就是你……」含笑聽了，心一顫，小袁垂下眼皮，謹慎地問：「你，不會不懂吧？」

含笑低下頭不知道該怎麼回答。

「難道你看不出來，在火車上，從第一眼開始，我就喜歡你了，你相不相信一見鍾情？」

含笑有點調皮地笑了笑：「這，你大概又是跟蘇聯老大哥學的吧？」

「不，我相信自己的直覺，對你一見鍾情不會錯。」

見他挺認真的，她不好意思笑他了，只好輕描淡寫地說：「我不知道，小說裡常有，現實生活中麼……不過，小袁，我現在只想把工作做好。」

「我明白，那不要緊，我可以等你，多久都行。只要你能讓我經常給你寫寫信，有假期時能來看看你，增加我們之間的了解，行嗎？」

「那……」

「小鳥是不會拒絕一個常年在大海上漂泊的水手的吧，答應我好不好？」說得可憐兮兮的。

含笑見他的眼神很誠懇，充滿著期盼，不禁有點感動，只

好點了點頭。

「你不給我回信，你知道我有多麼傷心嗎？」

「誇張，我們才認識幾天啊？」

他伸手試圖摟住她的肩膀，含笑急忙閃開：「別這樣。」

「你看人家。」袁指著前面一對親熱的情侶。

「人家是人家，我們才第二次見面。」

「可是你已經弄得我心裡亂呼呼的……工作都做不好了。」

含笑心裡有點甜滋滋：「你真會耍賴，我又沒招你惹你，倒打一耙。」

袁忽然拉住她的手，低頭親親她的手背，她的心突突地跳了起來，腦子裡出現了小時候常在一起玩的小哥哥徐海威，那回在香港漆黑的電影院裡，他也是捏著她的手不放，這個印象太深了。

她看看周圍，站了起來：「走吧，一會兒該沒有末班車了。」

袁卻懶洋洋地賴在椅子上，「我累了，還早，再坐一會兒吧，梁老師不是說歡迎你去他們家住嗎？」

含笑搖搖頭，袁懇切地：「明天我就要回旅順了，下回還不知什麼時候能見到你呢，就不能跟我多呆一會兒嗎？」看他那個可憐相，又想到他是專程為自己而來的，她便不置可否地又坐了下來。

晚上袁建輝送含笑去梁老師家，在門口他突然吻了含笑的額頭。「你幹什麼？讓人家看見像什麼樣子？」

「誰看見呀？又沒人。」含笑想掙脫，袁不知哪兒來了股勇氣，不但沒有放開她，還順著額頭、鼻子，滑到了她的嘴上，緊緊地抱住她，重重地吻了她一下，含笑使勁推開他，跑

進四合院的大門。只聽他說：「我明天早上來接你。」

梁晶瑩見含笑紅著臉跑了進來，已經猜到七八分，「怎麼樣？他跟你表白了？」

含笑羞澀地：「真討厭，才認識幾天哪？」

「這小夥子不錯呀，你老不回信，人家就趕來了，可見很有誠意，別拒人於千里之外。」

「他明天還要來找我。」

「他明天晚上就要回旅順了麼，小陸你都二十三歲了，也該談戀愛了，這麼好的人別錯過。」

怎麼她講的話跟大姐一樣？「睡吧，明天再跟他好好聊聊，互相多了解了解。」梁雖然只比她大四五歲，的確像個老大姐，含笑什麼都願意跟她談。

星期天哪兒人都多，含笑就帶他去了人比較少的陶然亭公園。這個公園名副其實，各式各樣的亭子特別多，時間還早，除了晨運的人，沒什麼遊客。袁悄悄地拉著她的手，見她並沒有甩開他，很高興。

兩人走進一個古色古香的亭子，袁拿出相機：「你靠在欄杆旁，我給你照個相，笑一笑。」正好有個慢跑的人經過，「同志，幫我們照個相片好嗎？」當著外人，含笑不好拒絕。

「謝謝你！同志。」「這張只有我們兩個人，我好寄給我媽，上次她看了我們跟老劉一起拍的照片，誇你很可愛。」

「誰讓你不徵得我的同意就拿給別人看？」

「那不是別人，那是我媽呀。她還讓我請你去上海玩呢，你外婆他們不也住在上海嗎？什麼時候有空，我們可以一起去上海。」

　　含笑不出聲。「含笑，說真的，以前我從來沒有交過女朋友，可是見了你，老劉都笑我，說我像丟了魂似的。」含笑低頭不語。「毛主席怎麼說來著？『一萬年太久，只爭朝夕。』」

　　把毛主席都擡出來了，含笑噗的一聲笑了。

　　「在火車上你正好坐在我的對面，你說我們多麼有緣？」

　　「誰了解你啊？」

　　「我在上海長大，1955年高中畢業後參軍，其他你都知道了，就這麼簡單。」

　　「那你了解我嗎？我可不簡單了。」

　　袁緊緊握住了含笑的手親切地：「你很單純，我喜歡你，別的都不重要。」

　　含笑嚇唬他，「我交過許多男朋友，水性楊花。」

　　「你撒謊，在這方面，你是一張白紙，昨晚我就知道了。」見含笑低頭羞答答，周圍又沒有人，他控制不住自己了，一轉身摟住了含笑，溫柔地親了親她的小嘴，接著深深地吻了她。含笑從來沒有嘗試過，她有點顫抖，可是，一種被愛的感覺又令她無法抗拒。袁深情地凝視著她，撫摸她的臉龐，在她耳邊輕聲說：「你真好，我都不想回去了，怎麼辦？」

　　「虧你還是個軍人。」

　　「不，現在我變成膠水了，想永遠沾在你這張白紙上。」含笑輕輕推開他。

　　「含笑，老劉已經把西四那個四合院的鑰匙給了我一把，那是他外公留下的屋子，現在空著，以後你週末進城趕不上末班車，可以在那兒過夜。那裡有兩間廂房，你也可以帶你的好朋友去，當然是女同志咯。不過要鎖好門，別讓狼把你們給吃

了。」說完他開心地笑了。

　　含笑接過鑰匙：「曉得了，囉唆。」

　　袁建輝走了以後，幾乎每個星期都有信來，同宿舍的女孩子挺羨慕。一天含笑坐在牀上看信，小金在背後偷看了一眼，「親愛的……哈，你快請大家吃喜糖了吧？」

　　「什麼呀，哪有那麼快。」

　　「別不好意思，都這麼親熱了。」姑娘們起鬨爭著要做伴娘。

　　梁老師也替含笑高興，私底下勸她：「這樣的對象不好找，政治條件好，人又英俊，對你一心一意的，你們又都是上海人，還有什麼不滿足？早點把關係肯定下來吧。」

　　「我知道他不錯，兩個姐姐都贊成，不過，有時我總覺得缺點什麼，跟我以前想像的不一樣，他好像太孩子氣了。」

　　「嗨，你是小說看多了，不實際。別犯傻，孩子氣有什麼不好？單純麼。」

　　也許真像俗話說的「人逢喜事精神爽」，愛情的滋潤令含笑擺脫了前陣子的沮喪，增添了自信和活力。從小就愛好寫作的她，跟創作組的老封一起創作了一齣小歌劇，領導很滿意，決定排練上演，由她擔任女主角。彩排時雷震聲和來北京出差的湯勇來觀看，「陸含笑，了不起啊，不到一年就有作品，比我們強。」雷震聲真誠地誇獎她。

　　「你看，才一年你就爬起來了，而且還很有成績，這不就叫死而後生麼。」湯勇說這話可能也是他自己的體會，現在他已經在寧夏當了導演。這位曾經當過兵的同學，在班上都被大家當成老大哥。他們一起經歷了被開除的痛苦，含笑很感激他

的鼓勵。而他那一句「死而後生」，竟成為日後她處於逆境時的座右銘，陪伴了她一生。

沒料到他們創作的這齣小歌劇上演後獲得好評，電視台邀請他們去做實況轉播，人民音樂雜誌上發了消息。領導決定作為參加國慶十週年的獻禮節目，上報文化部。小袁來信祝賀，並告訴她，他一定會爭取在十一國慶假期，來北京看她的演出。這一連串的好消息，使含笑很振奮。

1959年十週年國慶的晚上，含笑他們就要去民族宮演出了，可出發前還不見小袁出現，是不是他臨時有任務不能來？真掃興。當她站在邊幕旁等著上場時，看見小袁匆匆入場，這才放心。

演出很成功，看來觀眾喜歡這樣的現代歌劇，唱腔雖然以湖南民歌為素材，但作曲的老白，用的是西洋作曲法，有獨唱、二重唱和三重唱，很好聽。他們這個歌劇團是新成立的，演員都是從四面八方來的，但大家還比較協調。後來，別的歌劇團也上演了這個劇目，這對於含笑這樣一個初出茅廬的業餘作者，是很大的鼓舞。

含笑在卸妝的時候，只聽梁晶瑩說：「含笑，你看誰來了？」含笑回頭見小袁站在化妝室門口。

「含笑，快卸妝，帶你的心上人，去天安門廣場看煙花吧。」正在幫含笑拆髮髻的小金說。大家都跟這對情侶開玩笑，黃團長也幽默地說：「今天含笑是雙喜臨門，告訴你們一個好消息，我們這個歌劇獲得國慶巡禮演出的創作獎，含笑，特別高興吧？小袁同志，抓緊時機，加油！」

袁建輝跟黃團長緊緊握手：「謝謝您。」

含笑覺得自己這陣子太走運了，是啊，人不該老倒霉的麼。

　　含笑和小袁手拉著手，從西單漫步走向天安門。廣場上好多人，一圈一圈的跳著集體舞。有一圈跳的是新疆舞，人們邊跳邊唱：「大板城的姑娘真漂亮啊……」

　　另一圈在跳匈牙利舞，「6716321737123166……」含笑和小袁加入了這圈，三個人一排，快步跑，又轉圈，又踩腳，跳得非常來勁。小袁望著含笑紅撲撲的臉蛋，恨不得立刻把她拉到懷裡，使勁親親她。

　　跳完一遍，小袁問：「含笑你累嗎？我可累了，咱們走吧，好不好？」含笑想他風塵僕僕趕來，的確會累的。

　　「那咱們不看煙花了？」

　　「看煙花太晚了，別看了，好嗎？」

　　含笑看看手錶：「糟了，末班車沒有了。」

　　「我不是給了你老劉的鑰匙嗎？」

　　「我沒有帶來。」

　　「不要緊，我帶了。」

　　「那你去吧，我還是上梁老師家去。」

　　小袁把她拉近身旁，在她耳邊喃喃地說：「我明天黃昏就要走了，你捨得不陪我嗎？」

　　含笑笑著瞥了他一眼，稍頃：「那你可得守規矩。」

　　「你還信不過我嗎？我是軍人當然會守紀律。」瞧他那一本正經的樣子，有點好笑，不過今天是節日，含笑覺得自己也不應該太無情，可是忽然想起童年在西安的時候，比她大五歲的大姐有一次跟她說：「你可別讓男人靠近你，他們剛剛坐過的凳子，你也別馬上坐下去。」嚇得她以後都不敢坐男人剛剛離開的凳子，現在她當然沒有那麼幼稚了，但還是似懂非懂，多少有點緊張，盡量避免跟男人太靠近。

　　老劉在西四的屋子是個小小的四合院，中間是個小廳，左右兩邊，一邊一個房間，進屋後小袁一下就癱在西廂房的牀上了。

　　含笑笑著說：「今天把你累壞了吧？」

　　「好久沒有這麼跳舞了，運動量也不小啊，可是很開心。我睡這兒，你睡東廂房，我們井水不犯河水，總行了吧？」說是這麼說，可是含笑剛轉過身要邁出房門，小袁忽然站起來從後面一把摟住了她，貼著她的耳邊輕聲低語：「別走好嗎？剛才你在廣場跳舞的時候，好美啊。」說著他溫潤的嘴唇緩緩地吻著她的耳垂，嘴裡那股口香糖的香味，噴發出來的熱氣熏得含笑有點暈暈乎乎，接著他得寸進尺不停地親吻起她來，含笑被他弄得渾身都酥軟了……忽然，她警覺起來：

　　「你壞！你說話不算話……」

　　「我壞？一個人可跳不了圓舞曲的。」瞧著心愛的姑娘那紅撲撲的臉蛋，小袁的心激盪了，他一下子把她抱進東廂房，放到牀上，狂熱地吻她。灼熱的吻雨點般落在她臉上、脖子上……含笑氣都喘不過來了，她用力推開他，可是不成功。她無力地呻吟著，只好由得他瘋狂，兩人纏綿了好一會兒。

　　含笑氣喘吁吁地：「你欺負人！」

　　小袁這才移開了一點，「小傻瓜，現在得有個起重機才能把我吊起來，懂嗎？。」

　　「不行，你得守紀律，你說過我們井水不犯河水的。」

　　「什麼井水、河水？我們都是海水，不會風平浪靜了。」他無法再控制自己，豁出去了……一股熱浪把他倆淹沒了，在熱浪中翻滾、掙扎，昏昏沉沉，含笑微弱地：「不、不行、不行…」可是，不知怎麼的，心裡卻有另一個聲音：「這不行、

那不行，連上大學都不行，為什麼呀？！」忽然她掙開雙臂，大叫一聲：「不！」她多麼想像孩子那樣由著性子。小袁驚訝地望著她，見她眼中溢滿淚水，他立刻坐了起來：「哦，對不起，都怪我，不過，含笑誰讓你這麼誘人？」他輕輕地撫摸著她的臉蛋，溫柔地抹去她眼中的淚水。

含笑轉身也坐了起來，「你賴人！」隨即站了起來走近窗旁，鎮靜自己，喘息了一會兒，慢慢轉過身來看著小袁。他見她不像是生氣，才鬆了口氣：「含笑啊，我都二十六歲了，你也滿二十三了，我們還等什麼？」含笑默不作聲，他認真地看著她：「親愛的，我們結婚吧。」，他低頭親她的雙手：「嫁給我好嗎？」

激情過後聽到小袁的話，她忽然有點迷茫，是的，我們都不小了，可是馬上結束這種單身生活，跟這個相識不久的男人開始另一種生活，而且要一生一世過一輩子？

「怎麼，小傻瓜嚇呆了？不要怕，我會對你很好，我會永遠保護你的。」含笑從他的眼中看到的是熱情和真誠。

她是家裡最小的孩子，從小就習慣了一家人都疼愛她，可是自從反右以來，她體會到從未經受過的壓力和冷漠，那種無助的感覺好難受。現在有人這樣呵護她，覺得格外溫馨，她撫摸著小袁天然捲曲的頭髮，望著他俊朗的面容，輕輕地說：「那咱們明天去大姐家吧。」

小袁知道大姐是她最親的人，「太好了！」他深深地吻了她一下：「剛才我嚇著你了，是我不對，不過小傻瓜，我不是塊鐵呀，我是血肉之軀，難道你想憋死我嗎？」

含笑溫柔地搗住他的嘴：「你呀，又誇張！」

「不過，為了你，死了我也得復活。」

　　她輕輕地拍打了他的臉一下：「淨胡說些什麼呀？」

　　含玉聽說他們打算在元旦假日結婚很高興，「那你是不是得回部隊申請？」

　　「是的，我一回去就打報告，這是例行手續。含笑說下個月要去四川為團裡招生，我想等她回到北京的時候就差不多了。」

　　「我希望二姐也能來參加婚禮，還有耀宗哥，大姐你有他的消息嗎？他怎麼一直沒有回我的信？」

　　「沒有，我想他大概不願意連累我們。」耀宗自從被送往唐山開灤煤礦勞動之後，就沒有再給她們來過信，含笑神色黯然。

　　小袁安慰她：「等我們定了日子，你寫信告訴他，要不我們一起去請他來，唐山離北京不遠麼。」

　　黃昏含笑送小袁去火車站，她一直沒講話，小袁以為她不捨得他呢，「我一有假期就會來看你的，媽媽會為我們準備一切。你不用操心，好好去四川招生，乖。」含笑點點頭，小袁拉近她，在她額頭上親了一下。

　　「人家看我們呢。」

　　「怕什麼，我親我的小愛人（大陸稱妻子為愛人），還不行嗎？」小袁從口袋裡摸出一小瓶香水：「這個給你吧，老劉說得對，應該給女孩子用。」

　　「我也不用這個的。」

　　「做新娘子的時候用一次麼，香香的，做我的香妃[33]好嗎？」含笑甜甜地一笑。列車員來催大家上車，小袁上了車，站在列車門前癡癡地望著含笑，含笑跟著列車往前走，不知為什麼內心忽然出現一陣悵惘……

四

煤炭部把安定門的一整套房子分給了歌劇團，有辦公樓，有宿舍、食堂，還有一個小禮堂可以練功、排練，大家非常開心。特別是在團裡住的單身人員，不用再十幾個人擠在一間大房間裡了，現在含笑跟小金兩個人住一間房。搬進城裡之後，幹什麼都方便得多，她最高興的是正好劉老師介紹了一位魏老師，就住在附近的和平里，他是中央樂團的男中音獨唱演員，含笑開始跟他繼續學聲樂，提高演唱技能。

搬完房子不久，含笑跟團裡的舞蹈教練孫曉芳，被派往四川重慶和成都去招收歌唱及舞蹈學員，臨走前她叮囑小金幫她把信件收好。小金笑著說：「放心，我一定會保管好你的情書。」

她們坐火車先到武漢，再乘長江輪船去重慶，經過長江三峽，沿途風景無比優美。她倆住的四人房在頂層，這間房只有她們兩個旅客，很安靜，坐在外面的甲板上欣賞風景，真是賞心悅目。

黃昏時分，斜陽的餘暉灑在水面上，微風吹拂得江水波光粼粼，兩岸青山蔥蔥桂花盛開，飄來陣陣花香令人心醉。此刻含笑沉浸在遐想中，小時候做過新娘子的花童，特別喜歡看打扮得漂漂亮亮的新娘子。「現在是不是我也會像那些新娘那樣，穿著白色的禮服，戴著美麗的花冠，身後飄著長長的婚紗，小袁看了會不會又瘋狂起來？在眾人面前他不敢。他穿什麼呢？還是穿藍呢子軍裝神氣。可惜北京的婚紗不怎麼美，1956年媽媽從香港來看我們，正逢二姐快要結婚了，媽媽帶

來她親自做的一件婚紗禮服，那真叫漂亮，上面釘了許多小珠子，亮晶晶的，要是媽媽也能為我做一件這樣的婚紗就美了。」想到這裡，她真的很想念分別三年多的媽媽和三姐含翠。「媽媽可能會去英國跟三姐團聚，現在她都五十二歲了，要是知道我也快結婚了，該多麼高興啊！也許會回來參加婚禮呢，那麼她可以當我的主婚人。唉⋯⋯！別癡人作夢了。」

反右以後姐姐她們一再勸含笑不要再跟國外通信，加上發生了退學和找工作失敗等一連串倒霉的事情，她也沒有膽子跟海外聯繫了。「不知道她們好不好，求上帝保佑她們吧。咦，我不是無神論者嗎？怎麼想起上帝來了呢？哦，沒關係，反正媽媽和三姐是基督徒，希望上帝會看顧她們。」

想起曾經很熱鬧溫暖的家，以及自己離開家之後發生的一切，她的心情又不怎麼好了。「世界上的事情怎麼這麼複雜，明明是一家人，卻不能見面，連通通信都不行！媽媽和三姐都是普通人，會有什麼問題呢？說爸爸有問題，他不是已經走了四年了嗎？而且他根本是一個很愛國的人。」對於姐姐她們總是不能諒解爸爸，還不斷要她也像她們那樣，跟家庭劃清界限，她內心實在無法認同。

小袁一直希望含笑申請入團，還說他希望能跟她並肩前進。可是她很不喜歡匯報思想。「為什麼自己想什麼都要向人家匯報？莫名其妙！」從香港回來的她對這些總是格格不入，不過為了小袁，她還是遞了申請，雖然並不起勁。尤其那個支部書記，一找她談話，就要她好好認清剝削階級家庭的本質。還說什麼出生在什麼樣的家庭是無法選擇的，但採取什麼態度來對待，是可以由自己決定的等等。「老是這一套，煩人！」

「陸含笑，你在欣賞風景還是在計劃婚禮啊？」孫曉芳走

過來在她一旁坐下，「現在北京供應緊張，四川是天府之國，聽說物資供應稍微好些，到了重慶，我陪你去商場看看，也許你能買到些牀上用品。」

「小袁說他媽媽會為我們準備的。」

「你真福氣，未來婆婆還幫著準備。」

「她只有這麼一個兒子麼。」

到了重慶他們在煤炭部的招待所住下，就開始跟當地文化部門、少年宮、工會等單位聯繫，請他們介紹有志從事文藝工作的青少年，接著是安排面試等。經過一週工作，終於物色到三個舞蹈學員和兩個歌唱學員，下一站是成都。

離開重慶前的一個下午，她倆去商場逛了逛，這裡的商品的確比北京多。自從大躍進[34]以後，全國進入了所謂的三年自然災害時期，連首都北京的商場都物資短缺，什麼都憑票供應。含笑本來有點「馬大哈」，加上忙，前些日子把一張買棉織品的票不知藏到哪兒去了，這回在重慶看到了一些不要票的內衣，她倆趕快每人買了一件。又無意間看到一條海藍色的緞子被面，上面有暗花，很好看，想到小袁是海軍，一定會喜歡這種顏色，含笑停住了腳步。「喜歡就買麼，多一條被子也好啊。」孫曉芳鼓勵她買。含笑摸摸這光滑的被面很柔軟。一個售貨員走過來：「誒，買不買？別亂摸。」

含笑心想：「凶什麼？以為我買不起嗎？」指著那被面「就要這個。」雖然對於一個月只賺四十二塊五的含笑來說，是貴了一點，不過，辦喜事還能不捨得嗎？

幾天後完成了成都的任務，她倆買了船票準備打道回府，孫曉芳又提醒她：「你不在這裡買點喜糖請我們大家嗎？成都

的糖肯定比北京的好。」於是她倆去食品店看看，果然這裡的糖果品種多一些，雖然小袁說他媽媽會帶些上海出的大白兔奶糖過來，含笑還是又買了兩種水果糖。

長江渡輪回程往下游航行，速度快了一些，不過歸心似箭的含笑，並不覺得船走得快。兩岸風光依然引人入勝，只是船越駛向前江面越寬闊，不像來的時候，越走越窄，好像要撞山了，突然船頭一拐，又是一片天地，真是「山重水復疑無路，柳暗花明又一村」，給人一種意外的驚喜，那景色的確令人神往。而如今眼前的風景正顯示著她的命運轉為順暢，恰恰跟她舒暢的心情很吻合。前陣子為無數煩惱困擾，現在她有了工作，又即將有自己的小家庭，她怎能不感到欣喜？斜靠在欄杆上，望著紫紅的芭茅和金黃色的芳菊綻放於漫山遍野，其中還夾雜著點點白色、黃色的野茉莉花，似乎聞到一陣清香飄來。她深深地吸了一口清新的空氣，禁不住輕輕朗誦起在臺詞課上學過的唐詩：「朝辭白帝彩雲間，千里江陵一日還。兩岸猿聲啼不住，輕舟已過萬重山。」

「這麼高興？詩興大發了，是啊，回去我們就該把你送進洞房了。」

含笑不好意思地說：「沒那麼快，還得等小袁安排呢。」

到了武漢，在火車站買好了晚上的票，還要等好幾個鐘頭才能上車，含笑覺得分分秒秒都那麼長，只好打開一本小說看。

一早到了北京站，孫曉芳搭公共汽車回家，含笑乘104無軌電車回團，一進門她趕緊去門房看看信箱，還沒有派信。回宿舍不見人，都去練功了。打開自己的抽屜，沒有信，是不是小金幫她收好了？到小禮堂去找他們，正遇見大家練完功走出

來，「含笑，回來了？有收穫嗎？」梁晶瑩問。

「有，我們招了四個舞蹈學員，三個唱歌的，下個星期來報到。」

「太好了。辛苦你們了，快休息、休息去。」

「人家是來找我的吧？」小金笑著說：「咱們回宿舍。」

「我的信呢？」

「沒有你的信。」

「怎麼會呢？」她上前咯吱小金，「別跟我逗，快拿出來。」

「真的，我沒跟你逗，也許小袁出差去了。」

「出差他也會寫信的，不會一封信都不寫。」

小金也覺得奇怪：「那怎麼搞的？」

「難道他病了？或者出事了？」含笑跌坐在牀上。也許前陣子遇到出人意外的倒霉事太多了，含笑變得有點神經過敏。

「不會的，你別胡思亂想，他那麼壯實怎麼會呢？你快給他發封航空信，告訴他你回來了。」

含笑只得先收拾帶回來的東西，她把箱子擱到了桌子上，想把從四川買的被面、枕頭套拿出來放進櫃子裡，一不小心箱子翻倒在地上了，迅即聞到一陣濃鬱的香味。

「啊呀！怎麼了？」小金問。

「糟糕，小袁給我的香水瓶摔破了。」

「倒霉！」

小金趕緊幫她把箱子擺好。「誒，你怎麼不叫我幫你一把呢？」她撿起玻璃的碎片扔進字紙簍，「真可惜。」含笑呆呆地站在一旁。

見她不吭氣收拾著東西，小金知道這很影響她的心情，便

打趣地說：「一會兒快派信了，咱們先去門房看看再去吃飯，也許今天你能收到情書。」

吃飯前她倆跑到門房，郵遞員正在派信，含笑在一旁焦急地等著，結果還是沒有。小金寬慰她：「嗨，也許部隊在練兵，顧不上給你寫信，而且他就要來了麼，你耐心點，走吧。」

剛走出門房沒幾步，忽聽張大爺叫喚：「小陸！有人找你。」含笑回頭一望，只見一個打扮得很時髦的女人站在那裡，這是誰啊？

「含笑！」

「你是……？」

「我是高敏呀，你不認得我了？」

「高敏，你怎麼來了？」

「我來旅遊的。」

真沒想到左等右等，等來了這麼一位不速之客。高敏是含笑剛到香港時的鄰居，從小學六年級到初二她倆是同班同學，因為都是從上海逃難出來的，所以很要好。後來含笑轉學去了培僑中學，高敏則進了一個護士學校。含笑回大陸上大學時，她已經在養和醫院當實習護士了，含笑的爸爸住院的時候，她還照顧過他。

瞧著跟以前穿護士制服完全不同的高敏，含笑抿著嘴笑了。「五年沒見，你變得這麼摩登，我都認不出你來了。」

「走，跟我出去吃飯，我們得好好聊聊。」高敏住在北京飯店，她堅持要請含笑去那裡吃飯。

這會兒她倆坐在北京飯店高雅的餐廳裡聊天，這樣的環境，含笑感到很陌生了，此刻有種恍若隔世的感覺。

「我來之前正好陸伯母來醫院檢查身體，我才知道你在這兒。」

「我媽媽身體怎麼了？」含笑擔心地問。

「沒事，例行檢查，她快要移民去英國你三姐那兒了。見含笑有點茫然，她奇怪地問：「你怎麼不跟你媽媽通信啊？」

含笑支吾地：「工作比較忙，我才出差回來。」

伶俐剔透的高敏心知肚明：「我明白，現在裡面的人都怕跟海外聯繫，我們那些親戚也是這樣。」

「那倒不是，不過我快結婚了，他是個海軍，所以……」

「哦，你也要結婚了？真巧，我這次回去也要結婚了。」

「是嗎？他跟你一起來了？怎麼不讓我見見？」

「沒有，他還在美國讀書呢，下個月回來。他們家跟你爸爸媽媽認識的，也是上海的名流，他爸爸叫谷繼軒，你聽說過吧？」

含笑點點頭，她覺得高敏顯得有點得意。他們家有八個兄弟姐妹，一家人到香港後，家境不是那麼寬裕，所以她小時候就說過，要嫁一定得嫁個有錢人。含笑問她：「那你找到你的克拉克蓋寶了？」

高敏哈哈大笑：「你還記得我是克拉克蓋寶的影迷？唔，他呀，也算高大威猛吧，也挺會哄人的。」

「不過人家說一入侯門深如海，嫁進去你可得當心點。」

「這些年我在養和醫院沒少跟那些有錢的病人打交道，你放心，我能對付。」

見她滿不在乎，含笑笑著說：「你是越來越能幹了，十足一個王熙鳳[35]。」

高敏聽了開心地笑了。「你那個海軍怎麼樣？像你心目中

的勞倫斯奧利弗嗎？」聽她這話含笑不禁想起少年時期的癡迷，是啊，那時她心中的白馬王子是像勞倫斯奧利弗扮演的那些深沉、含蓄的紳士，可現在的小袁完全不是這樣的。「不像，他很簡單。」

「簡單點也好，沒那麼花心。」隨即又悄悄補上一句上海話：「勿會搞啥花頭經。」聽她這話，含笑會心地笑了，不過她從來沒對小袁不放心。

吃完飯高敏搶著埋了單，「明天我們旅行團要去西安看兵馬俑，兩天後我回來再找你，也許能見到你那位軍官。」

「誰知道他在幹什麼，可能有任務。」

「我回來帶你去逛逛友誼商店吧，你好好想想，還要添置點什麼嫁妝。」

含笑知道友誼商店只有外賓才能進去，1956年媽媽回來時還是為了陪她，才進去過一次，那時她就覺得不大舒服，為什麼中國老百姓倒不讓進去，好像低人一等似的。「我去過，沒什麼想買的。」

「那我們再找個地方好好聊聊天。五年沒見了，真有說不完的話。哦，對了，那個徐海威還來找過我，打聽你的地址呢。」

「徐海威？他不是去美國了嗎？」

「他說他是來香港出差的，一來就問我你有沒有跑回來？」

「我怎麼會跑回去？」

「這兩年很多回大陸的學生，都跑回去了麼，他想你媽媽在香港，也許你也回去了呢。我看呀，他對你還是念念不忘呢。」（可見《分道揚鑣》P.49、P.63有關徐海威與陸含笑的部分）

　　含笑想，高敏跟從前一樣，老沒正經。「別逗了，我們只是兒時的玩伴。」

　　「青梅竹馬不錯麼，人家現在可是個靚仔，還是個船長，帥著呢。」瞧她瞇著眼睛的神態，像是在讚美漂亮的電影明星似的。

　　含笑彷彿看見了少女時代的高敏。「別開玩笑了。」

　　「不過你那麼前進，一本正經的，唔，還是那個海軍軍官配你。你們的婚期定了沒有？」

　　「沒呢，他最近很忙，還得等他安排。」

　　「那我吃不成你的喜酒了，寄張結婚照片給我吧。」跟高敏吃這頓飯嘻嘻哈哈，倒略微沖淡了她等不著信的煩惱。

　　第二天梁晶瑩告訴含笑黨委來了一位新的書記姓王，是個女的，她讓含笑九點鐘去她辦公室。「找我做什麼？關於招生的事嗎？那是黃團長管的麼。」

　　九點前她走進辦公樓，迎面遇到黃團長，他拉著她的手親切地說：「任務完成得不錯，好、好。」又輕輕拍拍她的肩膀。接著還說了一句「事業為重啊。」

　　含笑走進王書記的辦公室，見到一位中年婦女，戴著副眼鏡，正在批閱文件，頭都沒擡，指指對面的椅子示意她坐下。等她批完文件，放下筆才看看含笑，從上到下打量著她：「你就是陸含笑。」

　　「是的。」

　　王書記端起茶杯喝了一口，坐下慢條斯理地說：聽說你前些日子申請結婚，對嗎？」

　　含笑點點頭，補充了一句：「是我的對象申請的。」

「都一樣，總之要經過黨組織審批，現在我們收到對方黨委的通知，他們沒有批准你們的結婚申請。」

含笑大驚失色：「什麼？！沒有批准？為什麼？」

王書記面無表情。「為什麼，你應該明白。」

含笑搖搖頭，很納悶的樣子。

「袁建輝所在單位是潛艇部隊，絕密部門，你的條件不符合要求。」

什麼條件？怎麼不符合？我有什麼問題？我又不是右派，她有點按捺不住了：「什麼條件？什麼要求？我有什麼問題？」她發出一連串問題。

王書記覺得她像是在質問她，不大高興冷冷地看了她一眼，心想：「這姑娘是幼稚糊塗呢，還是驕傲反叛？」她走到茶櫃旁，拿起暖水壺，往自己的杯子裡加了點水。「你回去好好想想，袁建輝應該會告訴你的。」她坐下接著看文件，似乎她的話已經講完了。

既沒有說明，更沒有安慰，簡直比戲劇學院的吳老師還冷漠。含笑怕自己要爆炸了，她騰地站了起來，衝出門外，正碰到梁晶瑩，好像是在等她。她扶住含笑的肩膀，拉她走到院子裡，含笑撲在她肩上哭了出來。梁摸摸她的頭，「含笑鎮定點，黃團長告訴我了，他讓我跟你聊聊，走，咱們出去。」她們出了大門，走到隔壁的地壇公園。

「含笑，真對不起，這件事我也有責任，我應該考慮到這一點的。」含笑含著眼淚茫然地望著她。「也許我太為你高興了，忽略了這個問題。」

梁拉著她在大樹底下一張石凳子上坐了下來，「其實我跟老王結婚之前，他們黨組織也對我的背景提出過問題，只不過

我那時在志願軍文工團唱獨唱，老王在美軍戰俘營當翻譯，他堅持要跟我結婚，後來經過一番考慮，黨組織總算批准了，也拖了好幾個月。」

「你不是出身很好的嗎？」

「唉，別提了，正因為家裡窮，我是家裡最大的女兒，十六歲那年，想找工作賺點錢補貼家用，考上了國民黨軍隊的演出隊，幹了一年那裡解放了，我們也就被收編了。」含笑這才明白為什麼她會從瀋陽軍區文工團轉業，原來她有這樣一段歷史。

「含笑你個人沒有問題，只是家庭的問題，你跟家裡也沒有什麼聯繫了，先別灰心，也許小袁正在爭取呢。」

「誰知道，他一封信都沒有來。」

「再等等，可能需要一點時間，有消息的話，他會告訴你的。」聽梁這麼講，又燃起了她一線希望，也許他真的像老王那樣，在爭取黨組織同意。

週末住在集體宿舍的其他青年演員都上街去玩了，含笑沒有心情出去，甚至都不想去大姐家，怕她知道了會為她擔心，更不願意見到徐春生那副陰陽怪氣的嘴臉，寧肯一個人呆在宿舍裡。

真不能理解大姐怎麼會嫁給徐春生這麼個人，一看到他就會想起狄更斯小說《大衛・高柏菲爾》裡的尤拉希普（UriahHeep）。聽二姐說她們是在清華大學讀書的時候認識的，開始她也不欣賞這個人，不過他是地下黨員，不久將被送往蘇聯留學，似乎挺棒的。徐見大姐又美麗、又單純，就拚命追她，結果真的得逞了，他去蘇聯學習了三年，回來以後他們就結了婚。婚後才發現這個出身於湖南農村的農民子弟，不僅

虛有其表，而且很狹隘自私，脾氣也不好，還自以為是，因此連二姐都有點討厭他。大姐太善良、太忘我，明明自己有先天性心臟病，體質較弱，徐不但沒有好好照顧她，反而自己一有點小病就緊張得不得了，好像要死了似的，大姐還得照顧他、開導他。想到這些，含笑更加悶悶不樂。

等了幾天，袁建輝的來信並沒有出現，而好久沒見的劉剛卻出現在她面前。星期六的下午，他走進他們的宿舍，「小陸，你好嗎？」

「老劉，是你啊？好久不見，你怎麼知道我在這兒？」

「是小袁告訴我你的地址的，我來北京出差，順便看看你。」聽見小袁兩個字，含笑有點不安，是不是他讓老劉給自己捎信來了？劉剛坐下，沒講話，她給他倒了一杯水，遞水給他時，劉剛見她情緒低落，不禁同情地望著她，「小陸，我這次是來向你道歉的。」

「道什麼歉哪？」含笑意識到不會有什麼好消息，低下頭不讓眼淚流出來。

「你們的事情，小袁告訴我了，弄得你們這麼痛苦，我也有責任。三叔批評了我，他說我不該貿貿然鼓動小袁追求你，唉！我太粗心了。」

「這跟你無關。」

「小陸你也別怪他，他沒有經驗。月萍的父親三反、五反的時候有點問題，也差一點影響了我倆的關係。你有海外關係，他的部隊是絕對保密的單位，我不該不想到這點。」

含笑昂起頭不服地說：「黨的政策不是說出身看本人？我跟海外沒有任何聯繫，我本人有什麼問題？我工作不積極嗎？我不是已經在申請加入共青團了嗎？」

劉剛不知該怎麼回答含笑這些問題：「小陸，我相信你是一個好姑娘，可是這是黨的決定，黨的利益高於一切，小袁剛剛入黨，他沒有辦法呀。」

「那他也應該親自來跟我解釋，為什麼連一封信都沒有⋯⋯」含笑哽咽了。

「他不敢來吧。」

「懦夫！」

「小陸，他不敢來是因為怕一見到你，可能就會抗命。」含笑的眼淚止不住淌了下來。「因為想不通，他在鬧情緒，黨組織正在幫助他，你原諒他吧。也許過一段時間，他會來見你的。」

「不用了，我不想見他，地球離了誰都轉。」含笑的倔勁上來了。

劉剛很懊惱，自己笨嘴拙舌的，不知如何安慰開導她，只好說：「三叔、三嬸都很關心你，讓你有空去一趟。」劉剛走後，她趴在床上大哭了一場。

「含笑！」小金推推她，「你朋友來找你了。」

「含笑你怎麼了？！」

聽見高敏驚訝的聲音，含笑撐著坐了起來：「你回來了？」

「你們倆談談吧。」小金說完帶上門走了出去。

聽了含笑簡單的的敘述，高敏生氣了，「結婚是你們倆的私事，不要理他們。」

含笑搖搖頭：「你不明白⋯⋯」

高敏估計在這裡說話不方便，她把含笑拉起來「走，我們出去散散心。」

來到北京飯店，高敏帶她去自己的房間：「這裡沒人，同

屋的那位出去玩了。你說說，他現在什麼態度？」

　　含笑不想說他連一封信都沒有寫來，只說：「他沒有辦法，他們部隊是保密的。」

　　「保密？那就可以干涉人家的私生活？豈有此理，那叫他不要在那裡幹了。」

　　「那怎麼行？」

　　「怎麼不行，現在是什麼時代啊？結婚還得人家同意？你不是說過二十年代你媽媽還逃婚呢。」

　　「那怎麼一樣？她是反對封建包辦呀，可小袁要是硬頂，就是反黨。」

　　高敏愣住了，「這麼嚴重？」

　　「可不，那他的前途就會毀於一旦。」

　　高敏還是不以為然，乾脆地說：「那就是說他一點也不肯為你犧牲，算了，這種人不值得愛，去他的吧。」含笑又忍不住流淚了。「別難過，天底下的男人又沒死絕，你還年輕，將來一定能找到一個比他更愛你的人。再說，在部隊，說不定還得上前線打仗，那多危險啊？也許你因禍得福了呢，應該慶幸。」

　　含笑知道高敏是一個重實際的人，「她哪裡能明白我的心情，不過她也是出於關心，想為我排解苦惱。」

　　「不說這些了，你明天就要走了，祝你幸福順利，下回跟你的那位一起來。」

　　高敏望著她苦澀的笑容，真為她難過，又安慰了她一番，最後忽然緊緊握住她的手，鄭重地說：「含笑還是回去吧，你媽媽要是知道了，該多麼難受？這簡直不是人呆的地方，一點自由都沒有，怎麼受得了？」

　　含笑心想，她怎麼這樣說話？

　　高敏見她不吱聲，便斬釘截鐵地加重了語氣：「那你自己好好想想吧，要跑就趁年輕，要不，就太晚了。」

　　小金進屋的時候，見含笑已經回來了，正在悶頭洗一堆衣服，她看見含笑的箱子放在桌子上，裡面空空的，她明白了，含笑要把那股香水味全都洗掉。見她在搓板上使勁搓，心裡真為她難受。

　　「含笑不用那麼用力，把衣服都搓壞了，多泡一會兒就行了。」等含笑洗完以後，小金默默地幫她把衣服晾了起來。

　　星期天早上，含笑剛起床。大姐含玉走了進來，她也顯得很憔悴。

　　「大姐你這麼早跑來幹什麼？」

　　「唉，發生這麼大的事情，你也不來找我，還是崔大哥打電話告訴我的。」

　　「沒什麼，死不了，你不用擔心。」

　　含玉知道妹妹倔強、好勝，可是初戀畢竟是刻骨銘心的呀，況且都要結婚了……看著含笑的黑眼圈，含玉真心疼，「含笑，有什麼講出來好，不要一個人憋著，會憋出病來的……」說著她自己的眼淚倒流了下來。

　　「大姐，我傻呀，我怎麼知道結婚不單是兩個人的事情，原來我們自己願意都不行，還要人家批准……」

　　「都怪我和你二姐，我們應該知道的，真是的，一開心就昏了頭。只想到你一個年輕學生，因為愛國才回來，清清白白，工作又很積極，國慶十週年還剛拿了獎，以為不會有什麼問題的。」

聽大姐這麼講，含笑再也撐不住了，委屈地哭了起來，「有什麼用？」

「含笑千萬不要灰心，小袁是真心愛你的，只不過他的工作性質太特殊……」

含笑打斷了大姐：「別提他了，他說得多好聽，可是出了事，連人影都不見，信也沒有一封，就這麼忍心……」含笑傷心得說不下去了。

含玉也覺得這個小袁怎麼連個交代都沒有，她摟著含笑不知說什麼好，只好拿出手絹給她：「含笑，不要折磨自己，不值得，男人追求你的時候是一個樣子，事後又是另一個樣了。」大姐的話裡似乎包含著她自己的辛酸，含笑停止了哭泣，在心裡說服自己，「不能讓大姐為我擔心，她心臟不好。」她站了起來擦乾眼淚。

「大姐你放心，我挺得住，沒有愛情也能活。」

含玉知道妹妹要強，可是這不僅僅是失戀，還嚴重地傷害了她的自尊心，她好不容易剛從退學、找工作的折騰中恢復過來，又捱了這麼一棍子，怎麼受得了？含玉深為自己沒有保護好妹妹而內疚，「含笑，以後有什麼事我們都得先好好商量，我們不能讓你單槍匹馬去面對。」

談了一會兒，含笑想起大姐星期天最忙，兩個孩子在家，功課、吃飯都得她管，「大姐你回去吧，家裡事多，有空我去找你，我送你去車站吧。」

「那你別再難過了，該吃就吃，該睡就睡，自己的身體最要緊，你還有許多事要做呢，不是嗎？」

到了公共汽車站，大姐還是不放心，一再叮囑，車都開過來了，她又說了一句：「有什麼不痛快就來找我聊好了，別跟

其他人多說，你不是在申請入團嗎？免得節外生枝。」含笑心想：入什麼團？還不是為了他，不過為了讓大姐放心，她還是勉強點了點頭。

晚上小金已經睡了，含笑還在檯燈下寫日記，「『花非花，霧非霧，夜半來天明去，來如春夢不多時，去似朝雲無覓處。』這就是我玫瑰色的初戀之夢嗎？聲稱迷戀著我的他，竟然隻字未留，消失得無影無蹤。說什麼為了愛我，他死了也得復活，他並沒有死，是我們的愛情死了。一切結束得就樣無聲無息，似乎我只是他口中那塊香甜的口香糖，最終也只會被唾棄……」一滴眼淚滴在了日記本上，她抹去淚痕，走向窗前，擡頭遠望，夜空中只有一顆孤星，「一顆孤星，不也能閃亮嗎？」

回到桌旁，伸伸懶腰，從深處呼出一口氣，接著寫，「老劉讓我原諒他，說他是身不由己。我從來不知道婚姻不是個人的事情，而是要黨批准的，這比父母之命，媒妁之言還厲害。為什麼沒有人告訴我？連承諾過要永遠保護我的人，也沒有告訴我。算了，我一定要像湯勇說的那樣『死而後生』。本來我正想開始一段比較有意義的人生，沒料到冷不防出現這樣一段插曲，插曲畢竟只是插曲，犯不著念念不忘。」

然而一想到小袁凝視著她的眼神，溫柔的擁抱和熱烈的吻，她的心又一陣陣抽痛，「老劉說他在鬧情緒，肯定他也很痛苦，他不會那麼容易捨棄我的。」含笑又飲泣起來，怕驚醒小金，她走到走廊裡去，靠在牆上哭泣。「要是真像老劉說的那樣，他見了我會抗命，那會怎麼樣呢？肯定會影響他的前途。可是羅密歐和朱麗葉不是為了愛情違抗了父母和整個家族嗎？不過他們違抗的只是家族，小袁要違抗的是黨，是黨啊！

人人都說黨是國家的領導核心，怎麼能違抗呢？那不等於不要革命了……，可是跟我結婚就不能革命了嗎？我也愛國，我不也在革命嗎？嗨！太複雜了，小袁恐怕也不懂，他的確像個孩子。」

　　想起他見到她時，雀躍的樣子，想起他吹口哨，唱歌的樣子，想起他在廣場上歡樂起舞的樣子，想起最後他在站台上，依依不捨地親她的樣子，她簡直無法責怪他了：「他對我是真心的，他也想不到結果會這樣……誰讓我們倆都這麼幼稚，真不該自己去撞南牆，唉！爸爸說得對，我太不『當心』了。」

　　躺在床上，翻來覆去睡不著，含笑給自己下了道命令，「不能這樣，難道不活了嗎？還說要死而後生呢。」

　　吃了一顆安眠藥，總算迷迷糊糊睡過去了……

　　像是黃昏時分，跟往日在學校那樣，她一個人坐在北海湖邊那個石臺階上，構思著表演小品，明天要交功課的，無奈，想來想去，也想不出一個理想的結尾……卻聽到一個有氣無力的聲音：「別白費勁了，你想不出什麼好的結尾的。」

　　猛回頭，竟是小袁，「你怎麼來了？！」

　　「我復員了。」

　　「什麼？！你離開部隊了？」他點點頭。

　　「是他們不要你了嗎？」他頹喪地低下了頭。

　　也許是女人天然的母性，此刻含笑不但責怪不了他，反而覺得他怪可憐的，她緊緊地摟住他，讓他在懷裡哭泣，自己也泣不成聲……忽然來了一個人，一把將小袁拉開，「走！」含笑跳起來想用力推開他，此人一回頭，「這是誰啊？怎麼不認識，五官那麼模糊。」湊近一看，這不是讓我退學的吳老師嗎？她悲憤地喊道：「你剝奪了我的學習機會，又來奪走我心

愛的人，憑什麼呀？！」哇的一聲含笑哭醒了。

涙水濕透了枕巾，她呆呆地望著天花板，「這是怎麼了？」

「以前總是聽人說：黨的事情再小也是大事，個人的事再大也是小事。我從未認真想過，原來真是這樣……」

在香港的時候，媽媽教會裡的朋友結婚，她去為他們彈過結婚進行曲，聽見證婚的牧師總是這樣講的：「從今天開始你們相互擁有，相互扶持，無論富裕或貧窮，疾病還是健康都彼此相愛、珍惜直到永遠。」最後新郎、新娘都會回答：「我願意」，這是多麼莊嚴的承諾，難道結婚這麼大的事都輕如鴻毛？可以一風吹？想到這裡含笑再也睡不著了。

「算了，讓這一切都過去吧，就當我們沒有相識過，就當我們並不生存在同一個世界裡，什麼山盟海誓，都是空話，讓他從我的生命中徹底消失吧……記住！咬緊牙關也不能流露一絲悲哀，不要讓大姐為我擔心，不要崔大哥和二姐他們來跟我講大道理，更不要任何人可憐我。」

好在沒有人七嘴八舌地來問她，也沒有人來安慰或者勸說她，只有作曲的老白，早上見到她時緊緊地握了一下她的手：「含笑你回來了，太好了，希望我們能再度合作。」她看到他眼中的善意。這個還不到四十歲的人，怎麼已是滿頭白髮？梁晶瑩曾提起過他，說他有一段不一般的經歷，看來也是一個歷盡滄桑的人。

見含笑走進小禮堂，梁晶瑩說：「你出差剛回來，今天不要練功了，再休息休息吧。」

舞蹈教練孫曉芳也說：「別練了，先好好休息。」

「不，我不累，可以練。」

王書記在一旁觀看他們練功，心想：「這個陸含笑過了兩

天就若無其事了，這個人不簡單哪。」

　　除了梁晶瑩和小金，團裡又有誰知道含笑的痛苦延續了多久。她依然天天練功、練唱，每週都去魏老師那裡上課，她再也不提小袁這個人了，好像他從來沒有出現過。人們只見她消瘦了，也不再聽到她爽朗的笑聲了。大姐、劉老師、梁晶瑩都曾給她介紹對象，但她總是木然地搖搖頭，一點興趣都沒有。

　　星期天下午，梁晶瑩打電話來叫含笑去他們家吃飯：「我們的那盆曇花開花了，你快來看看。」含笑知道她總想安慰她，雖然沒什麼心情賞花，但盛情難卻，還是去了。吃完晚飯不久，見那曇花已經謝了，那麼嬌嫩的花瓣不一會兒就凋零了，恰似我們脆弱的愛情……

　　過了幾年，在文革高潮中，含笑忽然收到袁建輝托梁晶瑩在海軍政治部文工團的一個朋友，轉交來一枚很精緻、很大的毛澤東像章。他想告訴我什麼？想告訴我他永遠都不會忘記我嗎？想教導我要好好聽毛主席的話嗎？有這個必要嗎？他不是早已於1962年跟海軍醫院的一個護士結婚了嗎？她淒然一笑，對梁晶瑩說：「它對我沒有意義，送給別人吧。」此時的她，已經不再是原先的陸含笑了。

不期而遇

一

一列從北京開往唐山的火車，清晨整點出發，陸含笑和白杉坐在靠窗口的位置上，老白因起得太早有點睏，靠著窗框打盹。含笑望著窗外灰濛濛的天，過幾個鐘頭就能見到哥哥了，心裡不知是喜是憂。自從兩年前在長春跟他一別之後，就再沒有見過他，也沒有他的消息，心裡一直很是惦念，此時她的心情恰似這灰濛濛的天。

1958年在交心運動[29]中陸耀宗因他的發言，被認為攻擊了黨，即使反右運動已經結束，還是給他補戴了一頂右派帽子，接著被送往開灤煤礦勞動改造。此後，給他寫信不見回信，顯然他不願意連累姐妹們。這次能見到他，機會難得，也好當面聊聊，不知他的情況究竟如何。如果專門去看他，怕有人議論，大姐、二姐也不會贊成，這次出差順便去見他，誰也不會注意，正好如願以償。其實耀宗哥還不知道她這兩年也很不順利，不然他一定會很不放心的，可能就會給她來信了。在香港高中畢業前，哥哥常來信動員含笑回來考大學，那時他怎麼能想到她回來以後連大學都沒能讀完。

1956年陸含笑考進了戲劇學院表演系，學習成績不錯，本來很開心，可是反右時因同情了一位受大家尊敬的右派老師，於1958年夏跟同組的湯勇和關紅玫一起被勒令退學。去考其他學校，或者找工作，都因政審通不過而失敗，最後經聲樂老師劉蘭君介紹，考進了煤炭部所屬的文工團歌劇團，幾經折騰，總算安定了下來。

她在戲劇學院學習了西洋戲劇史和中國戲曲史，上表演課要

學著自己編小品，老師曾誇獎她很有想象力，創作的小品還被駐校的蘇聯專家肯定過。其實，在讀中學時她就對寫作很有興趣，前一陣子，她跟創作組的老封還合作寫了個小歌劇，由老白作曲，大家覺得不錯，團領導決定上演這個劇目，由她擔任主角，演出後反映很好。正值十周年國慶將至，上級便以此作為獻禮節目上報文化部，國慶節在民族宮演出，還得了創作獎。

這次領導派她和作曲的老白，一起去唐山開灤煤礦體驗生活，讓他們再創作一個關於礦工生活的歌劇。含笑接受這個任務很高興，覺得團領導挺信任她的。

煤都開灤可以追溯至1878年的開平礦務局，那是清末洋務遠動中，北洋通商事務大臣李鴻章興辦的重要實業項目之一，至袁世凱時代，改由中英合辦。1912年6月，英資「開平礦務有限公司」與「北洋灤州官礦有限公司」簽訂了聯合經營合同。怪不得含笑跟老白一下火車，就覺得這個煤都挺特別的，四周圍都是很土、很簡陋的平房，可是它的辦公樓卻很洋派、很結實，儼然是英國的建築風格。

他們先去工會聯繫，原來礦務局已經知道他們是為了創作來體驗生活的，在招待所給他們安排了住房。那裡分男女客房，每個房間可以住兩、三個人。工會派了一個女技術員來接待他們，這位姑娘姓方，她的臉卻是圓圓的，圓得好像用圓規畫成。這個姑娘，熱情可愛，講起話來，帶四川口音，蠻好聽的。但這使含笑回想起去年到四川招生的事，不免又為她那段被腰斬的初戀有點感傷（可見《似夢是真》P.215王書記找陸含笑談話的部分）。

小方帶他們去招待所，放下了簡單的行李。「一會兒，你們可以到左邊那個有水池的房間，洗洗手洗洗臉再去吃飯。」

她還告訴他們食堂在哪兒，「你們計劃待幾天？想怎樣體驗生活？」

老白說：「我們想訪問一下礦工和他們的家屬，還有工程技術人員，像你這樣的；當然我們還希望能夠親身下礦，體驗體驗礦工的日常勞動。」

「好啊，我幫你們安排，不過我畢業不久，來這兒時間不長。可惜我們的陸工，去秦皇島出差還沒回來，你們能見見他比較好，他來這兒快兩年了，了解情況多些。」

含笑急切地問：「你說的陸工，是不是陸耀宗。」

「是啊，您認識他？」

老白答：「是她哥哥。」

「哦，他這兩天就會回來，你們兄妹可以見面，那太好了。」她好像為此特別高興似的，笑得非常燦爛。「陸工，人可好了，我們有什麼問題都請教他，他總是很耐心地講給我們聽，教我們怎麼做。」含笑聽她這麼稱讚哥哥，心裡踏實了點。

離開北京前，大姐含玉煮了十幾個茶葉蛋，讓含笑帶著。從1958年大躍進[34]之後，全國進入困難時期，大姐夫徐春生因為是從蘇聯留學回來的，級別比較高，每月有兩斤雞蛋兩斤豬肉供應，人稱肉蛋幹部[36]。這幾個茶葉蛋很寶貴，含笑想姐夫一定不大願意讓她帶來，不僅因為捨不得雞蛋，還因為他不贊成大姐跟這個右派弟弟有什麼聯繫。可是大姐堅持要含笑帶去，以期她能跟耀宗分享，雖然這兩年跟他失去了聯繫，大姐心裡還是牽掛著他的。

含笑和老白到招待所安頓好之後，天已經黑了，肚子也餓了，便去食堂吃飯。這頓晚飯就是一碗棒子渣粥，一個窩窩頭，和一小碟鹹菜。第二天早上，還是一樣，以為中午那頓，

也許有點飯或者饅頭和菜什麼的，誰知道仍然一樣。在北京這兩年雖然每個人吃飯都有定量，食堂蒸飯都會蒸兩遍，好顯得多些，吃起來很軟，水分多，過不久就又餓了，但總不至於三頓都吃玉米棒子。

含笑說：「咱們在團裡起碼還能吃上雙蒸飯，還有點菜，這裡怎麼餐餐都是這個？礦工挖煤多累啊，吃這個能行嗎？」

「誰知道。」

不過後來他們走訪了幾家礦工的家庭，發現為了保證生產，對井下工作的礦工還是有些特殊供應的，他們每人每月有兩斤肉票，兩斤酒票，還有些油票和煙票。可是成了家的礦工，不可能都吃到自己肚子裡，總得跟家人分享呀。所以這個時期，從事重體力勞動的工人，日子也很不好過，這又是很危險的工種，是以生命為代價的，含笑更加急於下礦看看他們是怎樣挖煤的。

小方晚上來招待所看他們，「陸姐，白大哥，你們看，我給你們帶什麼來了？」她打開一個紙袋，高高舉出兩個白饅頭，「快吃，我剛剛在火爐上烤的，今天你們一定沒吃飽，明天還要下礦呢。」

「你這是打哪兒弄來的？是不是自己不吃省給我們，那怎麼行？」老白說。

「您別管了，我明天沒有重活幹，吃吧，趁熱吃。」她說什麼也要塞給他倆，互相推來推去，最後他們只好接受了。老實說，看著這白饅頭，外面一層烤的黃黃的，聞著都香，含笑的口水都快流出來了。一口咬下去，發現裡面還夾著些白糖呢，太好吃了！簡直是世界上最好吃的東西，這輩子都忘不了。為了報答小方，她拿出大姐煮的一個茶葉蛋給她，可是她

怎麼也不肯要，「您留著，等陸工回來給他吃吧。」

「你們技術人員有沒有礦工那樣的特殊待遇？」老白問。

「有一點，不過沒那麼多。」

「小方，你的口音聽來像南方人，老家在哪兒？」含笑問。

「我是四川成都人。」

「成都我去過，好地方。供應比北京還好一些。那你怎麼到這麼遠的地方來工作？」

「我是來學習的，這裡技術先進，單位派我來取經。」

「哦，那你以後還要回四川。」

「是啊，不過待著、待著，還真有點不想回去了。」

「這裡這麼冷，哪有四川好？你怎麼會喜歡這裡？」含笑奇怪地問。

「四川冬天也挺冷的，還不像這裡有暖氣或者火爐。」老白解釋。

「老白以前在重慶住過。」含笑告訴小方。

「您不是四川人吧？」

「不是，我是南京人。」

「那怎麼跑我們四川去了？」

老白苦笑：「還不是為了生活。」

「時間不早了，我該走了，你們早點休息，明天下礦，我來接你們。」

早上吃過早餐，含笑給了老白一個茶葉蛋，自己也吃了一個。小方來帶他們去礦井，先讓他們換上工作服。頭戴一頂頭盔，上面還有一盞小燈，腳上穿靴子，含笑覺得挺有意思的，不過很笨重，礦工穿著這麼重的工作服，還要幹活，那多累啊？

小方領他們去見了帶隊的盧師傅，「盧師傅，交給您了。」

　　她笑著對他們說：「盧師傅會帶你們下去的。跟著他保證沒問題，注意安全，我上班去了，晚上見！」

　　盧師傅簡單地跟他們講了一下注意事項，就帶他們走進礦井口，那裡有一部像籠子似的升降機，已經有一批工人站在裡面了。盧師傅嚷著：「往裡擠擠，北京來客人參觀，他們是文工團派來寫劇本的，趕明兒，你們都會出現在戲臺上呢。」一個小夥子呵呵笑著說：「是嗎？那敢情好啊，咱們也能出名了。」

　　升降機很快下降到了底層，周圍黑朦朦的，含笑這會兒才發現頭頂這盞小燈還真管用，要不黑赤呼啦的，很容易絆一筋斗。接著大夥兒上了一列運煤的小火車，工人管它叫電溜子，大概是用電啟動的，它把大家帶到了採煤的地方。下了電溜子，盧師傅跟老白說：「你們就站在這裡看看行了，可別靠近，一會兒他們開工，機器一轉，煤層就會刷刷地掉下來，別砸著你們。」原來以前是用手鎬刨煤的，經過技術改造，大面積的煤層開始用機器作業，叫做長壁採煤法。

　　聽著機器轟隆隆的響，過了一陣，截煤機把一層煤切割了下來，工人接著用手鎬刨沒掉下來的部分。然後截煤機又再往前移動，這樣做了幾趟之後，一大堆煤塊便堆在工人腳下了。他們用鐵鏟往電溜子裡裝，裝完一車又一車。

　　這時候含笑跟老白說：「這活兒咱們也能幫著幹呀。」經過盧師傅同意，他們就跟大夥兒一起裝煤，裝過幾車，已經喘息不停，滿頭大汗了。盧師傅看看他們，心想別累壞了這兩個書生，便說：「行了，你們幹得不錯，你們不是來參觀的嗎？我再帶你們到前面去轉轉。巷道又窄又矮，要小心，別碰了頭。」

　　老白和含笑跟著盧師傅往前走，巷道真的越來越窄。盧師傅在前面一邊走一邊提醒著他們：「注意地下有水，別滑倒，低頭！」再往前去，得彎腰了，幾乎要彎到九十度那麼低才能通過。接著又走了一段，巷道逐漸寬闊起來，人可以慢慢站直了。「剛才那麼矮的地方，怎麼開採啊？」老白問。

　　「真要開採就不能用大機器，必須用鎬刨，不過我們礦場，目前主要還是開採大面積的煤層。你們看，前面有另一隊在工作。」

　　跟著盧師傅轉了一圈，最後回到原來的地方，「今天你們就參觀到這裡吧，也算見識了咱們這有名的開灤煤礦。回去洗個澡，差不多該去食堂吃晚飯了。」老白和含笑向他表示了感謝。盧師傅說：「你們跟著運煤的電溜子出去，然後乘升降機到地面，再往洞口走一段，就可以出礦井了。」

　　他們走到近洞口處，只見洞外光芒耀眼，以為外面是個大晴天，出了礦井才發現已近黃昏，早就沒有太陽了，因為礦井裡漆黑一片，才會覺得外面特別亮堂。

　　第二天起牀，含笑覺得腰酸背痛，渾身發軟，因為從未幹過這麼強的體力活兒，而且又沒有吃飽，當然沒力氣。那些礦工就算一個月有兩斤肉，又怎麼能頂得住這麼重的體力勞動啊？然而，含笑哪裏知道離唐山不遠，就有三十個縣嚴重缺糧，老百姓揀白薯葉和白薯乾吃，甚至還有人餓死呢。從全國來看大饑荒在河北省還不算最嚴重的，但1959年到1961年平均死亡率也達到了13.57%。

　　含笑正在洗臉刷牙，小方急匆匆走進來：「陸姐，陸工回來了，我帶你去見他吧。」

「是嗎？太好了，本來我跟老白要去工會看資料的，那我們叫上老白，先一起去跟他見個面。」

小方帶路，他們到了技術人員的宿舍，一間房住三四個人，其他人都上班去了，耀宗正低著頭整理旅行包裡的東西。

「陸工，你看，誰來了？！」

耀宗回頭望，呆住了，驚訝地：「含笑！你怎麼來這裡了？」

含笑一步跨向前，「耀宗哥！」緊緊拉住哥哥的手，見他又黑又瘦，鬢角還隱約出現了幾根白髮，跟兩年前在長春時的他大不一樣。（可見《似夢是真》P.166關於陸耀宗被打成右派分子的部分）她說不出話來，可眼淚止不住簌簌地掉下來。

小方幫她應答：「陸姐他們是來體驗生活的。陸工昨晚才到，我還沒來得及告訴他呢。」

耀宗很激動：「我們都快三年沒見了吧？含笑你不是考了長春電影製片廠嗎？我還等著回原單位之後，可以跟你常常見面呢。」

「沒去成，我現在在煤碳部的文工團工作。」含笑皺起眉頭，似不想多談。耀宗見狀，察覺妹妹可能也遇到過什麼挫折，有外人在不便多問。便看著站在一旁的老白問道：「這位是？」

「他是老白，我們團作曲的。」

耀宗覺得他很面熟：「你是不是在重慶廣益中學讀過書？」

「是啊。你怎麼知道的？」

「我也是廣益中學的，我比你低兩班。」他轉身對含笑和小方說：「他在學校指揮過我們的合唱團，他叫白杉，很有名的，大家都認識他。」

「這個世界真不大，沒想到在這裡會碰見你。你在學校也很出名啊，你們辦的牆報敢於批評政府，很勇敢。我算什麼？陸工你比我有出息多了。」

「出息什麼呀，結果是不吃羊肉，惹了一身騷。」耀宗看看手錶，「對了，我一會兒要去匯報，你們呢？」

含笑答道：「我們要去工會看資料。」

小方說：「這樣吧，下了班你們再來找他，一起聚聚聊聊，太難得了。」

「上哪兒呢？」耀宗問。

「乾脆你們都上我那兒去吧，小陳今晚回家住，就我一個人在宿舍，很清靜。」小方出主意。

「那好，含笑，我們真有許多話要談，現在沒時間，晚上聊吧。」

「好的。」說完話大家分頭去忙了。

在路上含笑說：「真巧，老白你跟我哥是同學，抗戰時他跟我父母親先逃難去了重慶。」

「他剛才怎麼說不吃羊肉，惹了一身騷？」

「哦，他們那個牆報組的署名是海社，沒想到跟汪精衛偽中央的一個特務組織同名，肅反[21]的時候還審查了他們一通。」

「怪不得，其實那時他們那幾個青年是比較左傾的，嗨，我們這些小人物趕上大時代變遷，沒法說。」

「你怎麼會從南京老家，跑到重慶去？」

「我一心想考音樂學院，但家裡窮，不可能去上海音專讀書。有一天在報紙上看到一個廣告，有一間藝術學校在重慶，可以半工半讀，這不，我就滿懷希望地去了。」

「那不錯啊。」

「唉！別提了，沒想到其實那是一個特工學校。」

含笑：「什麼，特工學校？！那怎麼辦？」

「是啊，後來我只好裝瘋扮傻，費了很多周折才脫身。可是解放以後，我這段歷史就講不清楚了，一碰到政治運動，就問我，你怎麼能夠從那裡逃出來？我就得不厭其煩地解釋一遍，沒完沒了，說完人家也不一定相信。」含笑正想接著問他那怎麼辦？已經來到工會了，「哦，小陸，到了，不說了。」

含笑同情地看著他，嘆了一口氣，怪不得演員隊的聲樂指導梁晶瑩說過，老白是個飽經風霜的人，才三十多歲就滿頭白髮了，真可憐。

黃昏後，他們幾個先後來到小方的宿舍，小方正在擀麵條，「你們隨便坐，今晚我給你們做擔擔麵。」

「喲，你哪兒弄來的麵粉？」含笑問。

「上次回家過年，我從家裡帶了些來，還有榨菜、芽菜、花生、辣椒、花椒、芝麻醬呢。」

「聽著都饞了。」老白說。

「這是她的拿手戲，非常好吃。」耀宗說。說完幫她拿出碗筷等，熟門熟路，看來他是她的常客。小方有個小煤油爐，她就在這上面煮麵條。她還拿出一盤拌好的蘿蔔絲，酸酸甜甜有點辣，一盤五香花生米。

「天冷，咱們少來點白酒，好嗎？」耀宗又從抽屜下面的櫃子裡拿出幾個小酒杯。含笑說：「喲，你一個人，東西還挺齊全的。」

這頓晚飯太好吃了，尤其能吃辣的老白，更是贊不絕口：「地道、地道，小方，你真不愧是四川人。」

　　耀宗愛喝酒，喝了一杯雖然臉都紅了，還想來點兒，被小方阻止：「別喝了，喝醉就不好了。」

　　耀宗順從地：「好、好，不喝了。」

　　「你們明天有什麼計劃？」耀宗問。

　　「下午我們想再去走訪一些礦工的家庭。」

　　「要不，上午讓他帶你們去看看機械廠。」小方建議。

　　「也好啊。耀宗哥，你現在主要做什麼工作？」

　　「我負責機器方面的事。」

　　「每個星期三晚上，他還在機械技術學校給我們上課呢。」

　　「那你不用下礦吧？」含笑問。

　　「當然要下礦，有時礦下的機器也會有問題的麼。而且我也得抽時間下礦去採煤或者運煤。」

　　怎麼讓工程師挖煤？準因為他是右派份子，含笑心裡很不好受，「那你可得注意安全呀。」

　　「那當然，你別擔心，你們不也下去參觀過了嗎？」

　　「這裡的安全情況如何？有沒有出過大事故？」老白問。

　　「我來了以後，倒是沒有遇上大事故。」

　　「煤礦一般會出哪些事故？」老白接著問。

　　「最嚴重的當然是瓦斯爆炸，還有漏水事故或者頂板出現問題，運輸也得注意安全，有時也會有麻煩。」

　　「礦井安全有時跟地震也有關係，目前幸虧沒有什麼大地震。總之，這是挺危險的工種。」小方補充道。她說這話的時候，誰也不會想到十五年後，這裡真的爆發了一場大地震，死傷無數。

　　含笑說：「聽那些年紀大的家屬講，以前她們最怕聽見汽笛響，那準是礦上出問題了，大家都拚命往井口奔跑。」

「我們團以前去江西萍鄉的安源煤礦演出，那裡的家屬也是這樣講的。」老白說。

「在開灤，這大概是好多年前的情況，我來的時候汽笛鳴響是報時，每天三次早上、中午和晚上下班的時間，開灤人管這叫『響汽』，人們按這響汽來對錶。」

含笑擔憂地望著哥哥，「耀宗哥，你什麼時候能回長春原單位？」

「我剛剛摘了帽子[37]，恐怕沒這麼快吧。」他笑了一笑：「在這裡工作也很有意義，開灤煤礦的生產很重要，煤是國家鋼鐵企業的糧食麼。」哥哥雖然遭了罪，還是那麼關心國家建設，含笑心疼地望著他。

「那小方，你還會在這裡呆多久？」

「年底我的學習就結束了。」說著，她看了耀宗一眼，低下了頭。

小方拿出了些葵瓜子，讓他們嗑，又聊了一會兒。「時間不早了，我們也該走了，讓你忙了半天，小方，謝謝你啊！」含笑站了起來。

「別客氣，你們來我特高興。」

「那明天早上我去帶你們到廠裡看看。」耀宗也準備走。

「誒，陸工，等等，你的褲子我幫你補好了。你看你這粒紐扣也快掉了，我給你縫上吧。」小方轉身去拿針線。

含笑看在眼裡，知趣地：「那我們先走了。」

第二天參觀完工廠，老白說：「謝謝你，陸工，我回去看資料，你跟妹妹再聊聊。」

他走後，耀宗跟含笑沿著後街往辦公樓方向走去，「你看這些洋樓是不是跟外灘那些大樓有點像？」

　　含笑沒心思看，「耀宗哥這兩年你怎麼樣？還行嗎？」

　　「沒什麼，全國也不止我一個人，反正在哪兒都是工作，這些礦工倒不難相處。」顯然，他不想談自己的境遇，不願意讓妹妹為他擔心。「對了，我正想問你怎麼沒去成長影，那時人家好像對你很滿意的麼。」

　　「甭提了，還不是因為政審沒通過。」

　　「你又不像我，你有啥問題啊？最多不就是家庭出身問題。」

　　「嗨，反右的時候，我不是同情了我們的右派老師嗎？」

　　「哦，那就連當個演員都不行了？唉！你也跟我一樣，太天真。不過別難過，你現在不還是當上了演員？」

　　「是的，這個團對我還算不錯。」含笑心想咱倆真是難兄難妹，不過她沒說出口，好不容易見到哥哥，別盡說些喪氣的話。

　　「我看小方挺好的，她總誇你。」

　　「她是工人家庭出身，比較簡單。」

　　「你們倆是不是……？」

　　耀宗笑了笑：「她好像對我有點意思，不過，經過呂琳那件事，我都怕了，弄不好，又是麻煩。」含笑知道他當年的對象呂琳反右後就跟他分了手，這件事很傷他。

　　「人跟人不一樣，你也不要灰心，你已經摘了右派帽子，況且你業務水平高，人又好，看來小方是真的欣賞你。」

　　「我跟她說了我的問題，你猜她怎麼說？她說：『我不懂什麼這個派、那個派的，我只知道誰是好人，誰是壞人。』你看她是不是很簡單？」

　　「我覺得她講的是大實話，本來就沒有那麼複雜。」

　　耀宗想含笑也不小了，關心地問道：「你有男朋友了沒

有？」她不想提小袁那檔子事，何必讓哥哥為自己難過呢，只簡單地答道：「沒有。」

「那大姐她們也該為你操操心呀。」

「不忙，我現在剛參加工作不久，先要集中精力搞好業務。」

「那也好，你的確長大了。」耀宗摸摸她的頭，想起自己十三歲那年剛從鄉下到上海讀書，這個同父異母的小妹妹很天真，對他最熱情、親切，讓他減少了一點寄人籬下的感覺。「你那麼可愛，遲早會遇到一個懂得欣賞你的好人的。大姐她們好嗎？」

「大姐挺惦記你的，她還讓我帶幾個茶葉蛋給你呢。二姐還在哈爾濱，快結婚了。聽說她的對象不錯，他爸爸本來是一個民主黨派[38]的頭兒，跟你一樣，才摘了右派帽子。大姐身體不大好，她有先天性心臟病，可是那個徐春生很討厭，有一點小病就不得了，反而要大姐老照顧他，挺自私的。」

耀宗：「哦，他還是個共產黨員呢。」

「哼，算了吧，共產黨員也不見得都大公無私。」

走著、走著，快到辦公樓了，「我要去辦點事情，很快，你等我一下。」

耀宗進去後，含笑在街上來回踱步，心內猶豫不決，「給不給他看呢？那年他倒是沒有來信批判過爸爸。」

不一會兒，耀宗出來了：「我去報銷出差的費用。」

他們往回走，拐彎進了一條小街，含笑見人少了，輕輕地說：「耀宗哥，我回來的時候，帶來爸爸臨終前給你們三個寫的一封信，我讓大姐、二姐轉給你，哼，二姐看過以後把信交給黨組織了，幸虧我還有一份留底的，這回我帶來給你看，看

完了，記得還給我。」她悄悄從褲子口袋裡，掏出爸爸的那封信塞給耀宗，耀宗趕緊放進裡面衣服的口袋。

耀宗下班後，急忙到招待所找含笑，見房間裡沒有其他人，就把爸爸的那封信還給了她，「收好。你留著這封信要當心，可不能讓別人看到啊，最好還是銷毀掉。要不，一搞政治運動，說不定就會有人說你留著變天賬呢（變天賬，意思是指被推翻者夢想變天後要追回的人和財物的記錄，中共稱這種行為是反攻倒算）。」

「變天賬？什麼呀？！這是爸爸留給我們最後的信，講的都是事實，怕什麼？我一定要保存。你們真沒良心。」

「唉！你不懂，當初我是不得已才跟家裡斷絕聯繫的，大姐也是如此。」

「那準是二姐的主意，是嗎？」含笑生氣地問。

「你也不要怪她，你想，土改、鎮反、思想改造、肅反，接連幾個政治運動之後，那是什麼形勢啊？你現在也應該明白了，再說她那時的男朋友是黨員，一個勁地要她跟家庭劃清界限。」

「哼，幸虧她後來跟他吹了，現在的這個倒還不錯。」

「算了，含笑，我也對不起你，以前還不斷寫信動員你回來上大學，早知道不如讓你像含翠那樣留在那邊，不要……」

見耀宗哥挺內疚的樣子，含笑連忙安慰他：「那不關你事，我們幾乎整個班都回來了。你自己也不要灰心，你看小方這麼好的姑娘對你有感情，千萬不要錯過呀。」耀宗默默點了點頭。

接著兩天，含笑和老白又跟耀宗下了一次礦井。看著耀宗跟工人一起鏟煤，裝車，運煤，挺熟練的，但十分辛苦，恐怕

飯也吃不飽，難怪他這麼瘦，含笑好心疼，只盼他能早點離開
這個地方。

　　來開灤煤礦一共待了十天，終於要回北京了，那天黃昏，
耀宗和小方送他們去火車站。在站臺上，老白跟耀宗在談話，
含笑把小方拉到一邊：「小方，這次真得謝謝你，給我們安排
得那麼好。什麼時候有空跟我哥哥一起來北京玩玩，也見見我
大姐，好嗎？」

　　「那敢情好，誰知道他願不願意。」

　　「哪能不願意？我覺得你們倆挺般配的，你都快回四川
了，別耽誤，我哥是個好人。」

　　「我知道。」小方有點害羞。

　　火車頭冒白煙了，含笑和老白趕緊上了車，耀宗和小方伸
手進窗內，跟他們兩人握手告別。

　　含笑望著哥哥，眼睛濕了。此一別又不知何時能再見，其
實北京跟唐山只不過五個多小時的車程，想跟他見一面都不那
麼容易。不過，現在他總算摘了帽子，以後的處境想必會好
些，見面的機會也許會多些了。含笑只好這麼想。

二

　　含笑和老白從唐山體驗生活回來，向黃團長匯報了工作之
後，聽他說目前歌劇團沒有戲排，正好國家歌劇院要排大型歌
劇《望夫雲》，因為人手不夠，來請我們演員隊去幫他們唱伴
唱，這既能協助他人，又有利於提高演員隊的業務水平，一舉
兩得。「畢竟國家歌劇院是一流的劇團，幫他們演出，我們也
可以從中學到東西。」他們聽了也很高興。

　　過了幾天，歌劇院要派一位指揮來幫大家練合唱，大家在
排練室坐下等著。不一會兒，黃團長帶了一位男同志進來，向
他介紹說：「他們就是我們演員隊的演員，有幾個是剛招來的
學員。」接著轉向大家，「這位是歌劇院的韓指揮，他來指導
你們學習歌劇《望夫雲》的伴唱，希望大家認真練習，聽從韓
指揮的指導。」大家鼓掌表示歡迎。

　　含笑望著這位指揮越看越眼熟，好像在哪兒見過，仔細想
想，啊！想起來了，「韓指揮？哦！這不是韓若松嗎？若梅的
哥哥，他怎麼當了指揮？」顯然他沒有認出她來。十三年過去
了，他怎麼會認得出當年妹妹的小學同學陸含笑呢？其實他也
變了，以前一個瘦高個子的小夥子，現在變成魁梧的中年人，
不過那濃眉大眼沒變。含笑心想：「我正無法跟若梅聯繫，碰
見他太好了，回頭問問他，不就能知道她的地址了嗎？」

　　韓若松首先介紹了《望夫雲》這齣歌劇的內容和音樂風
格，「這是根據雲南白族的一個神話傳說改編的愛情故事，劇
情很浪漫，寫的是古老的南詔王國的公主阿鳳愛上了蒼山獵人
阿龍，但遭到父王的反對，他逼迫女兒嫁給王孫公子，女兒執
意不從，她與阿龍私奔逃出了陰森的宮殿。父王命羅荃法師幫
他消滅阿龍，冷酷的法師用他的袈裟緊緊纏住阿龍，令他變成
一個石螺墜入洱海。癡情的公主痛不欲生，最後化成一朵銀白
色的雲彩，出現在玉局峰上空。傳說每當這朵白雲飄來，洱海
之上就會狂風驟起，這是公主在尋找她的戀人，直到看見了石
螺，狂風才平息下來。」講完劇情梗概，他又詳細地介紹了每
一幕的情節安排和人物間的交流，讓大家了解劇情的跌宕，他
講得細緻生動，便於演員們體會音樂的氣氛。

　　韓指揮充滿感情的敘述娓娓動聽，他的男中音音色，更為

這個淒美的愛情故事增添了魅力，演員們聽得很入神。他發現前排的一個女演員，眼中竟閃爍著晶瑩的淚花，「這個姑娘那麼感性，可能是一位好演員。」他哪裡知道常把一切藏在心底的含笑，此時被這悲慘的愛情故事感染了，多年的抑鬱無從壓抑。

演員隊的趙隊長說：「韓指揮講的這個故事很吸引人吧？有點像《梁山伯與祝英台》。」

含笑自言自語似地：「還有點像《羅密歐和朱麗葉》。」韓若松看了她一眼，默許地笑了一笑。

「我們有幸參加這個歌劇的演出，一定能學到不少東西，我想它的音樂也會很美，是不是？」趙隊長問。

「是的，音樂吸收了雲南民歌的素材，具有少數民族音樂的特色，很優美動聽，我想你們會喜歡的。」

「那麼我們要努力練好這個歌劇的伴唱，為演出出一份力好不好？」「好！」大家異口同聲。

接著韓指揮說：「我們每個人的聲音都不同，如果你獨唱，可以盡情發揮你的特色，但作為合唱，我們要求聲音盡可能統一，所以你們唱的時候，一定要用耳朵聽著旁邊的聲音，互相靠近，如果你只聽見自己的聲音，而聽不見別人的聲音，那就有點問題了，也許你太突出了，或者音量過大，跟大家不夠協調。當然正確的發聲方法是統一音色的關鍵，所以我們每次都要先唱幾個練習，發發聲，開開嗓子，並且注意在音色上相互靠攏。」於是他做了一些示範。含笑發現他的聲音很柔和，音色很好聽。以前只知道他拉小提琴拉得很棒，沒想到他的嗓子也這麼好。

接著他帶演員們練了幾個不同的聲樂練習，指導大家如何用氣，如何放鬆，練了半個鐘頭，含笑感覺嗓子舒服多了。這

時候韓指揮發給每人一篇歌譜，這是第一幕中的一個合唱：
「今天要請你們視唱了，我想這是難不倒你們的。」除了三個
剛來的學員，其他演員很快就掌握了。

「非常好，今天我們先練到這兒，回頭你們每個人拿到這
個劇目的合唱歌譜，可以自己先練一練。這個階段我每週來兩
次，你們都具有專業水平，我相信一個月內就可以把全部伴唱
練好，我們這齣歌劇將會在八月上演。謝謝大家的協助。」

結束後，大家都去食堂吃午飯。趙隊長以前也在歌劇院工
作過，他跟韓指揮很熟，「小韓，走，去食堂吃飯。」

「你還叫我小韓？我不年輕了。」

「我比你大，你就是小韓麼。誒，小陸，你怎麼不去吃
飯？」

「我有個問題想請教韓指揮。」

「哦，那你回頭帶他來食堂吧。」

「不了，現在每個人都有定量，我還是回歌劇院吃吧。」

「那好，我不跟你客氣了，也許你們團的伙食更好些。」

趙隊長走後，韓若松和藹地問含笑：「你有什麼問題？」

「我想問……您是不是韓若梅的哥哥？」

若松愣住了，仔細打量這雙眼皮，大眼睛，面容姣好的姑
娘，唔……有點面熟，忽然醒悟：「你是陸……？」

「陸含笑。」

「對，陸含笑，挺愛笑的那個，你長這麼大了，我都認不
出你來了，你不是去了香港嗎？」

「去了香港就不許回來嗎？」

聽她那挑戰般的語氣，他不禁笑了：「哦，對不起，當然
可以回來，非常歡迎你。」

含笑急切地問：「若梅在哪裡？為什麼我跟青雲給她寫信，都不見回信？她好嗎？」

這些年，對外人他們一家人從不提及妹妹，這時韓若松毫無防備，不知怎麼回答好，猶豫了一下，「她很好，不過工作比較忙。」

「工作忙？那也不應該不回我們的信。」

「我知道你們小時候是很要好的同學，不過現在大家不在一個地方，各忙各的……」

「那我在香港的時候，她還常給我寫信勸我回國升學呢。現在怎麼會不理我們呢？」

若松沒有退路了，只好說：「她的工作性質有點特別，所以……」

工作性質？難道也是保密單位？「我不會打聽她的工作的，我們只是挺想念她的，您可不可以告訴我她的地址？」

若松似乎有點為難：「哦，這……不大方便。」見含笑失望的樣子，「這樣吧，你寫了信，交給我，我幫你轉，好不好？」

含笑無奈地：「那，好吧。」說到保密，含笑就不寒而慄，恐怕這又涉及黨的大事，小袁就是因為所在的潛艇部隊是絕密單位，最終我們倆的婚姻都得讓路，更何況友誼。可是她還是寫了一封信托韓若松轉給她，起碼若梅能知道我們牽掛著她，也許她會回信的。

歌劇《望夫雲》在天橋劇場首演的那晚，演出結束後，含笑去存車處拿自行車，不料碰見了韓若松也在那裡取車，「韓指揮，您也是騎車來的？你們劇團不是開大車來的嗎？」

「我不想等演員卸妝，自己騎車可以早點回去睡覺。你騎

車回團，很遠呀。」

「沒事，晚上人少，吹吹風挺涼快的。」

「那是。」兩人一起騎車上路。

「你的騎車技術不錯麼。」

「我十歲左右就會了。」

「哦，你爸爸教你的？」

「不，一個比我大一點的小哥哥教我的。」

「你有個哥哥？」

「他不是我親哥哥，是一位世伯的兒子。」

「哦，你在上海的時候學的嗎？」

「是啊。您記得蔣桃麗嗎？我們倆一起學的，我們老在康平路上練車，我家就住在康樂新村。」

「那我們住得很近。蔣桃麗，我記得，她總是嘰嘰喳喳挺活潑的，那時你們幾個小同學，好像你們倆比較愛玩，老是嘻嘻哈哈，那個張青雲文靜點。」

這是很遙遠的事了，含笑似乎都忘了，歪著腦袋想了一會兒，「可能是吧，我們去過你們家。」

「我媽也教過你們的，對嗎？」

「沒有，林老師是教中學部的，那時我們還是小學生呢。」

「哦，對了，那陣兒你們是小不點兒。」他想起那時的陸含笑，梳著兩個牛角刷子，動不動就咯咯地笑，挺逗的。

提起小時候，含笑又想起若梅來了，「對了，我給若梅寫的信您寄給她了嗎？」

若松猶豫了一會兒：「寄了，不過還沒有回信。」怕她接著追問，便岔開話題：「你們團開始排《王貴與李香香》了吧？你演什麼？」

「我沒演什麼角色，我剛從唐山體驗生活回來，再說我也不愛演這種歌劇。」

「為什麼？」

「我是學西洋唱法的，不習慣民歌唱法。」

「哦，你跟誰學的西洋唱法？」

「在香港的時候，我常聽一位姐姐唱歌，她是花腔女高音，聲音像一串珠子，很神奇，我就愛上這種唱法了，自己模仿著唱唄。」

若松笑了：「一串珠子，一粒一粒串起來對嗎？你這個比喻很形象。」

「是嗎？後來在戲劇學院跟劉蘭君老師學唱，現在跟中央樂團的魏老師學習。」

「魏啟賢？」含笑點點頭。

「那你現在在練什麼歌呢？」

「最近魏老師讓我練歌劇《強尼斯基基》裡的《我親愛的爸爸》。」

「這不太容易唱啊，什麼時候唱給我聽聽。」若松似乎蠻有興趣。

「好，請您多指教。」他們騎到豬市大街十字路口，在紅燈前停下，「您快到了吧？」

「我送你一程。」

「不用，您不是要早點回去睡覺嗎？」

「沒關係，吹吹風挺涼快的呀。」聽他學自己講話，含笑抿著嘴笑了。轉了綠燈，他們接著往前騎，邊騎邊聊，不知不覺已經到了安定門，若松停下車，看著含笑拐進大門才調頭往回騎。含笑發現平時他話不多，原來也蠻健談的。

　　回程的路上，若松感覺挺舒暢，好久沒有這種感覺了，跟這個姑娘聊天很輕鬆。自從1958年瑞蘭離他而去，他覺得女人心真難測，當初那麼主動追他，竟會這麼決絕。這些年他似乎一下子老了，不怎麼想跟女孩子接觸。可是這個陸含笑卻讓他回到了青春年代，她的出現，使他想起了幾年前在上海讀中學、讀大學時最開心的情景。

　　從復旦中學畢業後，他考上了音樂學院指揮系，成績優異，在校管弦樂隊裡他擔任小提琴首席，指揮常讓他帶著樂隊練習；他是班上的黨小組長，還是籃球隊的隊長，在學校裡很活躍，更由於性格開朗，為人隨和，人緣極好。即將畢業前，學校派他去北京參加蘇聯專家辦的培訓班，經過三個來月的學習，獲益頗多，他還深得專家的欣賞。那段時光心情特別好，正是在那裡，他認識了俄文翻譯，後來成為他妻子的顧瑞蘭。

　　瑞蘭出身於軍人家庭，父親在總參謀部是個領導幹部。她畢業於外語學院，又在蘇聯進修了兩年，俄語講得很流利，擔任專家的翻譯勝任有餘。她終日無憂無慮，活潑開朗，有點像個洋妞。不知從何時開始，若松發現她老愛逗他，經常找機會接近他，不是約他一起吃午飯，就是約他下了班一起走，非常熱情。

　　而眼前這個陸含笑則完全不同，大方之中帶幾分矜持。兩人一路騎著自行車，他望望她，一時看到的是那個梳著牛角刷子的小女孩，一時卻看到一個略顯憂鬱的成年女子，如果是一張畫，那色彩絕不是單一的。她看似一潭清水，卻望不到底，給人一種神秘感。而且這個上海姑娘是從香港回來的，那邊的生活對她的成長會有些什麼影響呢？看得出來她很有個性，比較有個性的人回國之後，個性與環境難免碰撞，是不是會在她的心靈深處留下了點什麼呢？為什麼她常常心不在焉不言不

語？看來年紀輕輕的她，並不是一本容易讀懂的書。

　　含笑今晚也挺高興，沒想到這位大指揮蠻熱情的，願意聽她唱歌，那多好，他那麼懂歌劇，願意聽我唱歌不錯啊，也許因為我是他妹妹的好朋友吧。

　　《望夫雲》連著上演了兩個星期，每天散場之後，韓若松都會等含笑一起騎車走，到了豬市大街含笑讓他回團去，不用送她了，他都堅持要送，「這麼晚了，你一個女孩子，還是我送送你吧。」

　　含笑答道：「不要緊，我不怕。」

　　他笑笑，「哦，你不怕？那我怕，行了吧？」說畢，不由分說地繼續陪著她往前騎。

　　這令含笑有點不好意思，也有點奇怪，他為什麼這麼關心，因為我是若梅的同學？可是他又很少提到她。

　　自從跟袁建輝分手以後，含笑的確心如止水，任何男人都沒令她注意過，一心全撲在歌唱上，尤其跟魏老師學了聲樂以後非常著迷，沒有比練唱更帶勁的。然而，韓若松的沉穩、隨和，一路上聽著他以低沉的嗓音不急不忙款款而談，蠻舒服自然的；偶爾眼神交流，發現他濃眉下的那對眼睛是那樣地深沉，像誰呢？像勞倫斯奧利弗？怎麼會呢？可是，他的確給人一種捉摸不透的感覺。

　　《望夫雲》停演後，團裡抓緊排練《王貴與李香香》，含笑比較空了，開始整理從開灤煤礦收集的素材，準備構思一個有關礦工生活的歌劇。一天下午演員隊的趙隊長來聽她講初步的構思，聽完後，臨走前忽然問她：「聽說前陣子演出《望夫雲》散場後，韓指揮每晚都送你回團。是嗎？」

「這有什麼大驚小怪的？我們是同路。誰那麼無聊，這關他們什麼事？」

「大家關心你麼，你也老大不小了，有合適的人選應該考慮，不值得為那個什麼小袁守節吧？」

含笑知道趙隊長是個熱心人，平常挺愛開玩笑的，他講這些也是好意。「我才不是為誰守節呢，只不過沒那種心情，也沒遇上合適的人。」

「韓若松不錯啊，我跟他同事過，他父母當年都是地下黨員，他本人也蠻好的。」

「我沒說他不好，他還是我同學的哥哥。」

「那你們早就認識了，有基礎。」

「那時我才十一、二歲，他都上大學了，我們根本不熟。」

「那沒關係，現在不是熟了嗎？你看他大概比你大八九歲吧，男的大點好，成熟麼。人家是文藝八級，比我還高，是糖豆幹部[36]。不過我得告訴你，他結過婚，女方是個俄文翻譯，我也認識，後來離了。」

含笑不想打聽，也不想表態，「趙隊長，您閒得沒事幹？別給人家操這份心，我呀，現在只想搞好業務。」

「嗨，可以業務生活兩不誤的麼，他在業務上還能幫幫你呢。」

「得了，咱們該上食堂吃晚飯了。」

其實，並不是老趙多事，若松的確問起過含笑的情況，老趙看出苗頭來了，這個韓若松好像對她有興趣。他就把含笑遇到過的挫折告訴了他，「這姑娘接連在學業上、婚姻上，兩次受到打擊，還能這麼堅強，不吭聲地努力在業務上下功夫，國慶十週年她寫的小歌劇還得了創作獎呢，不簡單吧？不過到現

在也沒再談戀愛，可能是有點灰心。」

「是嗎？」

「團裡有的男同志想追她，可她總是面無表情，所以人家給她起了個花名，石膏像。」

若松笑了：「那倒不像。」

「怎麼？你老弟有意思？我幫你問問。」

若松忙說：「不，你別問，她以前跟我妹妹是同學，我才隨便問問罷了。」原來那麼開朗的姑娘，回來沒幾年就碰了兩個釘子，怪不得她顯得沉靜了，不像小時候心直口快，還有點調皮，也許若梅根本不該勸她回來。

《王貴與李香香》排到後期，團裡又請韓若松來指導他們的合唱部分。也許由於老趙的問話，若松這次見到含笑有點不自然，加上休息時含笑又問起若梅，他更顯得尷尬，沒有作答，轉身跟老趙談合唱的事。含笑覺得奇怪，這個人怎麼了？

排完合唱，往外走時，含笑故意走慢一點，還想追問他，到底若梅有沒有收到她寫的信，「韓指揮，剛才我問您若梅……」

若松搪塞地：「我母親要去看她，回程時，順便來這裡看我，我想可能會把她的回信親自帶來。」

「哦，她那裡很偏僻？沒有郵局？」含笑覺得奇怪，究竟她在哪裡呀？若松見她那雙大眼睛忽閃、忽閃透著驚異，一副難以理解的樣子，可是他又無法跟她解釋，還是等媽媽來時再想想該怎麼跟她講吧。

其實若松倒也沒有講假話，他們的母親林翠蔭老師，的確要去看望多年沒見的女兒了。

三

　　林翠蔭正準備千里迢迢從上海奔赴北大荒，看望女兒韓若梅。自從收到若松來信說起妹妹病了，她怎麼也坐不住了，恨不得立刻去看看可憐的女兒。度日如年地等到學期結束，一開始放暑假，她就趕緊買了去黑龍江齊齊哈爾的火車票。這次韓方正沒有阻攔妻子，還陪她一起去給女兒買了些日用品。這些年來沉默寡言的他，忽然對妻子說：「你看看有沒有可能請求上級把她調到離我們近一點的農場，比如崇明島，其實她是在上海參軍的，本來應該復員到上海附近。」

　　林翠蔭看了丈夫一眼，「我跟他們黨組織談談看吧。」

　　「這是我給她寫的一封信，還有這個暖水袋，那邊冷，你帶給她吧。」林翠蔭望著他那張愁苦的臉，心情更加沉重了。

　　當年女兒唱著雄赳赳、氣昂昂的戰歌跨過鴨綠江去了朝鮮。開始還收到過她一封信，後來就再也沒有音訊了，做父母的嘴上不說，心裡卻每分每秒都牽掛著女兒，天天關注報紙上的報道。從報紙上看到的都是志願軍如何節節勝利，敵人如何望風喪膽等等。可是為什麼戰爭打了兩年還沒有結束？到1952年總算看到停戰談判的消息，才感覺有點盼望了。接著聽說志願軍開始撤軍回國，真高興！他們托顧瑞蘭的爸爸打聽女兒的下落，不久得知她所在的部隊已經回國了，可是女兒並不在內，烈士名單中也沒有她，被列為失蹤人員，多半是犧牲了，這令林翠蔭肝腸寸斷，韓方正也無比悲痛。過了一段時間，又得悉若梅還活著，只是她被俘虜了，交換戰俘後，總算回了國。失而復得令林翠蔭喜出望外，臉上才有了點笑容，可是韓

方正卻笑不出來。

　　自從得知女兒出事以後，林翠蔭對丈夫的態度很不滿意，想不到朝夕相處三十多年，一個心靈相通的人，竟變得那樣陌生。不過此刻接過他手中的信和暖水袋，能體會到這份父愛在平常人家算不了什麼，而今要向這樣的一個女兒表現一點關懷，那要經過多少內心的掙扎啊，她低頭整理著旅行包，一顆眼淚掉在了信封上。

　　就這樣林翠蔭離開了上海，踏上去北大荒的長途旅程，坐了三天兩夜的火車，終於抵達了齊齊哈爾。已經疲乏得很，可是還得趕著去轉公共汽車，好不容易擠上了車，又在車上顛簸了一個多小時，才到達若梅所在的軍墾農場。她按照司機給她指的方向，沿著公路往前走了一里地，再順著田埂往東走了兩百米的樣子，看見前面有一排矮房子，想必那裡就是軍墾農場。

　　來到農場辦公室，說明自己是來看望女兒韓若梅的，辦公室的那個幹部用奇怪的眼光打量她，「你從哪兒來？有單位介紹信嗎？」幸虧韓方正早就料到農場可能不會隨便讓外面的人去探望，便向黨組織匯報了林翠蔭想去看望病重的女兒，請求組織批准，並給她開一封介紹信。黨委副書記李翔知道他們這家人的情況，若梅是他從小看著長大的，他讓人事部給林翠蔭開了封介紹信，並證明她本人是共產黨員，政治可靠。

　　那幹部看了看介紹信，又要求林翠蔭出示她的工作證，對照著工作證上的照片望了她一眼才不緊不慢地說：「她的病已經好了，現在在勞動，你在這兒等她一會兒吧，他們快收工了。」

　　「誒。」林翠蔭在一個木頭條檯上坐下，把旅行包放在旁邊。她發現這間所謂的辦公室可能原來是個破舊的倉庫，一邊

堆放著農具和化肥，另一邊騰出了個地方擺上兩張桌子，幾把椅子和條櫈，還有兩個木櫃子。「同志，你們這裡冬天很冷吧？這個房子能過冬嗎？」

「當然不行，所以趁現在天還暖和，要趕緊再蓋一些乾打壘的屋子（用泥磚蓋的屋子），這不，農工們正在脫胚做磚呢。」

林翠蔭心想：磚也要自己做，那還得有燒磚的窰呢，「燒磚可不簡單哪。」

「什麼燒磚？咱這裡的磚不用燒的，靠太陽晒，靠風吹乾，你們城裡人沒見過吧？」林慚愧地搖搖頭。

「那一會兒問你女兒怎麼做吧，她可是個做磚能手。瞧，他們收工了。」他指指前面，林翠蔭順著他指的方向望去，只見大約一隊二三十人走了過來，她拿起旅行包立刻迎向前去。這些農工都穿著草綠色的破軍裝，肩上扛著鐵鏟，鋤頭，鐵耙，還有的挑著水桶。隊伍裡男的多女的少，本來應該很容易看到若梅，可是不知是不是自己太激動，眼都花了，竟然看不出哪一個是自己的女兒，直到他們走近了些，才發現那個戴眼鏡的女工，不就是若梅嗎？

「若梅！」

那臉龐瘦削，頭髮凌亂，拖著疲乏的步子，搖搖晃晃走過來的女工突然站住，驚呆了，她張著嘴呆呆地望著林翠蔭。

「若梅！媽媽來看你了。」

「媽！」伴隨著這一聲淒厲的喊叫，若梅撲向媽媽，差一點絆了一筋斗，旁邊一個男農工扶了她一把：「小心點！」

林翠蔭摟住了女兒，她無法相信眼前這個兩眼無神，臉色蒼白，神情呆滯的女孩，竟是自己那健壯機智的女兒，跟

當年胸佩紅花，英姿勃勃，站在火車站月臺上的女戰士簡直判若兩人。

這時候有些農工圍了過來，其中有個中年婦女對林說：「您是小韓的媽媽，打上海來的吧？夠遠的，真不容易。」

「您可是我們這兒的稀客，我們這兒是『世外桃源』哪。」另一個四十來歲的婦女冷冷地說。

「冷雪飛，你又在那兒胡說些什麼？」

「誒，劉隊長，怎麼是胡說？這一年到頭您見誰來了？」

「小韓，別光站著，快把你媽媽安頓好，這一路她一定很累了。」剛才扶若梅一把的男農工說。

「楊副隊長說得對，劉隊長，能不能讓她媽媽住集體宿舍？要是不行，就上我們家住吧。」先前那個中年婦女說。

楊副隊長說：「洪大嫂，你們家擠不下，還是去我那兒吧，反正我那兒只有我媽和我兩個人。」

劉隊長說：「先問問領導再說，這還沒有先例。韓若梅你先帶你媽媽去辦公室等著。」

「是啊，劉隊長，看來團裡得立個規矩了，咱們這兒的人總不能永遠與世隔絕呀。」冷雪飛又冷笑著說。

「行了，你們都解散吧，這兒沒你們的事了。楊軍咱們去請示一下。」

經過團部研究，決定在食堂旁邊的小庫房給林翠蔭臨時搭張牀，所謂的牀就是一個木架子，上面放一塊用柳條編的牀板，在上面鋪些草。吃過晚飯，食堂裡吃飯的人和炊事員們都走了，若梅給媽媽拿來一條破毯子和一條舊牀單鋪在上面，還有一條蓋的棉毛毯。

「媽媽，暫時只好讓您先睡這樣的鋪了，星期天去合作社

看看有沒有褥子賣。」

「不用了，我能呆幾天哪？你們能睡，我也行。土改的時候我們睡的牀還不如這個呢，這些草挺軟、挺厚的。」若梅望著媽媽，眼圈紅了，林翠蔭拉著女兒的手，只見手掌上都長著老繭，再看看女兒瘦削蒼白的臉，哪裡像才二十多歲的人？頭上竟然有了幾根白髮，林翠蔭哽咽地說：「若梅，你受苦了……」她再也說不下去了。

若梅見媽媽這樣傷心，自己也控制不住了，撲通一聲跪在媽媽面前，「媽，都是我不好，我對不起你們。」

「不，不要這樣說，快起來。」

林翠蔭扶起淚流滿面的女兒，心疼地一把摟住了她，千言萬語不知從何說起，若梅更是泣不成聲。林翠蔭強自鎮定，輕輕撫摸著女兒的背，讓女兒盡情地哭泣，那一聲聲抽噎，恰似無數利箭刺穿了母親的心。她緊咬嘴唇，不許自己放聲哭出來，用雙手托起女兒的下巴，盡可能沉靜地小聲說：「若梅，告訴媽媽，這些年你是怎麼過來的？我和你爸爸一直都惦著你。」若梅抬起頭來看著媽媽，欲言又止，痛苦地搖搖頭。

「不要緊，這裡沒有別人，你有什麼想說的，只管說，不要憋著，會憋壞身子的。」

可是若梅依然低下頭不說話。林翠蔭越看心裡越難受，這哪裡是以前的若梅啊？女兒從小直率敢言，三年級的時候，有個老師冤枉她拿了別人的鋼筆，她就是不服，說什麼也不承認。老師把她爸爸找去，說在她鉛筆盒裡發現了一個女同學一支很貴的派克鋼筆，家長得好好教育她承認錯誤，不然就要記她一個大過。回到家裡韓方正問她，她說沒拿，氣得爸爸要打她，她還是堅持自己沒有拿過人家的筆。過了幾天學校查出是

另一個男同學，趁中午教室沒人的時候偷的，因見有人進來，就順手放在若梅的鉛筆盒裡了，為此韓方正還向女兒道了歉。可是現在她一言不發，難道她真做過什麼錯事嗎？做錯了事她也會勇敢地承認的麼，怎麼會什麼也不說呀？

「若梅，你怎麼了？你有什麼難言之隱？講給媽媽聽，媽媽能理解。」林翠蔭發現女兒眼裡充滿恐懼，她連連擺著顫抖的手，使勁搖頭，喃喃地說：「沒有、沒有。」

「你是不是有什麼委屈或者有什麼想不通的，告訴我，媽媽不會怪你的。」

若梅躲避著媽媽的目光，幾乎是哀求：「不，媽媽別問我，別問我。」她突然站了起來，往後退，好像要逃走似的。

林翠蔭一把抓住她的雙手，「若梅，你一直是個勇敢坦率的孩子，不要這樣麼，媽媽不是來責備你的，可是媽媽在這裡呆不了多久，有什麼話你一定要抓緊時間跟我講明白。」

若梅呆呆地望著媽媽，身子依然拚命往後閃，「不，媽媽，我沒有委屈，是我不好，我不爭氣，我沒有出息，我對不起黨和人民，我……」她突然掙脫了雙手，轉身往外走。

「小韓，我給你媽媽拿蚊香來了，這兒蚊子太多。」洪大嫂一邊說著走了進來，差一點撞到若梅。

若梅一見洪大嫂，像見了救星似的，「哦，對了，洪大嫂我忘了拿蚊帳了，我去取。」說完就要走。

「你別拿了，這不有蚊香了嗎？」洪大嫂攔著她，「你倒不如去問問楊副隊長，能不能讓你陪你媽媽睡在這兒，她大老遠的來看你，待不了幾天，娘兒倆也好說說話呀。」

「洪大嫂，真謝謝你，那若梅你去問問吧。」林翠蔭說。

「好，我問問去，多半不成，媽媽您別等我，您累了早點

睡好了。」若梅匆匆走了，林翠蔭追到門口，望著她的背影，
心中無限惆悵。

「林同志，您這回能來看她太好了，這閨女在這兒孤苦伶
仃，怪可憐的。」

「上次我來看過她，那時她剛離開那個學習班，什麼也沒
來得及說。這些年我早就想來這裡看看她，可是一直在搞政治
運動，走不開呀。」

「不管怎麼樣您來了就好，現在她比以前已經好多了，她
剛來那陣兒，真……我瞧著都心疼。」

「那時她怎麼樣？」林焦急地問。

「她，唉！她……」洪大嫂猶豫著。林更急了，「洪大嫂，
她怎麼了？你說麼，她什麼都不跟我講，你告訴我好嗎？」

看她急成那樣，洪大嫂本是個心直口快人，加上自己那老
伴兒也有過類似的經歷，所以很明白林翠蔭現在焦慮的心情，
她實在忍不住了，走到門口往外張望了一下，見食堂空空的，
沒有一個人，這才走回來，把林按在牀上坐下，悄悄地說：
「林同志，您聽了可別害怕呀，好在這都過去了。她剛來的時
候，整天呆呆的，悶頭幹活，跟誰也不講話，有一回我們給麥
子脫粒，圍著機器幹了一天，收工的時候大家都準備走了，小
韓慢吞吞的不知道在磨蹭些什麼，原來她早就發現有一根電線
壞了，露在外面，她想去觸電自殺呀！」

「什麼？！自殺！」

「幸虧冷雪飛看見了，一把把她拉開，我只聽她壓低嗓門
兒說了一句：『你要幹啥？留得青山在，不怕沒柴燒，別犯
傻！丫頭。』幸好這時候只有我們仨在後面，劉隊長來催我們
去集合的時候，冷雪飛還給他提意見，說那條電線壞了，也不

找人修理，電著了人怎麼辦？我也趕緊跟著一塊兒說了兩句。
這事兒總算沒別人知道，要不，誰要是去打小報告，準得說她
想畏罪自殺。」

　　林翠蔭聽了她的話臉刷白了，整個人呆了，「那後來她怎
麼樣啊？有沒有再……」

　　「沒有，第二天是國慶節，休息一天。我們都在外面洗衣
服，我看見冷雪飛跟著小韓去上廁所，她們去了好半天才回
來，我想冷雪飛準是跟她說了些什麼，打那以後她好像情緒稍
微正常了一點。」

　　「這個冷雪飛是什麼人？她打哪兒來的？」

　　「她呀，開始我們都覺得她是個怪人，淨說些怪話，要不
就凡人不理。人家說她解放前是個地下黨員，從省裡來的。」

　　「那她來之前是幹什麼的？怎麼會來這裡？」

　　「她是個大作家，聽說在肅反的時候犯了錯誤，是個什
麼……分子來著？噢喲，我也說不清。」

　　「噢，胡風分子。」[21]

　　「對、對，就是這個。不過跟她處長了，我覺得這個人作
風不胡來麼，心眼兒也不那麼壞。」林翠蔭想她大概以為胡風
分子就是胡作非為，作風敗壞的人。

　　「那回我們那口子扛麻袋不小心摔了一筋斗，頭撞在石板
地上，流血不止，還是她趕緊去宿舍拿了自己帶來的雲南白
藥，給他止血呢。」

　　「哦，是這樣……洪大嫂你們這裡的人都是從哪兒來的？」

　　「大部分都是部隊的復員軍人，人家是清清白白的，整個
師一起來的，不像我們那口子和小韓是從朝鮮遣返回來的。再
就是像冷雪飛那樣犯了錯誤的人。」

「你丈夫也是從朝鮮回來的？」

「是啊，1946年他跟我成親沒幾天，就讓國民黨拉了壯丁，一直沒消息，我以為他死了呢，沒想到1949年他穿著解放軍軍裝回來了，他爹娘跟我高興得嘴都合不攏，可是不到一年他從部隊來信說又要上前線了，我以為他去解放台灣呢，沒想到這回是走出國門打到朝鮮去了。我想自己不知前世作了什麼孽，今世注定要當寡婦，欸，結果您瞧，他又活著回來了，不過這回回來成了個啞巴。」

「他怎麼了？」

「甭提了，他這輩子當了兩回俘虜，頭一回讓解放軍抓著了，還參了軍，這回可栽了，給開除了軍籍，這怎麼有臉回四川老家？他要求就地復員，所以我也只好跟著他上東北來了，反正嫁雞隨雞唄。」

「那你沒有問問他這是怎麼了。」

「問他什麼都不答茬兒，問多了，他就跟我急，有什麼辦法？幸虧他出身三代貧農，又不是黨員，要不連黨籍都保不住，那就更糟了。」洪大嫂一講完就發現自己說走嘴了，趕緊說：「是啊，小韓是黨員，不過她還年輕麼。」

林翠蔭越聽心越沉重，她不知道女兒現在到底是怎麼想的，她有沒有做錯過什麼？究竟受過什麼折磨？黨組織現在是怎麼看待她的？她會不會想不開再度自殺？該怎麼跟她談呢？看來只有冷雪飛知道她心裡的想法，林翠蔭真想馬上去找她：「冷雪飛家住在哪裡？」

「她沒有家，好像丈夫跟她離了婚，她是一個人來的，所以也住在集體宿舍。您想找她？不過她不愛搭理人。」林明白她自身有包袱，未必肯說什麼。

「林同志，都怪我直腸子，什麼都跟您說，把您的心都給攪亂了，您別多想，早點睡吧，我看小韓不一定能來陪您，他們的紀律嚴得很。」

「算了，明天再說吧。謝謝你啊，要不是你跟我談談，我還真摸不著頭腦呢。」

「您別客氣，我也幫不了您什麼，趕明兒上我們家坐坐，看看我們那口子肯不肯跟您講點兒什麼，他在韓國的時候跟小韓關在一個地方。」

「太謝謝你了，有時間我一定去拜訪你們。」

洪大嫂走了以後，林翠蔭的心亂極了。「不行，明天我得先找他們團領導談談，了解一下黨組織的看法，看看能不能要求讓若梅調到江蘇省的農場去。唉，看來著急也沒用，逼急了她反而不好。」想到女兒那張緊張、驚恐的臉，母親的心都碎了。

若梅回到集體宿舍，並沒有去向楊副隊長要求陪媽媽。冷雪飛問她：「你怎麼這麼早就回來了，不陪陪媽媽？」

「她累了，我也想早點睡。」說完就倒在牀上睡了。其實她根本睡不著，幾年來的往事，在腦子裡清晰地呈現出來。媽媽一連串的問話，自己無法迴避，然而該怎樣對媽媽講呢？這些年她的腦子似乎麻木了。自從離開那個煉獄般的學習班之後，她不想再回顧，不想思索，終日拚命勞動，讓自己累得幾乎喪失了思維能力，好像自己是一個沒有過去也沒有未來的人，一天到晚像行屍走肉那樣度日。可是去年秋天，也差不多是這個時候，突然收到宋逸駿的一封信，一下子把她整個人從麻木中震醒了，就像麻藥過後，所有的傷痛都併發了出來。她不可能再忘記自己的過去，她的家、她的父母、兄長，她的童年和愉快的少年時代，她參軍後與宋逸駿朦朧的初戀，奔赴朝

鮮前線時的告別和誓言，然後是炮火連天的戰場……

宋逸駿是醫科大學的學生，一畢業就懷著滿腔熱誠參加了抗美援朝，在後方醫院認識了朝氣蓬勃的若梅。這個單純爽朗，執著熱誠的姑娘深深地吸引了他；若梅同樣也為他對工作的一絲不苟，對傷員、對同志無微不至的關懷所打動。他們彼此都有一種說不出來的感覺，似乎找到了自己要尋覓的人，在那緊張的戰鬥環境中，雖然什麼都沒有講，但一個眼神、一個微笑、一句簡單親切的問話，都如沐春風。

不久若梅被派往前線，執行戰地救護的任務，臨別時，宋逸駿第一次緊緊地握住了她的雙手，低聲說：「我等著你回來，永遠。記住，是永遠。」雖然他在笑，卻無法掩飾他內心的擔憂。如今回想起使她震蕩的那一刻，如入夢境。

宋逸駿要來看她，信中最後的一句話是：「我深信硝煙、血污都不可能將你污染，在我內心深處，你永遠是最純潔的。」這封信一下子把這個已經死去的靈魂，重新推到了人間，然而對於她，心靈的復活無疑比死亡更加痛苦百倍。她怎麼可能再成為原來的她呢？永遠都不可能了，她是一個被開除軍籍、黨籍的變節分子，她是讓黨、讓父母蒙羞的壞孩子，她再也不可能給任何人帶來幸福，只能像瘟疫那樣給親近她的人帶來災難，正因為這樣，當初她為了不連累家人，堅決要求就地復員。這時候她也絕不能讓宋逸駿來接近她，「不，不能讓他來，不能、絕對不能！」

宋逸駿已經轉業，在齊齊哈爾醫院工作，只要他有假期，當天就能來到這裡，她不知道怎樣才能避開他，為此她焦慮得終日坐立不安。宋逸駿接連又來了幾封信，她都沒有回信，可是國慶前他來信說他將利用國慶假期來看望她。這令她陷入了

極度痛苦和惶恐中，於是就發生了洪大嫂對林翠蔭所講的事。但是不知道為什麼，她所擔憂的事情並沒有發生，日子一天天過去，宋逸駿並沒有出現。驚惶過去之後，取而代之的是失落和空虛，她似乎又被拋回到原來的地方。表面上生活一切如常，然而他信中的每句話已銘刻在她的心上，抹也抹不去。她無法再真正回到那種麻木狀態，整個人像吊在半空中，上不著天，下不著地，不知該怎麼活下去。現在媽媽又突然出現在面前，「天哪！我該怎麼辦啊？！」

第二天早上，在小河邊洗臉，等人們都走了，冷雪飛才叫住她，「韓若梅，你見過梅花嗎？我們家鄉四川的梅花，有綠色的，可美了，每年冬天都挺拔地開放在風霜雨雪中。不過，很可惜，你爸爸媽媽白給你取了這麼好的名字。」

「是的，我不配，我有罪。」

「哦？你有什麼罪？你出賣過國家？還是你害過人？」

若梅痛苦地搖了搖頭：「可是我……」

「你知道第二次世界大戰中，參戰的各國有多少人被俘虜過？難道他們都有罪？是不是戰死的是烈士，活著的就該是戰爭垃圾？」見若梅沒有回答，她又咄咄逼人地接著問：「你自己沒有腦子的？你的腦子是讓別人跑馬的嗎？你是什麼人，你做過什麼，只有你自己最清楚，難道反而要人家來告訴你嗎？真奇怪！」

若梅張口結舌地望著她。冷雪飛這突如其來的一連串問話，她來不及思索，這兩年來她的腦子已經遲鈍多了，可是這些話像當頭潑來一盆冰冷的水，使她這個麻木的人渾身顫抖，那顆心又恢復了痛楚。

「回答不了？那去請教請教自己的媽媽吧。或者到團部去

告發我好了。」說完她拿著臉盆轉身走了。

　　若梅傻站在那裡，幾乎忘了身處何地，「你是什麼人？你做過什麼？只有你自己最清楚，難道反而要人家來告訴你？」這句話像一陣強風，一下子橫掃了籠罩在她心頭的黑雲迷霧，「我怎麼會不清楚，可是這個人家不是別人，是黨啊，黨不會錯，錯的只能是我，只能是我！不是我還能是誰呢？可是我又究竟做錯了什麼呢？！我舉手投降了，我被敵人俘虜了，我被關押了兩年，我丟了國家的臉，所以我還是有罪的。」想到這兒，她的心又墜入了深淵。

　　「小韓！你怎麼了？」經過這裡的楊軍喊她，她完全沒有聽見，楊軍又喊了一聲：「韓若梅，你怎麼了？」她如從夢中驚醒：「哦，沒什麼。」

　　「那你還傻站在這兒幹什麼？你媽媽睡得好嗎？」

　　「不知道。」

　　「昨晚上你沒陪她嗎？」若梅搖搖頭。

　　「她大老遠的來看你，你怎麼不陪陪她？今天你不要去勞動了，我幫你請假。」

　　「不、不，不用。」

　　「不要緊的，我跟大劉講一聲。誰不是爹娘生的？快上食堂給你媽媽打飯去吧。」說著就走了，若梅只好跟著他往前走去。

　　這個楊軍知道若梅是遣返的戰俘，但他看這個姑娘很單純，心地很好，又刻苦耐勞，幹什麼都很認真。他家裡只有一個老母親，關節炎很嚴重，有時疼得要命，若梅常去給她針灸，按摩。楊大娘心裡很感激，越來越喜歡這個話不多，樸實本份的姑娘，久而久之，她不禁產生了一個念頭。一天若梅走

後，她跟兒子說：「柱子，你不要整天忙著幹活，自己的事兒
也得上點子心，都老大不小的了。」

「媽您怎麼了？」

「媽還能怎麼的？看著你光棍兒一條，趕明兒媽死了，也
閉不上眼哪。」

「媽您又胡說些什麼呀。」

「我是說呀，放著這麼好的姑娘，你也不加把勁兒。」

「媽您別瞎琢磨了，人家是文化人，咱小學都沒畢業，她
哪能看得上咱啊？」楊軍最近聽說若梅好像有個對象，是個大
夫，常給她來信。

「你有什麼不好？大小是個副隊長，又是黨員。缺點兒文
化，年紀輕輕就不能學嗎？」

「媽您別胡思亂想，人家早就有對象了。」

楊大娘聽了挺失望的：「是嗎？」

不過媽的這番話倒是勾起了楊軍的心事，在沒知道若梅有
對象之前，他的確挺喜歡她的，可是自己是個粗人，人家未必
看得上呀，也就猶豫了，不過，想到自己出身好，政治條件不
差，又有了點信心。他明白從朝鮮遣返的戰俘，這輩子也不可
能有出頭之日。韓若梅年紀這麼輕，要不是愛國，怎麼會冒著
生命危險報名參加抗美援朝呢？可見她原來是個積極份子。但
一上了戰場，生死難卜，差點兒沒了命還不說，又吃了不少
苦，到頭來成了戰俘，真是怪可憐的。所以他常常暗中照顧她
一些，如果可能的話，他也願意一輩子保護她，怎麼說自己的
政治條件，興許還能為她擋點災，可惜她已經有對象了，那當
然不能挖人家的牆腳，但願那個大夫真能對她好，不過為什麼
到現在他也沒來看過她？真是搞不懂。後來聽說那個大夫再也

沒有來過信，楊軍死了的心又活了，這陣子看見她倒有點不自然了。

四

清晨，林翠蔭起來後，在食堂門口等若梅，不見她來。炊事班的人已在那裡忙碌，洪大嫂有時也在炊事班幫忙，她招呼林翠蔭：「林老師，小韓還沒來，您先吃吧，一會兒人多。」林翠蔭想趕快吃完早餐，趁若梅去勞動的時候，好去找團領導談談。

炊事員已經把一大盆棒子麵粥，一蒸籠的窩窩頭和一盆鹹菜放在桌子上了。農工們陸續來打飯，她也跟著他們排隊。只見冷雪飛就在前面，打完飯見她往邊上的一張桌子走去，林翠蔭拿了早飯馬上跟著她過去。冷雪飛看見林走過來，就把桌旁唯一的一個條凳推給她坐。林客氣地說：「不，你坐，我站著吃行。」

「那算什麼？過門是客麼。」

「那咱們一起坐。」過了一會兒，林翠蔭輕輕地說：「冷同志，去年多虧你了，真謝謝你呀。」

「冷同志」？已經好久沒有人這樣稱呼自己了，她不由得心頭一熱，可是隨即又冷冷地說：「您搞錯了，我不是『同志』。」

林誠懇地說：「我打心眼裡感激你。」冷雪飛想，那丫頭告訴她媽媽去年的事了？那倒有點希望了。但她沒說什麼，低頭喝粥。林正盤算著該問她點什麼呢？忽聽冷雪飛漫不經心地說了一句：「林老師，您說什麼樣的戰鬥最殘酷、最痛苦？」林奇怪地望著她，不知道她究竟什麼意思，冷似乎並不等待她

的回答，自己答道：「那就是真我與假我之間的交戰，這能把一個人的靈魂撕裂。」林驚呆了。「要麼回歸真我，要麼永遠生活在自我欺騙中，您若不幫她做出正確的抉擇，去年的事遲早還會發生，誰也救不了她。」

冷吃完站了起來，頭也不回地走了，留下驚愕的林翠蔭。「她不像是故意危言聳聽。」想到若梅昨天的神色，林頓時感到心驚肉跳。「不行，我得趕快找團領導談談，再跟洪大嫂的老伴兒了解一下戰俘營的情形，弄清楚她的情況，再跟她談時，也好對症下藥。」

林看見楊軍走過來，趕緊上前問他：「楊副隊長，請問團部在哪裡？」

「我帶您去。」

林跟洪大嫂說：「麻煩你告訴若梅，我去團部打個招呼，就回來。」

「楊副隊長您是本地人嗎？」

「是的，我家就在這個村子裡，不遠。」

「媽媽多大歲數了？身體還硬朗吧？」

「我媽六十多了，關節炎很嚴重，這不，小韓常去給她扎針、按摩，這陣子好些了。這一帶誰家有人有點頭疼腦熱的，都愛找她，她挺熱心的。」

「這是她應該做的，她是學醫的麼。」

「所以我跟大劉說過，咱們不如把她推薦到醫務室去。」

「那敢情好。」

「林老師團部到了。下午我幫小韓請個假，讓她陪陪您。」

「太謝謝您了。」

　　林翠蔭談完話回到食堂小庫房沒見若梅回來，大概去勞動了。她坐在牀上想著剛才跟團領導的談話。一想到那個政委討厭的樣子，她就像吃了個蒼蠅那麼噁心。團長倒是個心眼不多的大老粗，而那政委既不像知識分子，也不像個樸實的勞動人民。他手裡拿著林翠蔭那封介紹信，掃了兩眼，說起話來拿腔拿調。當她問及若梅究竟有什麼問題時，團長倒直截了當地說：「什麼問題？變節唄。」

　　「那她變節的具體情節是什麼呢？」

　　「那咱們怎麼知道？她和洪吉順都是管理戰俘的部門送來的。他們告訴我們這些戰俘都是開除了軍籍和黨籍的變節分子。」

　　「那總得有一個明確的結論吧？」

　　「這還不明確？變節就是投降敵人唄。」

　　「作為母親我希望了解得具體一點，比如她有沒有出賣國家、出賣戰友，那麼我也好幫助她認識自己的問題呀。」

　　政委把話接了過去，慢騰騰地說：「林同志，一個人的組織結論麼，是黨來掌握的，黨團組織會教育她老老實實地改造自己，家長應該做的是讓她好好接受黨和人民的考驗，洗刷自己的污點。」

　　那她到底有什麼污點呢？！翠蔭忍住了：「如果不了解她的具體情況，我跟她講也很難有的放矢。」

　　「怎麼？她有什麼思想問題嗎？」

　　林翠蔭立刻警覺地回答：「那倒沒有。要是知道她的具體情況，我就可以幫助她認識得深刻些。」

　　團長說：「嗨，咱們應該相信黨，你自己也是黨內的同志麼。」

林明白了，其實他們恐怕也不清楚具體情節，當然說不出什麼了。「那她現在的表現怎麼樣？」

團長想了一想：「韓若梅勞動表現還不錯，能吃苦耐勞。」

政委兩眼朝天：「這個表現麼，不是看一時半會兒的——」他把那個「的」字拖得很長。

林無奈地說：「韓若梅原來是從上海參軍的，可不可以復員到上海附近的農場，這樣我和她爸爸可以更好地督促她。」

團長說：「本來是可以的，是她自己要求就地復員的麼。」

「怎麼？心疼孩子了？想讓她到條件好一些的農場？」政委斜著眼睛，像半開玩笑似的，「你們作父母的，要看得遠些，艱苦環境才能鍛煉人，太嬌氣了，這不，遇到嚴峻考驗的時候，骨頭就軟了。」

林翠蔭強忍著心裡的憤怒，不理會他這句帶刺的話：「她原來是在護校學習的，都快畢業了，能不能讓她繼續用自己的專業，更好地為人民服務？」

團長說：「老丁，這倒可以考慮，咱們那個醫務室也缺人。」

「再說吧，醫務室麼，是重要部門。林同志，怎麼樣，還有什麼問題？」

「沒有了，謝謝，請團首長多幫助她。」

聽了團首長這個稱呼，政委的臉色似乎好看些了，「那當然，你放心好了，快回去了吧？」

團長奇怪地看了政委一眼，「她昨天才來的。」

「哦，那好，今天就這樣吧，我們還要開會呢。」

「那我告辭了。」

想到剛才這一幕，林翠蔭仍然感到氣悶。不過，既然他們

也說不出什麼具體的東西，可見若梅並沒有什麼可以斥之為罪行的劣跡，不然那個政委可能會更囂張。這樣一想，緊張的心情反而略微放鬆了一點，「可是，若梅畢竟被定性為變節分子，這頂帽子太沉重了。被俘就是變節嗎？沒做任何壞事也算變節？就得開除軍籍、黨籍？那參戰非得去送死？這是什麼邏輯？空空洞洞，說不出任何具體東西，怎麼能構成變節罪名？這叫一個孩子怎麼承受？難怪冷雪飛說真我和假我的交戰，會把人的靈魂撕裂，唉！我可憐的若梅！」

「媽，您上哪兒去了？我剛才來找過您。」

聽到女兒的聲音，林翠蔭趕緊轉身抹去了眼淚，「是嗎？我出去走走，在家每天早上也都要出去散步的。你怎麼沒去勞動？」

「今天隊裡准我請假一天，明天又是星期天，他們說好讓我陪陪您。」

「哦，那太好了。」見女兒很憔悴，知道她昨晚一定沒有睡好覺，不忍再問她什麼了，便拿出韓方正帶給她的信和暖水袋。

「若梅這是你爸爸給你的，他很忙，不然他也會來看你的。」若梅接過信和暖水袋眼睛濕濕的，她並沒有立刻看信，低聲問道：「爸爸還生我的氣嗎？」

想起以前韓方正給女兒寫的那些生硬、教條的信，林翠蔭心疼地說：「若梅，你現在不是孩子了，能夠體諒爸爸的，對嗎？」

若梅點點頭。好不容易母女能再度相聚，她不想再給女兒壓力，還是先放下那些令人困擾的問題，暫且讓她精神上得到片刻的休息吧。

「若梅，要不你帶我出去走走，看看你們這裡周圍的環

境。我還是第一次到東北來，報紙上老是說要把北大荒建成北大倉，昨天我一路走進來已經感覺到這真是一塊好地方。」

「是的，這裡有遼闊的田野和草原，黑色的土壤很肥沃，又有嫩江水源，就是人煙比較稀少。」

「那你們就是墾荒的第一代，將來人會多起來的。還記得蘇聯小說《勇敢》嗎？」

「記得。」

「那些青年多麼勇敢，雖然歷盡艱辛，當看到自己親手建立起來的共青城屹立在邊疆的時候，他們不是感到非常自豪嗎？」

若梅點點頭，但是她的目光是暗淡的。「若梅，你想不想調到上海附近的軍墾農場？你本來是上海參軍的麼。」

若梅馬上說：「不，這裡很好，我習慣了，媽媽，我願意留在這兒。」

林拍拍她的肩膀，「那好吧，走，我們回來還趕得上吃飯。」林揹起了帶來的一個帆布書包，裡面裝著她的畫板，紙和筆，每到一個新地方，她總是習慣帶著這些，以便隨時可以把值得留下印象的東西畫下來。

北大荒的夏天非常美麗，天色晴朗，一朵朵白雲鑲嵌在藍天上，陽光照射著一望無際的草原，金光閃爍，一陣輕風吹來，草原像波浪起伏的海洋。腳下鬆軟的黑土，散發出陣陣泥土的芳香，遠處有些馬群在吃草，好一幅塞外風景圖。若梅用腳踢開一堆馬糞，下面是一些蘑菇，「媽，你看，每堆馬糞下面幾乎都能找到蘑菇，洪大嫂他們有家庭的人，都來摘這些蘑菇吃。」

「呦，能吃嗎？」

「能，洪大嫂還弄給我吃過呢。」

「不是說有的蘑菇有毒嗎？」

「當地人都認得出來，楊軍就最會辨別了。」

「對了，他是當地人，看來這個人挺憨厚的，是嗎？」

若梅點點頭：「唔。」

再往前走，眼前出現一大片黃色的野花，鮮艷嬌嫩，襯得天空更加湛藍清澈了，林翠蔭不禁感嘆：「大自然太美了！」

「媽，這就是我們平時吃的黃花菜呀。」

「是嗎？原來這花這麼好看，真捨不得吃了。」若梅知道媽媽看見美麗的東西就興奮不已，以前家裡種的曇花開花的時候，她就立刻把它們畫下來。一夜守著它，直到花朵凋謝，她會顯得很傷心，爸爸常笑她是小資產階級情調。

「這片黃花太美了，我要把它畫下來。若梅，這真是一塊好地方，好好地把它建設起來，可能真會出現一个富饒的北大倉呢，這裡的人好像也比較淳樸，對嗎？」

「是的，老鄉們都挺好的。」

久住大城市的林翠蔭，此刻身處大自然的懷抱，對比特別鮮明。那清澈的天、黑色的土、綠色的白楊、黃色的菜花、自由自在的飛鳥、散落在草原上的馬群，都使人產生一種舒展、鬆弛的感覺，她深深地吸了一口氣，要把這美好的感覺沁入心肺，洗滌那塵世的無窮煩惱。

林拿出了畫板，筆和紙，開始畫起來。

「媽媽，我給您揹著書包，您可以坐在這塊石頭上畫。」

林看了看女兒，見她不像昨天那麼緊張，也許同樣被這廣闊的大自然感染了，或者是因為自己沒有再問她什麼問題。

「若梅，你站到那黃花叢裡去，揹著書包，我給你畫一張

肖像，留個紀念。」

「不，媽媽您就畫這些花吧。」

「誒，你知道媽媽是擅長畫人物的麼，再說也可以讓你爸爸看看你，他挺想念你的。」若梅不好掃媽媽的興，只好站到花叢中去。

「側過來，對，一個手放到後面去，頭擡起來一點，腰桿兒挺直，好，就這樣。」

不到二十分鐘林就畫出了個草圖，「行了，顏色我得回去加。」

「還上顏色啊？」

「當然，這麼美的景色，一定要有顏色的。」

「媽媽您把我畫得精神了。」

「這兩天可能因為我來了，你沒睡好，有點疲倦的樣子，可是你畢竟還年輕，不會老是這樣的，再說在媽媽心中你永遠是朝氣蓬勃的好孩子。」

「真的嗎？」

林翠蔭摟著若梅的肩膀：「當然，媽什麼時候騙過你？走，我們該回去吃飯了，你們食堂開到幾點？」

「開到一點半，還來得及。」林裝著沒看見女兒眼淚汪汪，一路上還是找些開心的話題跟她講。

「對了，你還不知道你的同學陸含笑回來了。」

「是嗎？媽媽您怎麼知道的？」

「聽說去年寒假，她到上海看過她外婆。」

若梅腦子裡出現了童年的情景，可是現在自己⋯⋯

「她和蔣桃麗都在北京上學，桃麗在舞蹈學校，這你是知道的。可是聽說她爸爸肅反的時候也被打成反革命了（可見

《夢斷京城》P.102有關蔣桃麗的爸爸被隔離審查的部分）。唉，每個人一生中都有可能遇到挫折，總得堅強地活下去，不是嗎？」若梅默不作聲。

「陸含笑現在在煤炭部的文工團工作，你哥哥去輔導他們練合唱，見到她了。」「是嗎？」「她還問你哥哥要你的地址，她會給你寫信的。」若梅急忙說：「不、不，媽媽先別告訴她我的地址。」

林翠蔭望著女兒緊張的神色好心痛，只得說：「好的，或者讓你哥哥告訴你她的地址吧，什麼時候你想跟她聯繫，就給她寫信好了。」若梅無奈地點點頭。

母女倆回到食堂，大部分人已經吃過飯了，洪大嫂給她們倆留了飯菜。

「小韓，你們上哪兒了？」

「我帶媽媽周圍走走、看看。」

「林老師，怎麼樣？我們這兒是窮地方，跟你們那兒沒得比。」

「挺好的，一點也不窮，將來一定很有發展。」

「喲，瞧您說的，行啊，趕明兒等這裡條件好些的時候，您來多住些日子，哦，對了，你們快吃飯吧，小韓，這兩天你有假好好歇歇。」

若梅先吃完了，她去洗碗的時候，洪大嫂悄悄地對林說：「今天下午我們那口子在家幹活兒，您讓小韓睡一大覺，一會兒我來接您上我們家坐坐。」見若梅走過來了，洪大嫂向林使了個眼色，她感激地點點頭。

回到小庫房林翠蔭讓女兒睡一會兒，「媽媽，您也睡一會

兒吧，這兩天您夠累的。」

「你先睡，你平時沒有時間休息，今天好好睡一覺，我把東西整理一下，回頭再睡。」

若梅這兩天晚上的確沒睡好，實在很累，而且她也正想躲避媽媽再問她問題，便順從地躺下了，由於過度疲勞，不一會兒就睡著了。這時候洪大嫂探頭進來，向林招招手，林輕輕地跟著她走了出去。

洪大嫂家那個乾打壘的房子離得不遠，一進門見到炕上躺著一個兩歲左右的男孩兒，有個瘦瘦的男人正坐在一張矮凳上編柳條筐。

「鐵柱他爹，這就是小韓的媽媽林老師，她說沒見過怎麼編柳條筐，想來看看。」那男人擡起頭對林點了一下頭，沒說什麼，接著又悶頭編筐了。

「林老師這次大老遠的從上海來看女兒，不容易啊。」說著搬了一張凳子過來：「您坐。」

「洪大哥，你編得真好，我們睡的牀板也是這樣編出來的吧？」洪沒有出聲。

「洪大哥，聽洪大嫂說你在韓國是跟若梅關在一個地方的，對嗎？」

他一聽這話，立刻警覺起來，生氣地瞪了妻子一眼，也沒答理林翠蔭。

「你別不吭氣兒啊，人家做媽的多著急啊？」

「洪大哥，我就是想知道若梅在那兒的表現，你可知道她的一些情況？」

他看了看林，只是搖了搖頭，也不知道他什麼意思，洪大嫂可急了，「哎呀，你倒是說呀，這兒又沒別人，照實說麼，

林老師不會跟別人講的。」

「是啊，洪大哥我只是求個心安，我不會跟誰說的，說也沒用。」

可是他就是什麼也不說，站起來好像要往外走，洪大嫂擋著他的去路，「你要拿什麼？我幫你拿。」洪一把推開妻子，走到院子裡去拿繩子，洪大嫂跟著他出去，夫妻倆不知在外面說了些什麼，再進屋時，只聽洪大嫂說：「做人總得講點良心，你自己說的，在韓國撤退那回，要不是小韓在戰壕裡發現你，你早就沒命了。」

「洪大哥，我不是一定要你說她好話，她要是真有錯，我們也好教育她呀，只是做父母的總是不想冤枉自己的孩子。」

洪擡起頭來看看妻子，又望了林一眼，萬般無奈地輕輕說了一句：「唉！這是命啊……這年頭反正人家說咱是個啥，咱就是個啥唄。」

林見他肯開口了，想再引發他說得具體點：「在那邊的時候，她的心是不是一直向著祖國？」

洪深深地嘆了口氣：「唉！不向著，幹嘛要回來？不早就去了臺灣了嗎？」他似乎既在說小韓，也在說自己。

洪大嫂見丈夫終於說出了些東西，高興地對他笑了一笑，回過頭來對林說：「是啊，您看我們鐵柱他爹就沒去臺灣，他是惦著家的，可有不少人去了臺灣。」

洪趕緊打斷妻子：「你知道個啥？別胡說！」

「你那個同鄉，拜把子兄弟陳根寶不就去了臺灣？小韓要不是為了救他，還不會給敵人抓著呢，真是的。」

林翠蔭問他：「是嗎？」洪默默地點了點頭。

「謝謝你。」林知道再問也問不出什麼了，此地不宜久

留，讓別人發現了，對誰都沒有好處，「洪大嫂，若梅可能睡醒了，我也該回去了。」

「那也好。」

「洪大哥你放心，咱這兒說這兒了。」洪低下頭搓著自己的手沒說什麼，站了起來目送著往外走的林翠蔭，洪大嫂則一直把林送到院子裡。

回到小庫房，若梅還沒醒，林翠蔭望著沉睡的女兒好心疼，「這是命嗎？為什麼讓我這麼好的女兒攤上了？不過也不僅僅是她，洪大哥看來也是個老實人，還有許許多多像他們這樣的人，不知都在哪里遭罪呢，戰爭真是殘酷複雜。她這麼年輕，往後的路還長著呢，什麼時候才能熬出頭啊？不管怎麼樣，不能讓她喪失信心，要讓她相信日久見人心，黨總有一天會諒解她的。」

若梅睡醒一大覺，臉色似乎好一些了，「媽媽您沒睡啊？」

「我打了一會兒盹兒，我不累，快要吃晚飯了，晚上再睡吧。」

「媽媽我今天可以在這兒陪您。」

「那太好了。」

吃過晚飯，若梅到伙房去打了一盆熱水進來，「媽媽，您擦擦身吧。」

「那你呢？」

「您擦吧，我用涼水就行了，我習慣了。」

「那怎麼行？一會兒你能不能再去打一盆熱水？」

「行。」

林趕快用水擦了一擦身，這一路來灰土很大，的確也夠髒的，她擦完之後若梅趁伙房還沒下班，又去打了一盆熱水。當

　　若梅脫了上衣時，林看見她左肩連後背的地方有一道很深的傷痕，很吃驚，可是忍住沒問，過了一會兒才說：「我幫你擦擦後背吧。」

　　「誒。」可是若梅隨即又說：「哦，不用了。」她忽然轉過身來，匆匆忙忙地擦完了身，走出去把水倒了，回來時若無其事地，「媽媽是不是舒服一些了？我們這裡現在還沒有澡堂，以後會有的。」她像是在安慰媽媽。

　　林深沉地望了女兒一眼，意味深長地說：「是啊，一切都會變的，情況會好轉。」她走到門口，看了看食堂裡已經沒有人了，這才回來坐在牀上，用平靜的語氣說：「下午你睡了的時候，洪大嫂帶我上他們家看了看她的小兒子，挺可愛的。」

　　「是啊，小虎長得很俊，像洪大嫂。」

　　「聽他爹說多虧了你，不然他早就死在戰壕裡了。」

　　若梅幾乎不相信自己的耳朵，奇怪地問：「是他告訴您的？」

　　林點點頭，接著說：「聽說你還救了一個叫陳根寶的戰士。」

　　若梅更奇怪了，「他不愛說話，怎麼會跟您講這些？」

　　「俗話說，千年鐵樹會開花，有朝一日啞巴也會開口的，只是講真話需要勇氣，不過好心有好報，你對人家好，人家心裡有數。」若梅低下了頭，躲避著媽媽的目光。

　　「若梅，媽媽知道你受了許多折磨，有不少委屈，不過你要相信事實是掩蓋不住的。你背上的傷痕，是不是在救人的時候受的傷？」

　　若梅搖搖頭，不知為什麼她忽然傷心地哭了起來，林拉住她的雙手，輕輕地撫摸著，「孩子，是有人打了你嗎？這不像

是子彈打的呀。」林摟住女兒心疼地說：「我可憐的孩子，你受苦了，有什麼委屈講出來吧，媽媽在這兒，你不跟我講跟誰講呢？」

這回若梅沒有像那天那樣躲開，她撲倒在媽媽懷裡嚎啕大哭起來，林翠蔭不再催問她，只是靜靜地等待著，讓她哭個痛快。「如果真有人違反政策打人，是可以告他的。」林憤怒地說。

「不是，媽媽。」

「那是怎麼回事？你到底是怎麼受的傷？是美國鬼子打你的嗎？」若梅搖搖頭，「那是誰呢？」

「1952年國慶節前，我們在戰俘營，偷偷做了一面國旗，國慶節那天早上，我們把它掛了起來，那些準備選擇去臺灣的戰俘，把它扯了下來，兩邊的戰俘就打起來了，我站在牀上把國旗高高舉起，沒看到後面有個大漢拿著根棍子，企圖戳破我們的旗幟，結果棍子卻打在我的背上了。」

「那後來怎麼樣？出人命了嗎？」

「沒有，後來美軍驅散了人群，還把帶頭的抓了起來。」

「那你有沒有被抓？」

「我昏倒了，醒來時我已經在醫院裡了。」

林感到非常恐怖，想到女兒的表現，更是痛徹心肺，「好孩子，你真了不起！那後來怎麼樣？」

「後來美軍就把這兩批戰俘隔離，分開關押。」

「若梅，這些事情，你回來以後有沒有跟黨組織匯報？」

「講了，可是工作隊宣布不要表功，應該坦白交代自己的過失。」

「什麼不要表功，那是事實麼，有沒有人可以為你做證？」

「他們根本不想聽這些，後來幾乎所有的人都被開除了軍

籍和黨籍，連那次帶頭讓我們做國旗的人，也給開除了，他還
怎麼能為別人做證呢？」

　　林沉默了，突然她覺得自己的心在往下沉，此時她更加理
解女兒為什麼想自殺，如果是自己，恐怕也會崩潰的。可是，
黨怎麼可能讓這些在敵人面前無畏鬥爭的人，永遠蒙不白之冤
呢？不會的，正如若松想的那樣，一定是出了偏差，畢竟國家
才建立不久，黨在這方面還缺乏經驗，總有一天會糾偏的，她
好像要為自己打一劑強心針。她不斷輕輕撫摸若梅的背，好像
要撫平她心靈深處的累累傷痕。可是，如果她知道1949年8月
各國曾在日內瓦簽署了一個戰俘國際公約，並已於1950年10月
正式實施，那麼恐怕什麼強心針對她都不會有效了。

　　「若梅，別人一時誤解了你不奇怪，因為戰爭太殘酷，戰
俘營的環境太複雜，要甄別六千多人，黨需要時間來了解，個
別壞人肯定是有的，最要緊的是你對自己的信心不能動搖，自
己沒做過的事情不能瞎承認。」

　　在冷雪飛之後，若梅第二次聽到這樣的話，而說話的人正
是自己的媽媽，她好像增添了一點勇氣，「我從來沒有瞎承認
過什麼。」

　　「那就好。」

　　但她又無奈地說：「可是我畢竟做了敵人的俘虜，我……」

　　「每一個戰役都會有勝負，兩方面也都會有戰俘，問題的
關鍵是你並沒有出賣國家和戰友麼。」

　　可是若梅想到工作隊講的那些話，什麼「共產黨員不能被
俘」「被俘本身就是喪失氣節」「必須深挖細找，搜腸刮肚地
找出自己的錯誤，交代問題，沉痛反省」等等，她怎麼能有信
心：「媽媽，這是說不清楚的。」

「俗話說不做虧心事，半夜不怕鬼叫門。中國歷史上的冤案的確不少，但是現在國家是我們自己的，黨是偉大英明的，她不會讓自己的兒女永遠蒙受冤屈的。」

若梅呆呆地望著前面。「孩子，沉住氣，挺直腰桿做人，群眾的眼睛是雪亮的，你不是說這裡的老鄉都挺好的麼，他們沒有歧視你吧？」

「沒有，所以我不想離開這裡。」林明白她擔心上海附近的農場未必跟這裡一樣。

「你願意留在這裡，媽媽不會勉強你回去，答應我，像以前一樣積極面對人生，相信黨也相信自己，把這段經歷看成是對自己特殊的磨練，我的女兒絕對是好樣的。」

若梅感激地看著媽媽，心想：我不能辜負媽媽的信任和期望，不管怎麼樣，我得挺住！「媽媽，你放心，我會努力的。」

林眼含熱淚，雙手用力地按著女兒的肩膀，「記住，媽媽和爸爸，還有你哥哥都會在遙遠的地方關注著你，支持著你的。」

若梅使勁兒地點了一下頭：「唔。」

「時間不早了，睡覺吧。」

這一晚林翠蔭久久不能入眠，想到女兒的經歷和委屈，她悲痛難忍。可是若梅卻睡得很沉。這些年她都沒有睡得這樣好過。

學校快開學了，林翠蔭不得不走了，這裡的人看來還比較樸實，像洪大嫂、楊軍對她都不錯，甚至那個怪怪的冷雪飛，其實也是個熱心腸。要是硬讓她回江蘇，也許壓力更大，在上海且不說相熟的人多，父女倆見了面，又如何相處呢？唉！算

了吧，唯有以後多給她寫信，多來看看她，除此之外，還能怎麼樣呢？

做母親的不想再問女兒什麼了，只想多給她留下一點親情。剩下的幾天，晚上幫她縫縫補補，把鬆脫的鈕扣都加固了一遍，若梅看著母親一針一線地縫著，一首唐詩《遊子吟》中的詩句浮上心頭，「慈母手中線，遊子身上衣，臨行密密縫，意恐遲遲歸……」一陣心酸，又止不住要流淚了。

媽媽走的前一天還幫她剪了頭髮，跟她一起去看望了楊軍的媽媽。林翠蔭發現這母子倆對若梅真的很好，她也放心多了。

晚上躺在草墊上，翻來覆去睡不著，雖然心裡很捨不得女兒，但她明白不可能永遠陪伴在她身旁，但願黨會早日為她平反，除此之外，不可能有別的辦法解除她的痛苦。自己已經託付了洪大嫂和楊軍多幫助她，看得出來這兩個人很善良，而且她也相信那個看似古怪的冷雪飛，也會幫助她的。

五

韓若松接到媽媽從上海來信，知道她暫時不會來北京，有點失望。他很關心妹妹的近況，寫信是無法瞭解到她真實的想法的，彼此都只能說些冠冕堂皇的話，媽媽去了，也許能讓她掏出心裡話來。但媽媽並沒有細述妹妹最近的情形，也許信裡不便講。這個妹妹比他小九歲，很乖，很上進，從小他就很疼她。

1953年她從朝鮮被遣返後，他是第一個去探望她的家人，那時他正在北京實習，當時他的女朋友顧瑞蘭聽說他要去看望妹妹，很不贊成，並告訴他，她爸爸認為作為一個黨員，不能光顧私人感情，這麼快就跑去看她，對於她認識錯誤，改造自

己未必有利。若松聽了很不高興，一言不發，掉轉頭就去買了火車票徑自走了。

從東北回上海的那天，父母都去上課了，他在房間裡哭了一場。後來為了妹妹，他還跟他一直尊敬的爸爸翻了臉，他憤怒地駁斥爸爸：「你還是不成功便成仁的那套，現在是什麼時代了？你到底愛不愛你的女兒——這樣一個在危急時刻願意為祖國獻身的女兒。」

爸爸卻說：「我不是不知道若梅以前有多麼赤誠，可是她畢竟太年輕、太單純了，而敵人是殘忍、狡猾的，這兩年多，他們一定使盡了各種威逼利誘的手段，我真的不敢想像她能否經受得住考驗，萬一……」

「你在說什麼？！難道你也懷疑她？」林翠蔭痛心地問。

「夠了！爸爸您連自己培養教育出來的親生女兒都不相信，您還相信什麼？！」

「我們作為黨員，也包括你，首先應該相信的是黨。不要把私人感情放在黨和國家之上。」

「哼！」

「不要吵了！被俘虜過怎麼了？在戰場上這種事情多了，我們若梅，還是個女孩子，能奔赴沙場就很難得，難道你不想她活著回來嗎？」

「我怎麼會不希望她活著回來，不過你想過沒有，她回來以後會怎麼樣？」

翠蔭氣呼呼地：「會怎麼樣？當初不是說國家歡迎他們回到祖國的懷抱中來嗎？黨和國家就應該好好安置他們，若梅連書還沒讀完呢。」她拿出手絹擦著眼淚。

「在敵人那邊他們不知受了多少苦，現在回到祖國，怎麼

可以隨便懷疑他們。」若松非常不滿。

韓方正搖搖頭，「你們想問題太天真了……頭腦簡單，根本不懂得國際間鬥爭的複雜性。」說完他沉重地嘆了一口氣。「一個人在嚴酷的打擊面前，只要意志稍不堅強，就有可能一失足成千古恨……」聽了他這句話，若松生氣地走了出去，嘭地一聲關上了門。

此後，翠蔭經常夾在他們父子之間，很痛苦。不久若松大學畢業了，被分配去北京工作，暑假都沒有過完，他就提前去歌劇院報到了，此後甚至過年過節都不大想回家。

自從遇見了含笑，若松更急切地盼望媽媽快點來北京，他有許多心裡話要跟媽媽談，可如今她又不來了，滿腹心事無人傾訴，感到有點鬱悶。不管表面上他有多麼冷靜、灑脫，其實有時候還是不免感到孤獨。

含笑一再詢問若梅的情形和地址，雖然他覺得很難辦，不過在這世態炎涼的世界上，她對友情這份執著的確令他感動。

一天韓若松來幫他們練習完《王貴與李香香》的合唱之後，問含笑：「你不是想我聽聽你唱歌嗎？」含笑點點頭，心想，他還沒有回答我到底若梅在哪裡工作呢，怎麼又扯到唱歌上去了，不過願意聽我唱歌也挺好的，唱完之後，還可以再問問他若梅的情況麼。

「那您什麼時候有空？」

「明天下班以後怎麼樣？」

「好的。」

「那我吃過晚飯來找你。」

「又要您跑一趟。」

「你不是說，晚上騎車吹吹風挺涼快的嗎？」

含笑低下頭笑了，怎麼老記著我這句話？

「真是麻煩您了，那幾點呢？」

「七點吧。」

聽完含笑唱《我親愛的爸爸》，他說：「不錯啊，魏老師對你幫助很大，你的發聲已經有立體感了，E以上都挺好，低聲區還要注意胸腔共鳴。」

「是的，我自己也覺得有時低音下不來。魏老師讓我把聲音好像吞進肚子裡，我還沒有琢磨好。」

他笑了，「吞進肚子裡，這比喻很形象。這得慢慢練，多體會。高音很好，就是要注意跨越八度的時候，保持上下統一，關鍵是氣息和喉頭必須穩定，不要跟著音高往上跑，不然你會吃力，因為氣淺了麼，即便高音唱上去了，音色會變尖，上下不統一。」

若松說著在琴凳上坐了下來，彈起這兩個樂句，幫含笑反覆練習，經他指點和示範，含笑體會到氣息與音高的配合，一下子開了竅，很舒展地把跨越八度的音唱了出來，而且還能延長呢。若松讚許地：「你看這樣唱音色是不是好多了？」她太高興了。見她開心得振臂高呼跳了起來，簡直就像當初那個小女孩。

若松癡迷地望著她，多可愛的小樣！只感到自己的一顆心跳盪了。她那天真的模樣如此迷人……仍然是很久以前認識的那個豆蔻年華的小姑娘。不禁感慨起來，那時我們還都那麼年輕、單純，無憂無慮，正是青春無敵的年齡啊！

突然發現若松沉默不語，像是皺著眉頭，含笑停了下來，有點困惑，不好意思地問：「您覺得我這樣唱還行嗎？」

若松頓時從遐想中驚醒，暗忖：「是啊，怎麼光顧著看她，丟了魂了？」他忙移開視線，若無其事地輕聲說：「你看你，興奮起來就像個孩子。」儘管盡量保持冷靜，但他的神情還是出賣了自己，那溫柔的的語氣中流露出一種不一般的憐愛。聽了他的話，含笑臉紅了，怎麼搞的？她有點窘，但又有點喜悅。趕緊避開他的目光，望向窗外。

「記得嗎？在上海的時候，你們幾個小同學來我們家玩，我正在拉提琴，若梅說你會彈鋼琴，我拿了個伴奏譜讓你幫我彈。」

含笑心想，原來他也記得，「您還說考考我呢。」

「結果你彈得很好，我誇你視奏不錯，你跳起來拍著手，高興得就像剛才那個樣子。」

「是嗎？」含笑想起當年的天真，自己也覺得好笑：「不過，韓指揮，我真的從來沒有這麼舒服地唱好過這兩個樂句，而且高音也不尖了。」若松點點頭。

「上次音樂學院的沈湘教授為我們鑒定聲種，他說我屬於大抒情女高音，可是我老覺得自己的嗓音沒那麼寬，原來是方法不對。」

「氣息深，喉嚨適度打開，高音就不會又細又尖，聽起來圓潤得多。」

「真謝謝您，韓指揮。」

若松微笑著用食指戳了一下她的腦門兒，「別老叫我韓指揮好不好？我沒有名字的嗎？」

「大家都這麼稱呼您的麼。」

「大家？你不是大家呀，我們早就認識了。」

「那怎麼稱呼您呢？」

「就叫我韓若松，或者把姓省略了也行啊。我不是叫你含笑嗎？」

「叫您名字？太不敬了吧，那……人家……」

若松故作詫異地：「人家怎麼了？」見她不答，那窘迫、羞澀的神態，依然像個情竇初開的少女，真令人心醉，不由得笑瞇瞇地說：「誰在乎人家怎麼想，這關他們什麼事？」

含笑臉紅了，沒作聲，若松迅即以大哥哥的語氣說：「其實我知道你的故事，老趙都跟我講了，我也很同情你。不過，為什麼總是把自己禁錮在過去的苦井裡，不嘗試把自己釋放出來呢？」見含笑低著頭想什麼似的，便接著說：「如果你怕人家以為什麼，那，你願意怎麼稱呼我都行。」他故意把「以為」這兩個字說的特別重。

含笑更不好意思了，一時真的不知道該怎麼稱呼他，只好向他舉手敬了個禮，笑著說：「那就謝謝您的指教和關心。」

若松拍拍她的肩膀：「不用謝，乖乖地堅持練。好吧，今天就練到這兒，下回再聽你唱一定要有進步。」

還有下回？含笑有點意外。送他到大門口，他騎上自行車還回頭笑著跟她揮了揮手。她很開心，沒想到又多了個義務老師。

「不過他好像在暗示我什麼，他那濃眉下的眼睛多麼深沉，眼神那麼有穿透力，好像射進人家的心坎裡了，男中音的音色又那麼有磁性，循循善誘時好親切啊。」在這之前似乎沒有人令她有過這種感覺，「他是不是對我？要是他對我……那我……」想起哥哥說過「總有一天會有個懂得欣賞你的好人出現。」「他，會不會就是那個好人……？」想著、想著，臉都有點發熱了。一轉念：算了，他是團裡的業務骨幹，准是個黨員。一想到黨員她就怕了。再說，他們歌劇院裡有的是漂亮姑

娘，還愁沒人追他嗎？胡思亂想些什麼呀？「啊呀！我怎麼忘了問他若梅的地址了？不要緊，反正他還會來聽我唱歌的。」想到這裡，她露出了微笑，哼著歌邁著輕盈的步伐走向宿舍。

　　到了門口遇見小金出來：「唱完了？」她點點頭，見她笑嘻嘻，「這麼高興？」

　　「讓老師誇獎，還不高興？」

　　小金發覺好久沒見她這麼快樂了。

　　若松回去以後晚上躺在牀上怎麼也睡不著了。其實，他知道這幾年自己也好像掉進了苦井。倒不完全因為離婚對他的打擊，其實這段婚姻來得有點突然，當初若不是瑞蘭盯得緊，也許他根本不會結婚，那時的他事業心特強，還沒有將談婚論嫁的事情放到日程上來，可是瑞蘭卻抓住他不放，在眾人面前公然挽著他，若松很不好意思，而大家時常拿他們倆開玩笑，好像他們真是一對戀人似的。

　　瑞蘭的熱情奔放，對於步入青春期不久的若松，不能說沒有誘惑力，當時他也分不清情與慾，糊里糊塗結了婚。婚後似乎一切都在她的掌控中，他總是處於被動狀態，有時會因此感到缺乏探索追尋的樂趣，久而久之，越來越乏味，不知不覺他變得冷漠了。這令任性驕縱慣了的瑞蘭很不快。一開始她就被他的才華和溫文爾雅的風度吸引，但她並不懂得他不是一個可以任人擺佈的男人，她沒有察覺他內在的自信和驕傲，簡單的她並不真正理解他。她更不明白為什麼自己對他那麼熱情，他卻越來越冷淡，困惑令她變得多疑焦躁，以致對於他接觸的女性，幾乎都要尋根究底，盤問一番，可是這樣越提防越令若松感到彆扭，這段婚姻逐漸少了歡愉，增添了張力。

　　1957年秋，在他處於人生低谷的時候，瑞蘭竟然主動提出離婚，這對他是一個突然打擊。就離婚本身，在感情上可以說是一種解脫，但由於是她拋棄了自己，在那一刻，他覺得受了極大的羞辱，嚴重傷害了他的自尊心。

　　離婚以後，不僅因為沒有發現什麼能吸引他的人，即便有，也不想去嘗試。過去他是很招女孩子喜歡的，可是現在自己這種情況，何苦自尋煩惱？雖然媽媽老說他都三十五歲了，該再找個伴兒，只要人心地善良就好。可是他又不能將就，於是什麼也不想考慮了。沒想到含笑的出現，卻意外地令他重新產生了一種衝動。剛才在琴房裡，看到她振臂高呼興奮的樣子，覺得好可愛，真想親親她笑逐顏開的臉蛋，但他立刻控制住了自己。不，如果她知道我的真實狀況，或許會嚇跑的，她已經受過一次沉重的打擊，我也不該讓這麼單純的姑娘，再冒一次風險，尤其，她還是若梅的好朋友。

　　兩個星期過去了，含笑沒見韓若松出現，也沒有打電話來跟她約時間幫她練唱，覺得有點奇怪，一會兒那麼熱情，一會兒好像完全忘了這回事。星期五晚上《王貴與李香香》在小禮堂彩排的時候他來了。含笑沒參加這齣戲的演出，正幫著趙隊長招呼來賓，見若松坐在觀眾席後排靠邊的座位上，她並沒有主動上前打招呼。當她帶一位來賓就座後，走過他的座位時，移開視線假裝沒有注意到他，但他一句話令她停住了，「喂，怎麼不招呼招呼我這位來賓？」

　　她一回頭，「哦，韓指揮，您來了？」

　　若松豎起大拇指：「好演員！」暗笑著說：「最近忙，明天七點，好嗎？」含笑點點頭趕緊走開了。

　　她哪裡知道，這兩個星期她的影子時刻出現在若松的腦海

裡。自上次見了含笑之後，他那顆似乎冬眠了的心甦醒了，反而顧慮重重，心緒紛亂，這在他是少有的。正好收到媽媽來信，說起她從北大荒回上海之後心情很差，更令他卻步了。此時此刻他多麼需要找個人傾訴自己內心的矛盾和煩惱，可是又能跟誰去說呢？最後還是憋不住寫了封信給媽媽，說出了近來的一切。

看完彩排，他看見含笑在門口送來賓，等大家走了出去，才慢慢走近她，「明天再準備一首中國歌。」

「好的，再見。」

晚上躺在牀上，若松再次讀了一遍媽媽的信：「……既然她是若梅的好朋友，而且她本人也經歷過不少挫折，你不妨把真相告訴她，看看她的反應再說。說實在的，你也不能永遠封閉自己，終須面對現實，如果你覺得自己沒有錯，那麼又怕什麼呢？別人理解或者誤解都不重要，過得了自己這關才是最重要的。你對她有好感，如果她能理解你，那麼你能有這樣一位紅顏知己也很難得，又有什麼不好？……」

星期六的黃昏，辦公樓沒有什麼人了，含笑在趙隊長的辦公室裡練唱，那裡有臺琴，琴上有盞檯燈，平時用來聽演員試唱，或者聽來考試的人唱歌。含笑來面試的時候就是在這裡唱的，那時是梁晶瑩彈琴，黃團長和趙隊長坐在長沙發上聽，一晃已經四年了，真是光陰似箭，不知為什麼，含笑有點感慨。

在檯燈柔和的燈光下含笑正在唱《小河淌水》，若松走了進來，用手示意她不要停下，他則站在琴旁靜靜地聽著。

月亮出來亮汪汪，亮汪汪，

想起我的阿哥在深山；

哥像月亮天上走，天上走，

哥啊，哥啊，山下小河淌水清悠悠……

寧靜的月光下，一個少女沉浸在思念中，多麼柔和的色彩和線條！

含笑唱完了，若松依然交叉著雙臂，瞇著眼睛出神地望著她，彷彿在品味一幅美麗的圖畫。他那專注的目光令她有些不安，不知道他覺得自己唱得如何，有點尷尬，便站起身走到門旁把大燈打開，亮堂堂的燈光一下子令若松回過神來。

「你選這首歌不錯，很柔情，蠻適合你唱的。不過還是先聽你唱《我親愛的爸爸》吧。」

「好，您聽聽我有沒有進步。」含笑自彈自唱起來。

聽她唱完後，若松拍拍她的肩膀：「好多了，可見你沒有偷懶，站起來唱吧。」他坐下彈伴奏，中間停了下來，「這個F不要唱得那麼實，那麼強，你想，當她唱『我多痛苦，多心酸，啊，天啊！寧願死去！』的時候，是在苦苦哀求，很可憐的樣子，是不是應該輕輕地唱出來？」

含笑再試了一次，「可是輕聲唱很難呀，音又那麼高。」

「是比較難，所以更得注意氣息要深，聲音位置要高，而且F正好是女高音的換聲點，聲帶不能用得過分，稍微虛一點，讓聲音飄逸起來，懂嗎？」

含笑再試了幾遍，好一些了。若松點點頭：「我想你是明白我的意思的，只是技巧上還要多練，熟能生巧麼，讓頭腔共鳴發揮得更好些就好聽了——好吧，再唱唱那首中國歌。」

含笑帶了兩個杯子來，從暖壺裡倒了兩杯水，遞了一杯給

若松。「對了，林老師來北京了嗎？」

「沒有，她來信說很累，過些日子再來，她直接回上海了。」若松放下杯子，「先別說這些，練歌不要分心。你接著唱。」含笑瞧他那副嚴肅的樣子，覺得好笑，還真像個老師呢。

唱到「哥啊，哥啊，你可聽見阿妹叫阿哥？誒⋯⋯阿哥。」這句時，他搖搖頭，看來他不怎麼滿意。「我沒有聽見啊。」

含笑傻愣著，不知他什麼意思，怯生生地問：「我唱得太輕了？」

他又搖搖頭，「不是，我聽得見你的嗓音，可是聽不見你的心聲。她是在呼喚她的情郎哥，怎麼能那麼生硬？你只顧聲音了，感情呢？」含笑再唱，他還是搖搖頭，「加點想像好嗎？你不會沒有這種體驗的吧？」含笑垂下眼簾沒吱聲。「哦，對不起，我不該這樣問。」看她不像是不高興，便接著說：「你看著我，就好像對我唱似的。」見她有點害羞的樣子，「怎麼，不想對著我唱？」若松輕聲一笑：「我是若梅的哥哥，你叫我一聲哥，也沒什麼不可以吧？」含笑抿著嘴笑了，於是她盡量唱得有感情些。「這還差不多，有點甜甜的味道了。」他用指關節輕輕地彈了她的腦門一下。

她躲開了，小聲說：「您幹什麼呀？」

「沒幹什麼呀，覺得你蠻好玩的。」他在長沙發上坐了下來，拍拍旁邊，「來，你也休息一會兒，唱了半天了。」見她還是遲疑地站著不動，便拿起杯子喝了點水，移到沙發的一邊，給她騰出個空點的位子，「你剛才不是問我媽媽來不來嗎？你是不是想問若梅有沒有信給你？」

含笑：「是的。」

「那你坐下，我告訴你。」

啊！有若梅的消息了，含笑高興地趕快過去坐在他身旁。

「這些問題說來話長，你首先要答應我，不能跟任何人講我今天跟你說的一切，我信任你才告訴你的。」

怎麼這樣神秘？若梅到底做什麼保密工作？含笑豎起三個手指頭：「我用生命保證絕對不講出去。」

見她那麼認真，他笑了：「留著你的小命吧，沒那麼嚴重。不過你得有足夠的耐心。」

含笑著急地，「您講麼，我有耐心。」

「瞧你急成這樣，還說有耐心。」他停頓了一會兒，深吸了口氣，緩慢地說道：「我媽媽剛從北大荒回來，若梅在那邊。」

「什麼？北大荒？！」含笑非常意外，她雖然沒有去過那裡，可是耀宗哥被打成右派之後，大姐最擔心他會被發配到北大荒去，聽說那裡接近蘇聯，很荒涼，冷得不得了。在她腦子裡，北大荒是個可怕的地方，是犯錯誤的人才去的地方。「若梅怎麼會在那兒？」

「若梅在朝鮮的一次戰役中，為了救一名傷員，不幸和他一起被俘，在韓國的濟州島戰俘營關押了兩年，到1953年夏天才被遣返。」他不想再猶豫了，索性一股腦兒地說了出來，

「啊？！關押了兩年？那有沒有受虐待？她現在怎麼樣啊？」這意想不到的可怕消息，令含笑既驚嚇又難過。她體會過被冤枉的痛苦，但她只是被學校開除，而若梅是被敵人抓捕、關押，這還得了？！

「據說遣返的時候沒有發現什麼傷痕。」

「我知道這種事情的，1953年我還在香港呢，爸爸告訴過我，在朝鮮的中國志願軍戰俘，可以選擇回國，也可以選擇

去臺灣，選擇回國的一定是很愛國的，她能活著回來是萬幸啊！」含笑抹去眼淚，她知道他很疼妹妹，覺得自己不應該讓他更加傷心。「那若梅選擇回國，應該受到嘉獎，對嗎？」

「本來我也是這樣想的，可是事情完全不是這樣，回來的人全部被隔離審查，最後百分之九十以上被開除軍籍、黨籍，很多分配到軍墾農場勞動。」

含笑大驚失色：「怎麼會這樣？！他們參加抗美援朝，是自告奮勇去的，連死都不怕，那時我非常佩服若梅。這太不公平了。」

若松很感動：「含笑，你的確是若梅真正的朋友。」

「怎麼可以這樣呢？是不是搞錯了，你們有沒有為她提出申訴？」

「沒有用的，不止她一個，這是上面的政策。」

「這是什麼政策？有什麼理由？戰爭中當然會有戰俘，梁晶瑩的丈夫就是在朝鮮管理美國戰俘的，難道他們回美國以後也都得受懲罰嗎？那參軍只能去送死，不許活著？哪有這種道理？！」

若松沒想到這個年輕姑娘會發出這一連串的問題，語氣還這麼強硬，就跟當年自己想的一樣，為此，爸爸韓方正還嚴厲斥責他，說他懷疑黨的政策是大逆不道，可是眼前的含笑不也對此提出質疑嗎？

見若松沉默不語，含笑有點生氣了，「您這個做哥哥的怎麼可以不管？他們審查出她什麼？應該追問他們，她究竟犯了什麼罪？有什麼證據？」

「不知道，具體細節他們是不會告訴你的。但這些戰俘將永遠被懷疑是變節分子。」

「啊？變節分子？！拿不出證據就這樣隨便給人下結論，太不像話了，黨怎麼不管？」

若松站起來，轉了個圈子，慢步走到窗前看著外面，背對著她，仍然沒說話，他猶豫著怎麼往下講呢？會不會把她嚇跑？那就再也沒有機會接觸她了。難道真要把她也拖進自己的苦井嗎？不過，媽媽說應該講出真相，是啊，遲早她也會知道的，瞞她幹什麼？不如坦誠相告，知道了真相，她有權自己判斷。看來這個姑娘是有腦子的，不是那種人云亦云的人。回過頭，見含笑正注視著自己，他走近了幾步，不能不說出最不想提及的真相了：「含笑，那時我跟你現在的想法是一樣的，所以1957年整風運動的時候，我提了意見，希望領導認真甄別，即便戰俘中混有奸細，也不會個個都是，不能一刀切。」

「那當然。」

「結果……」

「結果怎麼樣？」

若松停頓了一下，看了她一眼苦笑著說：「結果我被打成了右派。」

「啊？！打成右派？！」含笑矇了。

「俗話不是說『禍不單行』嗎？我們倆成了難兄難妹。」

含笑驚呆了，怎麼又一對難兄難妹？

「當然不只因為這一個問題，還由於我和團裡的一些同事，建議排練《卡門》。作為國家一級的歌劇院，我們認為應該多排練些世界著名的經典歌劇，這有利於提高我們團的業務水平。」

「這又怎麼了？」

「延安來的那些領導和團員不贊成，說《卡門》是資產階

級黃色作品，是毒草[39]。」

「胡扯！比才的這部歌劇非常成功，幾乎演遍了全世界，他們是少見多怪，不學無術。」

「我們堅持自己的意見，他們就說我們是反黨小集團，要跟黨分庭抗禮。」

含笑更加氣憤了，「這只是個業務問題麼。」

「在我們這裡，有單純的業務問題嗎？」

這些年來，在獲知妹妹不幸的消息之後，他在人前表現得異常冷峻而鎮定，絕不會再輕易說出自己的想法。但現在面對這個誠實的年輕女子，如此理解並為此憤慨，她那熱切關懷之情，卻使他再也憋不住了。接著他沉重地低語：「不過我還不是帶頭的，那郭導演和從美國回來的女主角張清泉，男高音劉先魁比我更倒霉，都被送去北大荒勞改，到現在也沒能回來，有的後來被分配到哈爾濱去了。也許因為我的家庭背景比較好，批判完了，開除了黨籍，總算還能留在歌劇院搞業務，算是區別對待吧。」

說完，他低下頭，看著地下，肘部放在膝蓋上，將臉埋在手中，對於自己陷入的困境，不想再說什麼了。

開除黨籍，打成右派，怎麼又一個……？含笑的腦子裡立刻出現了哥哥、張老師、蕭叔叔。她完全能體會他所遭到的打擊有多麼沉重，這麼好的人，也成了「敵人」，怎麼會這樣？！內心充滿同情，忍不住熱淚盈眶，呆呆地望著他，不知怎麼好。過了片刻，她走近去，試圖安慰他，但又找不到一句適當的話。她猶豫地舉起手，輕輕拍了拍他的肩膀……這溫柔的觸摸令他心裡一震，慢慢擡起頭來，那深沉的眼睛裡，飽含著無奈和淒楚。

「這些年來，有誰會這樣對待我？」望著這比自己小九歲的姑娘，若松好像在茫茫人海中，驀地裡遇到一個「心有靈犀」的知音，一顆凍僵了的心，被她那滿眶熱淚，一汪春水般的柔情融化了。這個一貫沉穩、含蓄的中年男子此刻得到了渴望已久，卻又意想不到的撫慰和憐惜，她那女性的溫情不僅溫暖了他的心，更鼓舞了他。

冷不防，這個男子漢竟像個受了多年委屈的孩子，一頭扎進了她的懷裡。如被電擊似的，吃驚的含笑舉著雙手不知所措，可又不忍生硬地推開他，唯有再次輕輕拍拍他的背，但還是不知道用什麼話來安慰他。若松扶住她的雙臂，仰望著她動情的面容，完全失去了平時的鎮靜。他們彼此凝視良久、良久……

突然，他不顧一切抱住了她，望著她那雙美麗的大眼睛，滿懷感激地親了她一下，這意想不到的舉動震撼了含笑，她往後一躲，若松卻傾前緊貼上去，溫柔地親了親她的雙眼、鼻子，和羞紅了的臉頰，順勢以熾熱的吻啟開了她的雙唇，一下子含笑好像被點了穴似的，動彈不了了。那熱辣辣的吻是那麼難以抗拒，猛然點著了她內心的火焰，再也無法按捺住自己，她伸開雙臂摟住了他的脖子，溫柔地給了他甜蜜的回吻。這一吻如膠如漆，難捨難分，相互彷彿在傾訴著多年來的壓抑和隱痛，說不完、道不盡，這延長音般的吻，沒有休止符……時鐘似乎都為他們停擺了。

走廊裡傳來腳步聲，他們從沙發上站了起來。過了一會兒，有人敲門：「誰在裡面？」是趙隊長的聲音。若松把門打開。「哦，是你們，我還以為誰忘記關燈了呢。」

「我正在聽她練歌。」

　　趙隊長望著他倆通紅的臉，怪怪地笑了，「好啊，有這樣的好老師，小陸努力練吧，小韓，謝謝你啊，好、好，非常好，你們再接再厲吧。」說著他使勁憋住了笑，帶上門要走，又回過頭：「完了，別忘了關燈。」等他走後，含笑難為情地瞅了他一眼：「都是你。」

　　「我怎麼了？沒有你的恩准，我豈敢妄為？」

　　「我，我怎麼了……？」

　　「知道嗎？你是我最公正的裁判官。」他指指她的嘴，「你用這個大紅印章，打了戳，判我無罪釋放，不是嗎？」含笑害羞地低下了頭，他喜悅地捉住她的雙手親著，好久都沒有這樣輕鬆自在了。「不過明天老趙一定會向全世界報道的，你怕嗎？」

　　含笑雖然有點羞怯，卻硬著嘴說：「怕什麼？又沒有犯法。」

　　「唔，那好啊。」他又把她摟進懷裡。

　　含笑看了看牆上的掛鐘，溫柔地：「都九點了。」

　　「這麼晚了？那好吧，我走，你也該休息了。」望著含笑被他親得微紅的朱唇，他激動地說：「謝謝你，好含笑，你給了我這個落難的人，最珍貴的禮物。」他深情地望著她說：「明天是星期天，我們出去走走好嗎？我十點半在景山等你，怎麼樣？」

　　「不行，我上午約了大姐。」

　　「那下午三點半，行嗎？」含笑點點頭，打開門往外走。若松笑她：「瞧你，忘了關燈，懷了？」他順手關了燈，卻把含笑又拉進屋，在黑暗中，他抱緊了她，柔情萬種地頻頻親吻著她的臉，在她耳鬢喃喃低語：「親愛的，你真可愛，我好愛

你！」含笑陶醉了！

送若松到大門口，看他騎上了自行車，風衣在他寬闊的肩膀上飄起，像一對翅膀，她出神地望著他，直到他的背影消失在夜霧中。往回走時，心裡充滿柔情蜜意。這個韓若松，一下子把什麼都倒了出來，苦的、甜的，傾盆而來，人家一點思想準備都沒有，怎麼招架？真是的。

此刻，也不知是喜是憂，可是他柔情的撫摸，悠長、令人激盪的吻是那樣動人心弦，她乾枯的心田，如沐春雨。難不成這就是她一直沒有覺察，而實際存在於心靈深處，那個「眾裡尋他千百度」，驀然出現的夢中情人嗎？

第二天下午，若松在景山後門等了不一會兒，見含笑騎車來了，下了車，他幫她去把車存了，挽著她走進公園。

若松看了看她，見她穿了件淺粉紅的襯衫，領口上有一串白花邊，套著件白色的開司米背心，一條白底子，淡灰格子上有一朵朵小黃花的裙子，腳蹬一雙米白色的半高跟涼鞋。「好漂亮，怎麼？女為悅己者容？」

含笑斜瞥了他一眼，「我不能為自己打扮嗎？」

「別不好意思麼。」

「從小媽媽就教我們，出門穿著要整齊大方。」

「我喜歡你為我打扮。」

「你是誰啊？哦，你是大指揮。」正好走過崇禎皇帝上吊的地方，她俏皮地說：「想當皇上？」

「你非得為皇上才打扮嗎？」含笑笑而不語。

若松指著那棵歪脖子槐樹旁的一塊碑，上書：「明思宗殉國處」。

「你看，皇上也不見得了不起。」

「好、好、好，你比皇上還了不起，滿足了吧？」

「看不出來，你這小嘴真不讓人。」

他們接著往裡面走，走到一棵大樹下的長椅旁，若松說「坐下歇歇吧。」他伸手摟著她正想……

含笑看看周圍，雖然人不太多，還是推開了他：「正經點。」

若松沉靜地望著她，點了點她的鼻子：「原來你是個道學家。」見她又抿著嘴笑了，嘴角兩邊還有兩個小酒渦，好美，忍不住在她左邊的酒渦旁親了一下，「當你嫣然一笑，真是風情萬種。」

「別胡說了，什麼風情萬種，人家背後都叫我冷若冰。」

「那是因為你還沒有遇見吸引你的人。」

「哦，你在讚自己吧？」

「你積壓了那麼多年的風情一下子散發出來，還不把我搞暈乎了？」

「繞了半天，還是在誇你自己。」

「你不覺得我多少也有那麼一點魅力嗎？」含笑見他太得意了，正想壓壓他的氣焰，卻被他的吻封住了嘴。他簡直像隻蜜蜂盡情吸吮著花蜜似的，弄得含笑癱軟無力。不知過了多長時間，一擡頭見太陽已經西斜。兩人偎依著，含笑把頭靠在他的肩膀上，閉上了眼睛。若松撫摸著她的臉蛋，「舒服吧？是不是不捨得走了？」

含笑懶洋洋地：「該走了，不過我都站不起來了，都是你。」

「又怪我，好吧，我的小寶貝兒，我抱你，抱你回家。」

「回家？回哪兒？」

「我家呀，我爺爺解放前有一個四合院在甘露胡同。」

「甘露胡同？」

「現在只保留了一間東廂房，留著暑假爸爸媽媽臨時來住住。」

「那算什麼家呀？」

「房子老空著不好，有時我也會去住幾天。」隨即，他故作若有所悟似的：「你說得對，一個人住，真的不像個家。」

見他詭異地笑著，她白了他一眼，騰的一下從他懷裡站了起來。「別老坐著，走走吧。」

若松站起來摟住她的肩膀，溫柔地：「小不點兒害怕了？我又不是大灰狼。」說著兩人手牽手往後面走去。

「對了，上午你大姐說什麼了沒有？」若松問。

「我沒告訴她。」

「哦，原來還想改判我留監察看？怪不得。」

見他那深邃的眼睛凝視著自己，好像要從中找到什麼答案似的，含笑擰了一下他的鼻子：「什麼呀，多疑！大姐自己有煩惱，那個討厭的姐夫又惹她生氣了。」

「怎麼了？」

「總之你們男人沒個好東西。」

「糟了，我也不是好東西？」

「那誰知道？走著瞧吧。」

「好吧，走著瞧。太陽快下山了，咱們上山去看日落吧。」若松站起身把含笑拉了起來。

站在山頂上，只見從午門、天安門、前門、箭樓，筆直的一排琉璃瓦屋頂，在夕陽的照耀下，金光閃閃。含笑讚歎：

「好美！」

「放煙花的時候上來看，更美，在燦爛的燈火下，在瀰漫的煙霧中，這些層層疊疊的屋頂，懸在半空中像是海市蜃樓。」

含笑望著若松：「那麼浪漫？你跟誰來看過？」

他故作神秘：「不告訴你。」

「跟你那個俄文翻譯來的吧？」

「別提她了，我早忘了。」

含笑想，揭人家的傷疤幹什麼，算了，饒了他吧。「你知道嗎？傳說當年楊貴妃並沒有死，而是逃到日本去了，唐明皇日思夜想，好像看見她在那虛無縹緲的海市蜃樓中翩翩起舞。」

「可惜在我們劇院的那次舞會上，我請你跳舞，咱們什麼也沒說，還保持一呎距離。」

想起那會兒他活像個紳士，「在大庭廣眾面前，瞧你那紳士風度，哼，偽君子！」

他貌似疑惑地揚眉笑問：「你無非是想再審視我一次，對嗎？」於是他恭恭敬敬地鞠躬，向她伸出手臂：「小姐，我是否有幸請你賞臉跟我跳個探戈？」含笑忍不住笑了，不過還是優雅地將手搭在他的手腕上，他則繞著她轉了一圈，攬住她的腰肢，他們面對面，雙目對視，他溫柔地將臉漸漸貼近她的臉頰，在她耳邊輕聲低語：「那，這回可得零距離了。」

六

果然不出所料，趙隊長真是個義務廣播員，一傳二，二傳三，很快大家都知道含笑跟韓指揮談戀愛了。小金和梁晶瑩都為她高興，這說明她已經從以前的陰影中走了出來。小金跟她

耳語：「含笑，韓指揮水平高，人又好，你還真有眼光。」

　團裡一般人都不知道韓若松的底細，而梁晶瑩有個朋友在歌劇院工作，聽說過他的情況。晚飯後她約含笑出去散步，來到隔壁的地壇公園。「你終於擺脫了小袁那件事，我很為你高興，不過你可了解韓若松的過去？」

　「他都跟我說了。」含笑平靜地答道。

　「那，你不介意？」

　含笑搖搖頭，「我不覺得他有什麼錯。」

　梁晶瑩：「哦，是嗎？」

　「他妹妹是我最好的朋友，我相信她。」

　晶瑩沉默了。想起自己的經歷，她不禁為含笑的態度而感動，當年如果不是她的丈夫老王也這樣信任她，就不會有他們這段姻緣，那她整個人可能會因此消沉。「你兩個姐姐會不會贊成呢？」

　含笑以為她想勸阻自己，有點不悅，「為什麼我自己的事情，總是要人家同意？」

　「我只是有點兒為你擔憂。」

　「我會跟他們講清楚的。」

　「對，耐心點解釋，她們畢竟是你最親的人。」兩人默默地繞著公園走了一圈，過了一會兒，晶瑩沉靜地望著含笑，「我在志願軍文工團的時候，曾經去朝鮮為被遣返的戰俘演出過。」

　「是嗎？那時他們什麼樣子？是不是很慘？」含笑問道。

　「表面看不出什麼來，一個個都呆呆的，上級只告訴我們，演出是為了幫助他們提高覺悟，好好交代。」

　「好好交代？」

「他們那時正在接受審查。」

「審查？在哪裡？」

「吉林省昌圖縣金家鎮。」

「結果怎麼樣？」

「絕大多數被開除軍籍和黨籍。你不要跟別人說，這些都沒有公開。」

「難道他們都有嚴重問題？怎麼可能？別人我不敢說，若梅絕對不會。」含笑斬釘截鐵地說道，顯得很氣憤。

晶瑩見含笑這樣生氣，只好說：「我們只是去演出，不可能了解他們的詳細情況。」接著她嘆了一口氣：

「你知道嗎？這是一個說不清楚的問題。」

「判決一個人犯罪，總得有確鑿的證據啊。」

晶瑩無奈地笑了一笑：「證據？含笑，這些年來，你也經歷了不少，還那麼天真？」她停頓了一會兒說道：「韓指揮本身的確不錯，聽說他的父母在上海，以前都是地下黨員，他一貫很積極，在大學的時候就入了黨。可惜啊……看來你真的很喜歡他，是嗎？」含笑不語，默認了。

「我看得出來，那你就得有思想準備，患難與共吧。他妹妹的問題就不要去探究了，這牽扯不少人呢，而且聽說最後的處理方案是毛主席親自圈定的，你千萬不要跟別人說起這件事。」

含笑知道梁晶瑩是出於對她的關心：「我知道。」

週末小金和小周去逛東安市場，碰見了含笑的大姐含玉。「誒，含笑沒有跟你們一起出來逛？」

「大姐，她現在可忙著呢，沒工夫跟我們玩了。」

「忙什麼？」

「忙談戀愛呀。」

含玉很意外：「是嗎？」

「恐怕她還沒來得及告訴您吧？」小金神秘地說：「她跟韓指揮正在熱戀中，他是歌劇院派來幫我們團練合唱的。」說完咯咯地笑起來。

含玉問：「韓指揮？沒聽她說起過，怎麼個人？」

小金說：「很棒的，文藝八級呢，有水平，人麼，有氣質、有風度。」

小周也搭腔說：「是啊，要不含笑怎麼會看得上他呢？」

含玉聽她倆這麼講很高興，妹妹總算想開了。

晚上含玉迫不及待地跑到團裡來找含笑，要問個清楚，誰知不問不打緊，一問嚇了一大跳。

「含笑，你怎麼不先跟我商量商量……」

「大姐，我都二十六歲了。」

「可是這種事情，關係終生幸福，得慎重呀。」

含笑心想：「那你幸福嗎？」

見妹妹不出聲，含玉知道她倔，便婉轉地說：「你想，他比你大九歲，又離過婚，而且他還是個……」

含笑立即打斷她：「又是個右派，對不對？」

「這個問題不重要嗎？」

「右派怎麼了？耀宗哥、張老師、蕭叔叔都是，還有二姐夫的爸爸也是。」

「我是擔心對你的處境不利。」

「這你不用為我擔心，我不求飛黃騰達，也不想入黨。只想跟我喜歡的人在一起，過普通人的生活。」含玉見她已經胸有定奪，不知怎麼勸她好。

　　含笑卻說：「昨天才收到耀宗哥的信，小方已經答應跟他結婚了，我真為他們高興。」

　　「小方跟你不同，她是個工人，自身沒有包袱，你有海外關係，又是資產階級出身，你再跟他好，那將來……」

　　「將來？考慮不了那麼多，以前我沒惹誰招誰，也沒犯錯，還不是一樣倒霉，防不勝防。」

　　「我明白，小袁那件事對你傷害很大，那你也不要喪失信心呀，你可以找到更好的麼。」

　　「我不覺得他不好，我也不認為他有什麼錯。老實說我更喜歡他。」

　　「這只是你一時情人眼裡出西施，整個社會，整個國家可不是這樣看問題的。」

　　「這是我個人的事情，我不是在為國家、為社會做什麼選擇。」看來她已經墮入情網，很難說動她，含玉很擔心、又很無奈。「我知道你聽不進去，那你也不要跟他發展太快，再好好想想，畢竟我們是最關心你的人。」

　　「我知道你和二姐很關心我，不過別動不動就跟我講什麼國家呀、黨呀，我只是個小人物，我的婚姻礙不著國家礙不著黨，最多我自食其果，誰的婚姻不是這樣呢？」她不忍傷大姐，不想把話講透。姐妹倆這場談話，不歡而散。含玉回家之後，趕緊給含珠發信，希望她也能勸勸妹妹。

　　由於六十年代初生活困苦，煤炭部要求文工團多去礦區慰問演出，給工人打打氣，促進生產。到礦上演出，總會得到比較好的招待，這樣也有利於改善團員們的膳食。1962、63年間他們接連幾次，去了東北、內蒙和江西等地的礦區演出，這

樣，熱戀中的含笑和若松雖然同處北京，卻不得不聚少離多。

文工團到黑龍江省牡丹江市演出的時候，含珠特地從哈爾濱趕過來，晚上演出結束後，在招待所她倆開始了一場不愉快的談話。「你怎麼到現在還這麼幼稚？不懂得為自己的幸福著想，我們怎麼能不為你操心？」含珠憂心忡忡地說。

「我知道你也是因為他曾經是個右派，不過他已經摘了帽子。」

「摘了帽子，也不能抹掉那段歷史。」

「那就是說一個人就算真有錯，也永遠沒有改正的機會，對不對？老實說，我並不認為錯的是他。」

「照你這麼講，那錯的是誰呢？」

含笑沉著臉，開始沒出聲，忽然像發連珠炮似的：「誰制定那種不合情理的政策，誰那樣冤枉赤誠愛國的若梅，就是誰錯。」

「你這是什麼話？！」含珠很震驚，她怎麼說出這種話來？但又怕跟她吵起來，別人會聽到，只好忍著氣小聲提醒她：「你小心禍從口出。」

含笑明白二姐擔心她口不擇言闖禍，便冷靜地說：「二姐，聽耀宗哥說，你和他也曾經報名想參加抗美援朝，只是因為你們出身背景不符合要求，才沒有去成。如果去成的話，你也可能有韓若梅那樣的遭遇，那麼你會不覺得冤枉嗎？」

含珠沒想到兩年不見，這個小妹妹變得如此大膽、固執，一定是受了那個韓若松的影響。這使她更加擔心了。她只得把語氣放溫和些：「不管怎麼樣，你不能感情用事，好好想想後果，你的人生好不容易剛剛順暢些，不值得去冒險。不跟小袁結合不要緊，也不至於非要找他。」

　　見二姐不像以前一味講大道理責備她，感受到她還是出於關心，不希望她再碰釘子。含笑也緩和下來：「他是一個很好、很有水平的人，父母過去都是地下黨員，他自己也一直很積極，早就入了黨。如果你和大姐肯見見他，跟他談談，也許你們會對他改觀的。」

　　可是含珠覺得此時不能讓步，要不然就等於默認了他們的關係，她就更不會回頭了，那她的前景實在堪憂：「我想，沒有這個必要。」

　　這句生硬的話，又激怒了含笑。「那好，他自尊心也很強，未必願意見你們。」夜深了，小金還在走廊裡等著進來睡覺呢，她們的談話只好不了了之。

　　第二天早上，含珠要趕回哈爾濱，含笑送她到火車站，「含笑，事關重大，這件事你還是好好聽聽大姐和崔大哥他們的意見再說，千萬不能匆忙做決定，要知道一失足成千古恨。」

　　含笑看到二姐疲勞的樣子，不忍跟她爭辯，便轉移話題問道：「二姐夫好嗎？」

　　「本來挺好，前幾個月入黨申請剛剛批准，最近又因為他回南京探親，說他跟父親沒有徹底劃清界限，被取消了候補期。」

　　「這是什麼意思？」

　　「那就是被取消黨籍了。所以你看，這還不是他本人的問題呢。」

　　見二姐煩惱，她同情地說：「你也不要太擔心，人好最要緊，二姐夫是個好人。」心想，入不入黨有什麼大不了？

　　含珠：「我們在部隊工作，這總是個問題。」她和姐夫都

在軍事工程學院教學。

含珠站在車門旁，跟月臺上的含笑揮揮手。這次她無功而回，心裡非常不安，雖然她沒有再叮囑她什麼，她的眼神告訴了含笑她有多麼擔憂。然而，含笑也不願意說違心的話來安慰姐姐，大家只好各持己見，沉默無語。

結束了東北的演出，他們團又去內蒙的包頭、呼和浩特等地，然後去北戴河煤炭部招待所休整和排練了幾天。

每天早上，年輕人都喜歡跑到外面的海灘上運動運動，呼吸點新鮮空氣，望著碧波白浪，含笑的腦子裡出現了香港的淺水灣。這裡真美！還沒有香港那麼熱，什麼時候能跟若松一起來玩玩多好，在沙灘上曬曬太陽，晚上還可以躺下看星星。

接著他們又南下江西萍鄉安源煤礦一帶巡迴演出，離開北京幾乎兩個多月了。若松常常來信，他那一筆瀟灑的字，寫的又纏綿又優雅的情書，讀來令含笑回味無窮。他們就是靠情書來往，減輕相思之苦，好不容易熬到入冬前，終於可以打道回府了。

到了北京站，趙隊長宣布：「這回出來演出了很長時間，大家辛苦了，團裡決定放你們三大假，有家的回家團聚，沒家的也好好休息。對了，小陸，韓指揮等你，恐怕等得快變長頸鹿了。」說得大家哈哈大笑，只有王書記沒笑。

「親愛的，今晚來我這兒吃飯吧，為你接風。」從電話裡含笑聽到若松低沉而極有魅力的嗓音，一顆心都酥了，「怎麼不回答？」

「正在欣賞你如歌般的音色呢。有什麼好吃的呀？」

「媽媽讓人給我帶了些好吃的東西，我一直忍著沒吃，留

著跟你分享。」

　　含笑見有人過來了：「好吧，晚上見。」

　　若松的祖父以前是個書商，甘露胡同這套四合院還不小呢，他去世以後就歸韓方正了。解放後，他特革命，把這四合院交給了公家，分配給其他一些人家住，自己只保留了東廂房，除了暑假有時跟林翠蔭來北京住些日子，平時就是若松偶爾來住幾天。

　　這廂房是長方形的，一頭放著張雙人牀，牀尾有一個立櫃。對著院子的窗，下半截是可以打開的，掛著一層白紗窗簾，上半截糊著窗戶紙，窗前放了一個書桌，對面靠牆的地方擺了張方桌，上面有塊玻璃，壓著一條淺綠色的桌布，旁邊有兩張折疊椅子。門後有個臉盆架，屋子另外那頭放了櫃子、書架、茶几等。還有一個小煤油爐。

　　含笑來的時候，若松正忙著做飯，還沒來得及擦手，含笑就摟住了他。「你想我了吧？」若松說著在圍裙上擦了擦手，用雙手圍住她的腰，欣賞著她，見她那淺紫色羊毛衣的雞心領裡露出了嫩白的脖子，情不自禁地低頭親了親，含笑咯咯地笑，「你弄得人家好癢。」

　　「哪裡癢？我幫你。」他伸手想到衣領裡面去撫摸，她將他推開，仍然咯咯地笑著，他只好放開了她。

　　「你坐下，我這就快弄好了。」

　　不一會兒桌子上擺了一碟香肚片，一碟筍乾燜黃豆，一盤涼拌黃瓜粉絲。「來，陸女士，請坐！」他幫她拉開了椅子，又去拿了兩個杯子，一瓶葡萄酒。「歡迎你凱旋歸來，咱們得喝兩杯慶祝慶祝。」

　　「喲，真豐富，這南京出的香肚非常好吃，準是林老師

帶給你的，這黃豆？哦，對了，我差點兒忘了你是個糖豆幹部。」

「來，乾杯！」

她嚐了嚐黃豆，「好吃，你還真有兩下子。」若松給她和自己各盛了一小碗飯。「你哪兒來的白米飯？」

「昨天晚上和今天中午沒捨得吃，留著等你一起吃。」

「那你吃什麼？」

「吃玉米棒子唄。」

「你會吃不飽的。」

「不飽？我這大老虎就把你這隻小豬給吃了（含笑屬豬）。再喝點。」他又給她倒了點酒。

「不行，我會醉的。」

「不會的。」

「你看，我臉都紅了。」

若松望望她：「那比化了妝還漂亮。」

吃完飯，若松什麼也不讓她幹，「你才回來，一定很累，休息休息。」

含笑真的覺得有點暈，若松輕輕將她抱起來放到牀上，用兩個枕頭墊在她背後，她感到很舒服。

他擰了一把熱手巾給她擦擦臉。「我給你泡杯濃茶，解解酒吧。」

含笑有點想睡了，閉上眼養養神，過了一會兒勉強睜開眼，只見若松坐在牀旁，「你傻看著我幹什麼呀？」

若松凝視著她：「你知道嗎？你的小嘴非常性感，真是『葡萄美酒夜光杯，欲飲琵琶馬上催。』它就像盛滿美酒的夜光杯，引得人想把那美酒一飲而盡，誰催也沒用。」說著就親

吻起她來，不急不忙，真好似品嚐著美酒，逐漸他像個貪婪的醉漢了，弄得含笑也如癡如醉。忽然若松果斷地解開了上衣，並掀起她的羊毛衣和裡面的背心，把熱呼呼的胸膛貼了上去。

「松，你幹什麼呀？」

「我熱，我醉了麼……」

含笑感到一顆心像要蹦出來了，她急促地喘息著，沒有回答。若松挑逗地：「你害怕？」

「怕？怕什麼？」她努力掩飾心底的慌亂和羞澀，瞟了他一眼。

若松開心地：「你不怕我發酒瘋？」

含笑用手捂住了他的嘴。

「哦，親愛的，那今晚就讓我喝個酩酊大醉吧。」含笑微閉雙眼，任由他肆意痛飲，飲遍每個角落。若松醉醺醺地發出他低沉的嗓音，喃喃懇求：「我的含笑，……你，你就放縱一次，為我做一回卡門吧……」

沒想到含笑竟忘情地親吻他寬闊的胸膛，而且由得他輕揉著自己的胸部，他們心貼心緊緊相擁，把一切苦惱，一切不快，全都拋諸腦後。

他側身抱住含笑，讓她緊靠著自己的心窩，他溫柔地吻她的頭髮、耳垂，像哄嬰兒般地輕輕拍著她，他們一起沉浸在甜蜜的歡愉中，不知過了多久，只聽他輕聲問：「舒服嗎？」

「太舒服了，昨天才回來，還沒睡醒呢。」

「那多睡一會兒。這手怎麼了？」

「我們在安源煤礦，還下了一次礦，幫礦工鏟煤呢。你看都起繭子了。」若松用熱氣吹吹她的手心，輕輕按摩著。一種被保護、被疼愛的感覺，令含笑心裡很甜，很甜。

　　若松撫摸著含笑暈紅的臉蛋，此時此刻他渾身上下，好似被一股熱浪席捲，忽然在她耳邊輕輕問道：「你聽過一首民歌《雨不灑花花不紅》嗎？」

　　「不但聽過，還唱過呢。」她閉著眼睛答道。

　　「哦，香港小姐也知道這麼土的民歌？」

　　「一年級上聲樂課的時候，劉老師就教過我，她說這首歌對練聲很有好處。」

　　若松詭異地笑了，「哦，對練聲有好處？那你唱給我聽聽。」

　　含笑輕柔地哼唱起來：「高高山上一樹槐，手把槐樹望郎來，娘問女兒望什麼？我望槐花幾時開。」

　　「民歌似乎很淳樸、簡單，其實蘊藏著鮮活的生活和激情，老百姓不會做作，只知道直截了當地表達內心的情感，有時甚至很狂野，倒也很有詩意。你聽這第二段：『哥是天上一條龍，妹是地下花一蓬，龍不翻身不下雨，雨不灑花花不紅。』你懂這段歌詞的含義嗎？」

　　「那有什麼不懂。」

　　「我的小不點兒，你根本不懂。來，讓我給你解釋吧……」

　　他忽然側身一轉，撲在含笑的身上：「你的阿龍哥來了！」

　　迅雷不及掩耳，含笑還沒反應過來，他猛地把背心什麼的，全扔在地下，整個赤裸裸的身子緊緊貼住了她，溫熱的手在她身上滑動，溫暖而有力，一點一點地滑了下去。含笑羞怯地：「你幹什麼呀，別……」

　　他那滾燙的臉竟貼在她纖纖細腰上，「我想看看我的小花，給它澆點水。」

　　含笑只覺得一股電流震盪著全身，令她忘乎所以，直愣愣

地望著赤裸的若松，頃刻間，內心那堵牆倒塌了。她熱烈地親吻他的額頭、脖子、嘴唇。「他早已從裡到外向我袒露了一切，我還保留什麼呀？」她不再羞澀、不再猶豫，斷然除去自己的衣衫，似乎要把禁錮的枷鎖全都砸開，將全身心交給這個跟自己心心相印的男子漢，為什麼不呢？

　　若松癡癡地望著心愛的人，想不到這羞羞答答的小不點兒一旦放蕩起來，卻出乎意料地格外誘人。他難以抑制地亢奮起來了，將她整個人拉近，讓她嚴絲合縫地緊貼住自己。這種身心完美的交融令他無比振奮驚喜，即便在他最狂野的夢中也從未體驗過。

　　突然，她哇地叫了起來：「你，你太……！」

　　「別怕，阿龍哥要為我的小花灑點水，不然她會枯萎的。」

　　含笑敲打他的背：「你壞、你壞，用歌引誘人，你不是大指揮，你是大灰狼。」

　　「你沒聽說過，小別賽新婚嗎？」

　　「誰跟你新婚啊？」

　　「噓──別吵，我的小花，龍要翻身了。」

　　這回不再是溫柔漫長的交融，是夏日的傾盆大雨，是一瀉千里的瀑布，他倆勇敢、熱烈、真誠的愛匯成的滔滔洪流，清除了窒息他們內心的霧霾，多年的屈辱、抑鬱一掃而空。小花在清甜泉水的灌溉下盈盈綻放，追隨著心愛的人翻江倒海，一時潛入海底，一時飛向雲端……雨過天晴，好不暢快！青年時代充滿活力和自信的若松復活了，含笑那被冷凍了多年的靈魂，亦如火焰般燃燒了起來。他們忘卻了時空，忘卻了一切，直到暴風雨逐漸消退，變為平靜的漣漪，他倆飄蕩在甜蜜的暖流中，享受著化為一體的喜悅，相互守護，進入了夢鄉。

　　黎明，含笑推醒了沉睡的若松：「醉漢，別睡了，你還要上班呢。」

　　「唔，不想上班了。」

　　「男子漢別耍賴，真不像話，你瘋了？」

　　「你不也像著了火似的，我的卡門。」

　　「都是你壞。」

　　「我不壞你不喜歡我呀。」

　　「去你的。」

　　「因為你也壞。」

　　「盡胡說。」

　　「食色性也，你不懂嗎？」

　　「我不懂文言文。」

　　「學校沒教你們麼？」

　　「我在香港讀的是地下黨辦的學校。」

　　「哦，我忘了你是前進分子。怪了，怎麼千金小姐成了前進分子了？」

　　「誰讓我爸爸讓共產黨統戰了，要不我怎麼會在這裡？」

　　「哈哈，那我真得感謝黨了，不然我怎麼會認識你這位千金小姐？」

　　「別胡說八道了，快起來！你要遲到了。」

　　若松坐了起來，側轉身想親親她，忽然發現了什麼，又撲倒在牀上，摟住含笑，驚喜地：「含笑，你曾經是個準新娘，我以為你一定……原來你還是完璧無瑕……」

　　含笑用雙手捂住自己的臉。

　　「別害羞，更不要有犯罪感，我們是成年人，都是單身，沒有犯法啊。」

「可是，我們不該婚前就……」

「有什麼該不該的，癡男怨女，乾柴烈火，兩情相悅，誰管得著？我們是天生的一對。」他用手輕輕梳理她的亂髮，「我的小花，謝謝你，給了我你的第一次，可惜我……乾脆我們結婚吧。」

「這麼快？」

「昨晚就是我們的洞房花燭夜，你不想要個家嗎？」若松柔情地問她。

「家？我倆的家？」含笑似乎不敢想像。

「當然，你不嫌棄的話，就在這裡。」

不知怎麼的，含笑心中出現一絲淡淡的哀愁，這回不會像上次準備結婚時那樣令人羨慕了，除了兩個姐姐擔憂的眼神，她彷彿還看見王書記冷漠的神態；團裡的朋友們，也許會向我投來同情甚至有點憐憫的目光。

然而，望著若松，越看越愛，這不正是自己想要的人嗎？為什麼要管別人怎麼想？而且我都二十七歲了，還住在集體宿舍裡……要是有個真正屬於自己的家，想幹什麼就幹什麼，不用老生活在人家的眼皮下，那該多鬆弛、多舒坦。可是一想到兩個姐姐根本不肯跟若松見面，揮不去的抑鬱又湧上心頭。大姐雖然認為見見面沒關係，那個徐春生陰著個臉不吭氣，想到這些，心裡很火。若松本來也是黨員，你有什麼了不起？他父母都是地下黨員，家庭背景一點不差，最重要的是他真的愛我。打成右派又怎麼了？小方說得對，管他什麼這個派、那個派，是好人最重要。若松在整風時提的意見根本沒錯。

「我得告訴大姐，我不想瞞著她們了。」

「那你不用徵求你們組織的意見嗎？」

「哼，我的身子總屬於我自己的吧，還要由不相干的人來支配？」她反感地說：「我又不是黨員。你也不是了，正好門當戶對。」

「那我們下星期就去註冊好嗎？」

「那麼猴急幹什麼？」

「我一刻也不想放開你，除非你每晚都來陪我，要不我睡不著。」沒見過男人這麼發嗲的，含笑甜到心裡去了。

「那不行，人家會笑話我們的。而且我總得告訴姐姐和哥哥。你不也要告訴你媽媽他們嗎？還有若梅。」

「是的。」

「對了，我們也許能讓若梅來參加，我好想見她，趁此機會也讓她出來透透氣。」

若松嘆了一口氣，「估計很難，不然她一定會為我們高興的，想不到你變成她的嫂子了。」

「大姐、二姐恐怕不會來，哥哥已經回長春了，不知道能不能來。他跟小方現在還分居兩地呢。」

「你給他們寫封信問問，這裡的朋友我只想請老趙，你呢？」

「我會請梁晶瑩，小金、小周、老白，或者把黃團長也請來。」

「你願意請誰都行，熱鬧熱鬧麼。我還要去給你辦婚紗，把你打扮得漂漂亮亮的。」含笑不禁想起那年為了跟小袁結婚在四川買結婚用品的情景，不知怎麼的，一陣不悅又頂住了心口。

「我們還得把這房子打掃打掃，佈置好新房，你看還要添置些什麼？」若松還在那兒興致勃勃地講著。

含笑不想掃興：「讓我想一想，窗簾最好換新的，窗戶紙

也要換過。」

「打掃和糊窗戶紙的事情我來搞，你去挑選窗簾吧，對了，窗戶玻璃上我們可以貼些剪紙，雙喜字啊，鴛鴦、蝴蝶什麼的，喜氣洋洋，好不好？」

「好，這塊桌布舊了，也得買新的，要好看一點的。」

「好啊，再想想，還有什麼要買。」

「買一個立著的燈放在牀旁邊，那靠在牀上看書比較亮。」

「唔──到時候欣賞你，我的美人兒，也能看得清楚些。」若松一本正經似的。

「又沒正經。」含笑打了他的臉一下。

「幹嘛老那麼正經？平時一天到晚還沒有正經夠嗎？對著你也得假正經，那還做不做人了？」瞧他那副耍賴的樣子，跟平時在人前彬彬有禮的他完全不同，只有在她面前才會這樣，含笑好喜歡，禁不住湊上去摟住他使勁親了一下，若松當然加倍奉還。

七

正當若松跟含笑忙著籌備他們終身大事的時候，一件關係到整個歌劇團前途的大事發生了。一天早上趙隊長通知歌劇團全團到小禮堂集合，小金他們好奇地問：「又要出發去哪兒演出？」

「不是，黃團長要宣布一件你們想像不到的大事。」老趙故作神秘地答道。

大家到齊之後，黃團長和王書記進來了。先由黃團長上台講話：「1963年將要過去了，這兩年來大家很努力，除了幫助

國家歌劇院演出了《望夫雲》獲得好評之外，含笑和老封創作的小歌劇獲得了創作獎，並在中央電視台實況轉播。接著你們又排練了《王貴與李香香》和幾個小歌劇，還有音樂會的節目，分別到各礦區巡迴演出，受到礦工們熱烈歡迎。你們在國家最困難的時期，深入礦區慰問在第一線艱苦奮鬥的工人，對促進生產做出了貢獻，部領導很滿意。」

小周跟小金耳語，「可能會給咱們發獎金。」

「財迷，想得美，現在還是困難時期呢。」坐在後面的小蔣笑她們。

只聽黃團長說：「歌劇團成立不久，就有這麼好的成績，得到廣大礦工們的一致讚賞，部領導給予充分的肯定，這是你們大夥兒努力的結果，現在就請趙隊長代表歌劇團領獎。」老趙整整衣服，笑嘻嘻地上臺領了一面獎旗，大家熱烈鼓掌。

黃團長喝了口水，接著講：「下面我要宣布一個重要的好消息。前兩個月空軍政治部文工團派人來接洽，他們希望我們的歌劇團能跟他們的歌劇團合併。」

「合併？！」這令大家太意外了。

「不要我們了？」互相交頭接耳地議論起來。

「安靜、安靜。黃團長還沒講完呢，吵什麼？」王書記不高興地插話。

黃團長卻不介意，笑著說：「這是好事，你們聽完就知道了。因為他們正要排練一齣大型歌劇，需要加強陣容，覺得我們這支隊伍實力不錯，因此才有這樣的想法。現在經過雙方領導商談，煤炭部同意了他們的要求，本著軍民一家親的精神，支援部隊是我們的光榮。」

「那光是我們歌劇團去嗎？」

「是的，你們很幸運啊。」

聽說話劇團和歌舞團都不動，有的團員不太高興，「黃團長您還是親疏有別呀，老煤礦文工團的人，您就不捨得放。」

「你們不要誤會，我也很捨不得你們這個團，只是為了大局割愛，再說，他們團的條件更優越，從個人前途來看，也有利於你們的發展。」

王書記在一旁聽著，覺得黃團長講話太婆媽。

「老黃，我來講幾句吧。」

「好，請王書記跟大家講講。」

「首先，應該明確，這是上級的決定和命令，我們作為下級單位和個人應該領會、服從；再說參軍是莫大的光榮，許多人還求之不得呢，你們有這樣的機會，難道不感到榮幸嗎？所以請大家不要再做無謂的議論。重要的是從思想上做好準備，從現在開始就得自覺地培養軍人的素質，那就是必須做到令行禁止。至於何時合併，尚需具體洽商，原則上是全盤端，不過也會有個別例外。比如創作人員白杉，他不僅僅屬於歌劇團，所以他還得留團。其他人員也須請空政審核選擇。因此，一切要聽從黨的安排。我不希望再聽到不負責任的瞎議論。」

這一席話，令會場當即鴉雀無聲。不過散會後，不少人還是七嘴八舌地談開了，大部分人面露喜色，而含笑卻陷入了沉思。

在食堂吃午飯的時候，各個飯桌都在談合併的事，「這回咱們要穿軍裝了，多來勁！」

「還是空軍呢，綠軍衣，藍軍褲，我覺得比陸軍穿一身綠軍裝帥。」

「聽說他們的歌劇團就在燈市東口，離王府井可近了。」

「小金，咱們逛東安市場多方便？」小周說。

「我得趕快寫信告訴爸爸媽媽，他們一定會為我感到驕傲的。」從四川招來的小麗興奮地說。

「說不定咱們以後還有機會坐飛機呢。」

「瞧，把你美的。」

「趙隊長，你可得減肥，要不穿軍裝不好看。」

「什麼呀，我穿起軍裝來，人家以為我是個將軍呢。」說得大家哈哈大笑，氣氛熱鬧，唯有含笑一直沉默不語。

回到宿舍小金問：「怎麼了？你在想什麼？」見她搖搖頭，「你擔心你去不成？不會的，你二姐都在部隊。」

「不，只是太突然，本來在這裡已經待慣了。」

「那沒什麼，又不是一個人去，咱們大夥兒一起去，有伴兒，怕什麼？」

「那倒是。」有些話含笑無法跟她講。

下了班，她立刻去找若松。「怎麼不打個電話來，我要是不在，你不就白跑了？」

「你還能上哪兒去？」

見她有點不高興，若松笑著問：「怎麼？鬧情緒了？誰欺負你？告訴我。」

「我們團快要跟空政文工團合併了。」

「是嗎？」這意外的消息令若松愕然，「那……你為什麼不高興？」

「我不想去部隊。」

「哦，可是，誰都認為參軍是光榮的。」

「若梅不也光榮過了嗎？結果又怎麼樣？」

「你不是去打仗啊。」

含笑覺得他應該明白，不高興地瞪了他一眼：「總之，我

不去、我不去，怎麼了？」

「好、好、好，不去就不去，我的寶貝兒，別發脾氣麼。」若松給她泡了杯綠茶：「來，消消火。」含笑捧著杯子喝了口茶。

「那你想怎麼著？」

「就是來找你商量的麼，你都不明白。」

「我明白。」若松低著頭在屋裡來回踱步，「我去問問，看看能不能調你來我們劇院。」

「不，我不想去你們劇院，兩個人在同一個單位不好。再說你們那兒要求高。」

「那也未必，這裡的演員並不都比你強，你還上過戲劇學院呢。」

「哼，準確地說，是給戲劇學院踢出來的。」

若松後悔不該在這個時候觸動她的痛處。「那，去中央樂團吧，不過恐怕先得當合唱團員，當然，以後也有機會獨唱。」

「唱合唱沒關係，我也是想去中央樂團，我可以請魏老師推薦，對嗎？」

「是啊，我也可以幫你介紹，我跟他們的指揮很熟。」

含笑白了他一眼：「我不要，我才不鑽你的後門。」

若松笑了，彎下腰捧住她的臉親了一下：「你哪裡是鑽我的後門？你是直闖我的前門哪，誰敢阻擋？」

週末含笑把這個消息告訴了大姐，含玉特別高興，可是徐春生卻說了一句：「先別高興太早，空軍不是還要審核人員嗎？」

「怎麼，你覺得我不符合條件？」

含玉見含笑不高興，瞪了徐一眼：「他們領導都說了原則上是全盤端，那有什麼問題？」

「那就不用講還要審核了。」

「不讓我去更好。」

「為什麼？這是多好的機會。」含玉問。

「算了，還早著呢。我走了。」徐春生在家，含笑不想久留。

「你這麼快就走，有什麼事？」

「那還用問，有人等著她呢。」

含玉送含笑下樓，「你跟他的關係真得考慮考慮了，別影響你參軍啊。」

含笑沒反應：「大姐，回去吧，我走了。」一邊說一邊快步離去。

魏老師很願意推薦含笑，他答應跟負責招考的鄭老師談談。沒幾天他告訴含笑，鄭老師讓她準備三首歌，約個時間去他們團唱給他聽聽，魏老師還鼓勵她：「不會有什麼問題的，不過總是要經過這麼個程序。」

關於曲目，若松認為《我親愛的爸爸》跟《小河淌水》都可以用，再加一首中國藝術歌曲《紅豆詞》就行了，也可以多練一首快歌，如新疆民歌《瑪依拉》。於是，晚上只要他有空，就會來幫含笑練歌。

一天黃昏，練完歌後，若松誇她：「很好，準能考上。那你什麼時候跟領導講呢？」

「等我練好了歌，去樂團唱給他們聽了之後，有點把握再說。」

「對，穩妥一點。」

　　含笑想起徐春生那句瞧不起她的話，「況且，也許他們審核之後，認為我不適合參軍，那不更好嗎？」

　　可是過了些日子，得知歌劇團只有兩個男演員不能參軍，一個是男低音小蔣，一個是唱得很不錯的小董。不過大家並不知道為什麼，若干年後，含笑才知道又是政治原因。因為小董在大學讀書的時候，反右時曾因給校領導提了些意見，被劃為中右分子（即錯誤比右派分子輕一些的人）；老白不能去，恐怕也是因為他的歷史問題吧。這樣，含笑必須跟領導講了，她正打算找個時間跟黃團長談，可是王書記卻先找她了。

　　王書記板著面孔，開口就問：「聽說你私自聯繫去考中央樂團，有這回事嗎？」

　　「我想我的政治條件不一定適合參軍，所以……」

　　「你怎麼知道你不適合？這不是由你來決定的。」含笑一時不知說什麼好。「即便你不能去，組織上也會作出妥善安排的，現在小蔣、小董都被安排去國家歌劇院了。你為什麼不相信黨？」

　　「我沒有不相信，我只是比較喜歡去樂團唱合唱。」

　　「你明明是戲劇學院出來的，會不愛演戲？這是借口而已。」她似乎很得意看穿了她。接著更嚴肅地說：「你這種行為，是無組織、無紀律。」喝！大帽子甩過來了，含笑不吭氣。

　　「大家都因為能參軍而歡欣鼓舞，你卻不想去，這是什麼階級感情？你回去好好想想吧。」

　　含笑站了起來，不想作任何解釋，只想立即離開，王書記又冷冷地補充了一句：「你就算考上了，也不能去，這次合併一個也不能少，這是命令！」

　　含笑很反感，忍不住答道：「那我留在這裡的話劇團或者

歌舞團不行嗎？」

王書記斬釘截鐵地：「不行。你為什麼不肯參軍？是因為韓若松吧？」說到這句，含笑看見她隱約流露出一種譏諷的表情。

她好憤怒：「這是我的私事。」

「私事？」這個姑娘好大膽，王生氣地大聲說：「幹革命得公私分明，懂嗎？」

含笑望著她眼中的凶光，心想你們有沒有公私分明呢？便生硬地回了一句：「對呀，公私分明，我也覺得大家都應該這樣。」說完，頭也不回，走出了她的辦公室。

本來還想再跟黃團長說說，梁晶瑩勸她算了，「你知道黃團長只是行政領導，他最終也得聽黨的。」

含笑氣憤地：「那好，我們立刻結婚，看她能不讓我結婚嗎？」

「還是等參軍以後再說吧。」

「不，參軍以後？可能我就得被迫做小袁了，我絕對不會像他那樣。」

心情本來已經很不好，含珠這時候卻趕到北京來了。兩個姐姐輪番勸她，不斷陳述利害，簡直是疲勞轟炸，最後二姐還說：「你這樣頂撞領導，不知會在你檔案裡留下些什麼。」

「是啊，你不如先參了軍再說吧，那麼急結婚幹什麼？你們認識並不太久麼。」含玉緩和地勸她。

「十三年了！」

「真正了解才多久？」

含笑急了：「我們已經⋯⋯」含玉、含珠楞住了，互相看了一眼，非常吃驚和失望。

「你看你，我們一直提醒你不能⋯⋯」

「我們犯法了嗎？不要說了，你們可以不來參加我的婚禮，會有人來的。」講完她忍不住哭了，「媽媽和三姐在的話，一定會來，耀宗哥和小方也可能會來。你們怕受牽連，就算了。」講完，拿起書包掉頭就走。

在北海五龍亭裡，他倆並肩坐在欄杆上，若松摟著她，用手絹替她輕輕擦掉眼淚：「別想這些不愉快的事，你看，夕陽多美！風平浪靜，咱們去划船吧。」

小船靜靜蕩漾在湖面上，可是含笑沒有心情，由得若松自己慢慢划著。太陽還沒有西沉，一彎淡白色的明月已在東方冉冉升起，要是沒有這麼多煩心的事情該多好。很快我們就有自己的家了，一定會充滿歡笑聲，在這麼寧靜的黃昏，可以坐在院子裡的小板凳上，喝茶賞月；或者躺在牀上聽聽音樂，欣賞窗外的月光，低聲細語聊天；身邊躺著自己的摯愛，晚上一起靜靜地入夢。想著、想著，她的嘴角露出了一絲微笑。「想什麼呢？想做新娘子吧？我就愛看你笑。」若松不划了，坐到她身邊，讓小船自己飄盪著。他雙手攬著含笑的腰，親吻她的面龐，撫摸她的雙手，在她耳邊輕輕哼起《莫斯科郊外的晚上》，這半個多月來緊繃的心弦放鬆了下來，疲憊的含笑靠在他的肩膀上，好像聽催眠曲似的，要睡著了。

遠處傳來幾聲悶雷，若松擡頭望去，「喲，都深秋了，怎麼還會下陣雨？」

含笑不想睜開眼睛：「哪裡啊？不會的。」

「你看那邊的烏雲。」含笑擡頭一望，果然那邊堆積的烏雲正往這邊移動，一陣風吹來，幾滴豆大的雨點掉了下來。「你冷嗎？」若松摟緊了她。秋風裹著冷雨襲來，若松趕緊回

到原來的位置上去划船,「咱們回去吧,說不定一會兒會下大雨。」

沒等他們划到岸邊,大風大雨真的降臨了,湖面掀起了波浪,小船難以前進,只聽岸上有人在叫喊:「遊客們,快讓船靠岸,刮大風了!」可是船就是不往前去,只在原地打轉。對岸也有人在叫,若松一看離對面更近些,而且是順風,趕快調轉船頭,使勁往對面划。含笑想拿起漿來幫忙。「你坐穩,別亂動。」她只好讓他自己奮力划著。過了一陣,借著風力,小船終於靠近對岸了,公園的工人用帶鐵鉤子的長竹桿,鉤住了他們的小船拉向岸邊。若松脫下風衣罩住含笑,他倆順著小坡急忙往上爬。好不容易到了岸上,狂風閃電夾著傾盆大雨淋得他倆跟落湯雞似的,還好附近有個亭子,鑽進亭子總算淋不到雨了,可是渾身上下已經濕透。含笑冷得直哆嗦,若松掏出手絹,為她擦去頭髮上、臉上的水,把她緊緊抱在懷裡,但他自己的衣服也都濕了,並不能給她溫暖,看見她整個人在發抖好心疼。堂堂一個男子漢,自己竟那樣無力,在風雨來臨的時候,連最心愛的人都保護不了。

接著的日子,對於若松和含笑都是難熬的,去樂團已經不可能,留團的門也被關閉,「令行禁止」像一句魔咒,折磨著他們的心靈。從此見面時,常常相對無言,彼此都怕提到這些事又會煩惱無窮。含笑為此承受那麼大的壓力,人都瘦了。若松清楚她是因為自己,才如此抗拒參軍,那怎麼辦呢?我又無從幫她,要麼就拖一拖吧,將結婚的事暫且擱下。

一天含笑意外地收到若松的信。

含笑,我最親愛的小不點兒:

近日你為工作問題，承受了難以想像的壓力，我無從給你任何幫助，深感慚愧和心痛，這樣的狀態和心情，我們怎麼可能開開心心地辦我們的喜事？唯有先面對現實，解決了你的工作問題再說好嗎？你該不會認為我懦弱，因而動搖吧？我只是不想你硬頂下去，導致你不僅僅失去的只是一份工作，而是還會因此被推到社會的邊緣，你明白嗎？！為了愛我，你不需要做出如此重大的犧牲，如果這樣，我會非常難過，寧願從你的生命中隱退？然而我又如何能割捨？

親愛的，這是測試我們的耐心和毅力的時候，是對我們愛情的嚴峻考驗。目前暫且劃上一個刪節號好嗎？讓我們把對方埋藏在心窩裡，等你參軍後，看看情況如何，咱們再從長計議。我知道你不想做小袁，更不想我成為當年的你，我懂、我太懂了，你確是我的良人，吻你一千次、一萬次，都不足以表達我對你的愛。

最近我們就少見點面，免得彼此更加痛苦，也免得我們無法控制自己的感情，而給你增添更多的難題。等你專心處理好所有的問題，我們再像牛郎織女[40]那樣，相會在銀河的鵲橋上，好不好？我心愛的小花，我會永遠等待著你。

深愛你的松。

看完信，含笑一個人在房間裡悲泣，難道這輩子我真的注定結不成婚？！

於是，短暫的幸福似乎又一次消失在看不到盡頭的，漫長的等待中………

1964年春，歌劇團與空政文工團合併後，即刻參加了他們的排練，平時很忙，只有週末大家才有時間出去。但團裡規定單身人士外出回團以後，必須向小組長匯報今天去了什麼地方，見了什麼人。原來部隊管這麼多，真是沒想到。後來聽空政文工團的人自豪地講，「全國人民學解放軍，解放軍學空軍。」怪不得這個團特別嚴格，弄得開始因參軍而興奮的青年演員，都感覺不大習慣，有的覺得還不如在地方工作自由開心呢。

含笑更感彆扭，每次去見若松，回團也得報告。那位楊小組長顯然知道若松的情況，一本正經地告誡她，生活上要檢點，不要早出晚歸，應該守身如玉等等，弄得談戀愛好像偷情似的。若松從來不主動打電話給她，深怕影響她在部隊的處境。

過不久出發去上海、南京、廣州、深圳、武漢等地演出了將近兩個多月，回北京沒多久，又奉上級命令，全團作為工作隊，被派往湖南搞四清運動[41]。一去又是八個月，在農村與貧下中農同吃同住同勞動，直到1965年入冬才返回北京。

一到北京，含笑馬上去外面打公用電話：「我回來了，現在去澡堂洗個澡，一會兒就去你那兒。」聽到若松親切的聲音：「你終於回來了，想死我了。」

若松把蜂窩煤爐子生得很暖和，一進門，含笑就撲進了他的懷裡。「我的小花想念她的阿龍哥了吧？這次咱們不是小別，是久別，該怎麼歡迎你呢？」

「你說呢？」

若松一下子把她抱了起來，放到牀上，除掉她外面的衣服，給她蓋上一條新棉被，一會兒工夫自己也鑽了進去，「這是新被子，早上我剛拿出去曬過太陽，香吧？」

「唔，很好聞。」

　　若松悶聲不響地吻著她：「你更是香噴噴的，你揉什麼了？」

　　「沒有啊。」

　　「一陣幽香，比揉什麼都好。這回咱們不是小別賽新婚，倒像兩地分居久別重聚。」

　　「像我哥哥跟小方，對嗎？」

　　「是啊，你想全國有多少這樣的夫妻？一年才能見兩次面，這叫什麼事兒。」

　　「是啊，我哥哥在東北長春，小方在四川，真是天南地北。」

　　「對了，我還忘了告訴你一個……怎麼說呢，也算是個好消息吧。」。

　　「什麼好消息？」

　　「若梅決定嫁給楊軍了。」

　　「是嗎？」

　　「聽說那個宋軍醫已被派到海南島去了，分明是要拆散他們，可能他也受到過什麼警告，從此沒有了音訊。」

　　「那不跟小袁一樣嗎？唉！我想若梅為了不影響他的前途，寧肯放棄，女人往往是甘願犧牲自己的。不過林老師說過楊軍是個好人，若梅能有個家總比孤零零一個人好。」

　　若松點點頭，沒說話。

　　「你在想什麼呢？」

　　「我在想你是不是也在為我作出犧牲？」

　　「我？我犧牲什麼？」

　　「也許你從此不能入黨了，也可能在部隊呆不長。」

　　「這重要嗎？」

「你不在乎？」

含笑想了一會兒：「老實說，我真正在乎的不是這些。」然而若松的神情，好像比自己更失落，「你大概很在乎這些，當年你失去黨籍的時候，是不是很難過？」

的確，他曾經非常痛苦，好像突然從高處墮下，或者說像從一個大家庭裡被趕了出來，變成一個孤兒了。但此刻他不想再回顧這些，「是的，多少有點失落，我入黨早，也許是一種慣性。」

「是啊，你們一家四口本來都是黨員。我倒不在乎入不入黨，我什麼都不要，就要你。」含笑熱烈地頻頻吻他。

若松看見心愛的女人嬌憨的樣子，渾身像著了火似的，「要是我們能弄出個寶寶來才好呢。」含笑抿著嘴笑而不語。他輕輕地在她耳邊說：「最好是雙胞胎，一男一女，超額完成任務，多好？」

「你想痛死我啊？」

「怎麼捨得？」

他當即肆無忌憚地瘋狂起來，好像要把失去的時光，一下子全補回來。

含笑睜開惺忪的眼睛，沉默地撫摸著若松的臉，轉身坐了起來，俯視著他，沉靜而果斷地：「松，我們結婚。」

若松欣喜地：「真的？！」然而依然抹不去心底殘存的些微憂慮。

「唔，人生苦短我們耗什麼？我都老了。」

他端詳她，「哪兒啊？你永遠是我可愛的小不點兒。」

「我都快三十一歲了，你眼看就四十了。」

「那你不怕他們不批准？」

「文工團又不是保密單位，我也不是黨員，憑什麼不讓我結婚，有這條法律嗎？最多讓我離開部隊。」

「你姐姐她們會願意你為我離開部隊？」

「我只是個文藝兵，有什麼重要？」

若松的雙眼濕了，他坐起來緊緊摟住含笑，「你說得對，就這樣，結婚，誰也不能拆散我們。」

林翠蔭收到兒子的信，太高興了，她決定寒假先到北京跟含笑見面，陪她買買東西，佈置佈置新房，做好結婚的準備，然後再去北大荒參加若梅跟楊軍的婚禮。回程時經過北京，正好能參加兒子和含笑的婚禮。這回他們家一下子雙喜臨門，她越想越開心，倒霉的日子也該到頭了。

若松和含笑站在月臺上，火車慢慢駛進北京站，他倆張望著裡面，只見媽媽手提著一個旅行包，正往車門走來。若松興奮地呼喚：「媽媽！」立即跑到車門口。

林翠蔭下了車，若松趕緊接過她的包。含笑邁向前，若松指著她問道：「媽媽，你還認得含笑嗎？」

「啊呀，真的認不出來了，含笑，在我腦子裡你還是個孩子。」

「林老師，您好！累不累？」

「不累，我高興還來不及呢。」她親熱地拍拍含笑的手背，「含笑，真謝謝你對他們兄妹倆的理解和信任。」

「您別這麼說，林老師。」

「還叫林老師？該改改口了吧？」若松懟了一下含笑，她不好意思地笑著低下了頭。

林翠蔭開心地說：「沒關係，讓人家習慣習慣麼。反正咱

們是一家子，打颱風都打不散。」

「對，走，媽媽咱們回家。」三人喜滋滋地往外走去。

不料到了春光明媚的四月天，若松、含笑、林翠蔭，以致億萬普羅大眾，誰都不會想到，在人們毫無思想準備的情況下，一場狂風暴雨正在醞釀中……它的驟然降臨，不僅當即沖垮了若松和含笑的婚禮，更摧毀了無數完整的家庭，奪走了千千萬萬人的生命。一齣慘無人道的悲劇，荒唐透頂的鬧劇，竟然能夠在九百六十萬平方公里的巨型舞台上登場，並持續上演了整整十年之久，這樣奇異的事情，不能不令全球側目、舉世震驚。

注解

[1] 石庫門：這是一種融匯了西方文化和中國傳統民居特點的新型建築。上海舊弄堂裡一般是石庫門建築，它起源於太平天國起義時期。這種舊式住宅建築正面為兩扇黑漆大門，門框、門欄用粗石條做成。進門有一個天井，兩側為廂房，正面為客堂，多為樓房。因大門式樣類似舊時庫房，故名。

[2] 長三堂子：又稱長三書寓或長三妓院，為舊上海的高級妓院。妓女稱先生，因出局陪客、留宿標價均為三元而得名，這些妓院都有營業執照。上海公共租界工部局調查那時交花稅的長三妓女有1229人。

[3] 北伐戰爭：1926年至1928年間國民黨領導的國民革命軍向北洋軍閥發動之內戰，因為國民革命軍由南向北挺進，故簡稱「北伐」，期間還吸收各地反北洋勢力，成功將北洋政府瓦解。北伐結束，初步完成了國家的統一。

[4] 三民主義：即民族主義、民權主義、民生主義、是由中華民國國父暨中國國民黨總理孫中山先生提出的政治目標，為中國國民黨立黨的基本思想。

[5] 白相人：上海話「白相」是玩的意思，故游手好閑，喜歡玩樂的有錢人被指為白相人，後來更泛指那些看似上海紳士的流氓。

[6] 一二八：一二八事變，是日本帝國主義在1932年1月28日午夜攻擊中華民國上海市之戰爭。進攻主力為日本的上海派遣軍，守軍主力是由廣東調來的國民革命軍十九路軍，在軍長

蔡廷鍇指揮下奮起抵抗，即時爆發了一二八淞滬戰爭。

7　八一三：八一三事變是日本全面侵華戰爭進一步升級的標志性事件。七七事變後，日本策劃了對上海的進攻，伺機擴大戰場。8月13日日本軍艦突然以重炮向上海閘北轟擊，中國軍民奮起反擊，這就是八一三事變。在全民抗日浪潮推動下，國民政府第二天發表《自衛抗戰聲明書》，宣告：「中國決不放棄領土之任何部分，遇有侵略，唯有實行天賦之自衛權以應之」。

8　諸葛亮：又名孔明，中國歷史中三國時期之蜀漢丞相，是傑出的政治家、軍事家和發明家。在戰爭理論方面他提出攻心為上的戰略手段，其中「空城計」退敵，是為後世津津樂道的一段佳話。

9　司馬懿：三國時期掌控魏國朝政的權臣，善謀略，是與諸葛亮互有勝負，不相伯仲的對手。

10　八路軍：抗日戰爭時期根據國共合作的相關規定編成的國民革命軍第八路軍。一九四七年國共合作破裂後，八路軍和其他中共的部隊改編為人民解放軍。

11　新四軍：國民革命軍陸軍新編第四軍，簡稱新四軍，是第二次國共合作期間由第五次反圍剿失敗後留在南方八省進行游擊戰爭的中國工農紅軍和游擊隊，根據國共兩黨談判達成的協議於1937年10月改編而成的軍隊。新四軍主要由項英創建，由中共中央革命軍事委員會領導，實質並不受國民政府軍事委員會指揮。

12　張靜江：浙江烏程人（1877-1950）。為中國國民黨四大元老之一，被孫中山先生譽為「革命聖人」，是第一任中國國民黨中央執行委員會主席、中國國民黨第二任領導人，歷任

總統府資政、浙江省政府主席。

13 岩井公館：日本外務省所屬的岩井官邸，為日本駐上海的特務機關。日本筑波大學教授遠藤譽於2015年撰寫的《毛澤東勾結日軍的真相》一書，揭露1939年期間，奉毛澤東之命中共特工韓念、潘漢年等人，在上海曾暗中多次接近岩井公館的岩井榮一，將國民黨軍隊的軍事情報高價賣給日方。以打擊浴血奮戰中的國軍，並削弱國民政府的統治。

14 文天祥：南宋末期的政治家、詩人、抗元名將，氣節高尚，面對元軍的威逼利誘堅貞不屈。其詩句「人生自古誰無死，留取丹心照汗青」廣為後人傳頌。

15 喬冠華：（1913年3月28日—1983年9月22日），畢業於清華大學哲學系，為德國圖賓根大學哲學博士。1939年加入中國共產黨，為中華人民共和國政治家、外交家，曾任中華人民共和國外交部部長、中國人民對外友好協會顧問等職務。

16 包拯：北宋名臣，以清廉、公正不懼權勢，敢為百姓申訴，並主持公道而聞名，被百姓譽為「包青天」。

17 前進分子：這是五十年代初香港人對相信和靠攏共產黨，擁護毛澤東政權的左傾人士的稱呼，帶有一點譏諷的意思。

18 三座大山：中共稱帝國主義、封建主義和官僚資本主義為壓在人民頭上的三座大山，必須推倒。

19 三反五反：中共於1951年至1952年10月，在黨政機關裡開展「反貪污、反浪費、反官僚主義運動，即三反運動；而在私營工商業中開展反行賄、反偷稅漏稅、反盜騙國家財產、反偷工減料、反盜竊國家經濟情報運動，即五反運動。運動中亦存在過火行為，造成冤假錯案。

20 胡風：見注解21。

21 肅反運動：指1955年7月至1957年底，在全國範圍內開展的肅清暗藏反革命分子的運動，運動中存在擴大化的現象，製造了一批冤假錯案，如左翼作家胡風也被打成反革命。

22 白專尖子：指只注重業務而不關心政治的人，見注解30。

23 鎮反：鎮壓反革命運動，1950年代初，在中國共產黨中央委員會主席毛澤東主持下，全國範圍內對中華民國政府及中國國民黨殘餘勢力、特務以及傳統會黨、幫派、土匪等地方武裝勢力進行清查和鎮壓的大規模政治運動，具體方式包括死刑、送監等。1996年的官方文件顯示鎮反運動鎮壓了157萬多人，其中87.3萬餘人被判死刑。外界則估計有100-200萬人遭處決。中國共產黨通過鎮壓反革命運動鞏固了政權。

24 公私合營：是中國共產黨合併資本主義工商私有財產的一種過渡手段，中共的表述是在建立中華人民共和國，沒收了帝國主義、封建主義和官僚資本主義財產之後，在1956年，針對民族資本家和私營個體勞動者，進行社會主義改造的政策和運動。

25 反右運動：1957年共產黨開展整風運動，要求黨外人士對黨和黨的幹部提意見，以利改進黨的作風和工作，鼓勵大家大鳴大放，並提出「知無不言，言無不盡，言者無罪，聞者足戒」，於是廣大群眾、特別是知識分子給共產黨及其幹部提出不少意見。到6月人民日報突然發表了毛澤東親自執筆題為《這是為什麼？》的社論，整風立刻轉為反右派運動。絕大多數在整風運動中給共產黨提了意見的人都被打成右派分子，遭到批判鬥爭，定為敵我矛盾。

26 非斯大林化：1956年2月在蘇聯共產黨第二十次代表大會上，蘇共中央第一書記赫魯曉夫在蘇共內部秘密會議上，向

在場高層對斯大林、斯大林主義進行嚴厲批評。這對整個社會主義陣營都帶來了巨大的衝擊。

27 三和路線：蘇聯最高領導人赫魯曉夫在蘇共二十大，針對當時的國際形勢，提出和平共處、和平競賽、和平過渡的路線。

28 波蘭和匈牙利事件：1956年波蘭西部工業城市波茲南的斯大林機車廠的工人，要求增加工資，減少稅收，被當局拒絕後，6月爆發了十萬人的示威活動，後來演變成警察和工人的槍戰，坦克和保安部隊也加入了對工人的鎮壓。為了緩和嚴峻的局勢，當局後來採取了妥協的立場。騷動隨即平息下去。1960年前爆發的匈牙利起義是二戰後社會主義陣營國家中第一個爭取自由，抵制奴役的大規模民眾反抗活動。這起事件對後來共產黨國家的局勢發展也產生了深遠影響，如1957年春中共開始的反右運動。

29 交心運動：1958年開展的運動，號召人們把心底的想法坦率地講出來，向黨交心。聲言黨會執行三不政策，即不打棍子、不戴帽子、不入檔案。提出問題只是為了探討。於是一些僥倖躲過反右鬥爭打擊的知識分子，忍不住講出了自己對事物的一些看法，誰知道這只是反右的延續，又有一批人被打成右派分子。

30 白專道路：指只注重業務不重視政治，而中共要求的是又紅又專。

31 馬大哈：指馬馬虎虎，大大咧咧，嘻嘻哈哈的人。

32 棉猴：一種連著帽子的棉大衣。

33 香妃：傳言乾隆帝後宮內有一名維吾爾族妃子，全身飄散香氣，因此被稱為「香妃」，其實史料並沒有香妃的記載，對應的人則是「容妃」。雖然容妃27歲才入宮，但仍深得乾隆

皇帝寵愛。

34 大躍進：1958年到1960年由毛澤東提倡中國政府發動的一場
規模巨大的群眾運動，目標是以最快的速度趕上世界發達國
家的生產水平，因而出現了大量不科學、不實事求是的要求
和措施，結果是勞民傷財以失敗收場。並導致一場大饑荒。

35 王熙鳳：小說《紅樓夢》中的人物，賈府能幹、聰慧的璉二
奶奶。

36 肉蛋幹部：在毛澤東搞了所謂的「大躍進」之後出現的大饑
荒年代，普通人民在忍饑挨餓，但卻有這樣的規定：17級以
上幹部每人每月補助供應糖一斤，豆一斤，被稱為「糖豆幹
部」；13級以上高幹每人每月增加肉2斤，蛋2斤，被稱為肉
蛋幹部。

37 摘帽右派：六十年代中共為一批右派分子摘掉帽子，但他們
仍然被稱為摘帽右派，說帽子拿在人民手中，如果不老老實
實夾著尾巴做人，帽子隨時可以再給戴上。

38 民主黨派：中國有八個所謂的「民主黨派」，他們在一年的
其他時候通常寂寂無聞，但每到3月，他們就會被推上新聞
前線，以向外界展示官方媒體口中的「多黨合作和政治協商
制度」，實際是一黨專制下的「花瓶黨」。

39 毒草：毛澤東時代簡單地把文藝作品以他所確定的標準分成
「好」與「壞」，毒草就是指壞的文藝作品。

40 牛郎織女：民間千古流傳的神話。相傳天上織女與凡間牛郎
結為恩愛夫妻，遭天帝強行拆散，只能每年七月七日在天上
銀河之鵲橋相會的淒美愛情故事。

41 四清運動：1963年，中國共產黨八屆十中全會以後，由中
共中央委員會主席毛澤東在中國農村逐步推行的一場政治

運動，最初是「清工分，清賑目，清財物，清倉庫」，後來擴大為「大四清」，即「清政治，清經濟，清組織，清思想」。農村的四清運動與城市裡的三反五反運動合稱「社會主義教育運動」。

國家圖書館出版品預行編目

中篇系列小說：聚散 / Songbird著. -- 臺北市：
獵海人，2024.05
　　冊；　公分
　　ISBN 978-626-98460-1-6(上冊：平裝)

857.63　　　　　　　　　　113006076

中篇系列小說：聚散（上冊）

作　　者／Songbird
出版策劃／獵海人
製作銷售／秀威資訊科技股份有限公司
　　　　　114 台北市內湖區瑞光路76巷69號2樓
　　　　　電話：+886-2-2796-3638
　　　　　傳真：+886-2-2796-1377
網路訂購／秀威書店：https://store.showwe.tw
　　　　　博客來網路書店：https://www.books.com.tw
　　　　　三民網路書店：https://www.m.sanmin.com.tw
　　　　　讀冊生活：https://www.taaze.tw

出版日期／2024年5月
定　　價／480元